李国涛 著

總與書相關

山西出版传媒集团

三晋出版社

《总与书相关》序

　　一辈子的工作总与读书相关,到老,养成一个习惯,读书。读书,可是不会读书,我想,会读书的人,大约都成了学者——他们能从书中探宝;或者成为事业家——他们能以所学用之于某一实践。我不行。我只是闲时读读,以遣时光。但我可是总要读。读完手里的杂书,还想再买几本来读。随便逛书店,拣几本,又读。这也不能说是坏习惯,虽然也不能说什么好。读了就有所感,就想写出来,于是也不断写稿,投稿,发稿。写的稿呢,当然也杂七杂八。可笑的是,偶尔有书外的见闻,写下来时,也忘不了与所读之书相联系,比如这集里的文章,如看到梧桐叶,吃到糖炒栗,一写,也与读过的书扯上了。自觉也还不坏。但这样的文章现在还有人看吗?从我的交往中知道,也有人看。我想这样的读者不会很多。很少吧。对我来说，少，也是知音。对书的出版者说，似乎毕竟是许多读者中的一种，现在叫一个层面，一个圈子，一个群体。所以，我就又选了一个小集子，寄给出版社。我以前出过一个随笔集《世味如茶》，也是这样的。出版社编辑的眼界宽，他们会定夺。是为序

二〇〇七年十月一日

目　录

第二辑 书外与书

第三辑　书评·文评

第一辑

书与书外

知青一代渐与鲁迅接近

　　近来读查建英采访并编辑成书的《八十年代访谈录》,内收对当年"知青"一代文化名流的访谈。谈话的时间大体在二〇〇四年下半年,书的出版则是在二〇〇六年,三联版。当年的知青,现在已是成熟起来,是新一代的文化风云人物。八十年代以后,鲁迅受到多方面的责难。他尤其不为知青一代所欣赏,大家责之以过左,不宽容,好骂人,等等。我想这是有原由的。鲁迅的时代与我们太不相同, 处境无法为当代人所理解——当然,鲁迅受到过极"左"思潮的影响,也发表过这种意见。后来,他被推到"文革"中所说"伟大导师"的那种高度,每句话都正确,他骂过谁谁必倒霉,他赞成过谁谁就算了不起,好像他在整人,在捕人杀人,他被利用。他有点像过去的孔圣人的样子,新一代人,谁不反感这一套? 时到如今,我看到知青一代人,对鲁迅理解较全面，也较深刻了，似乎竟超越了前一代人的那种膜拜方式，更冷静，更理性，所以也更理解，更宽容了。比如谈到八十年代文化热，阿城以之与五四比。他说："估摸着来，还真是要来回来去这么返复。'五四'就想一次成功，一锤子买卖。鲁迅后来不是写《在酒楼上》吗？就是写当年的那些人，怎么能都这样啦？消沉了……这种人就像酒楼上那个魏连殳……"陈丹青说："小时候读鲁迅，他说五四英雄当官的当官，消沉的消沉，下野的下野，不明白他在说什么，现在明白了。"陈丹青说的这一段原文，见鲁迅《〈自选集〉自序》，一九三二年写的。由此可以看出，当年知青一代人，经过这样的二十来年，于历史，于世事，看得透，也说得清了，于是就近于鲁迅。

正好，我近些时正读的三本书，一是陈丹青的《退步集》和《退步集续集》，共二册，一是李零的《丧家狗——我读〈论语〉》。这又是两位知青写的书，尖锐、锋利、真诚。前两本纵论当前文化教育事，后一本集中谈《论语》。李零说："我这个人，'文革'受刺激，比较多疑，凡是热闹的东西，我都怀疑。"他还一再说国学就是"国将不国之学"。陈丹青说："一个民族忽然要大谈'人文'，不是好事情，正相反，它说明人文状况出现了大问题。"他们都推重王朔、王小波的某些论断。这些，证明他们的看法是有相通之处的。他们的这三本书涉及鲁迅的意见不少，都可以证明他们对鲁迅的态度也有相通之处，这也是我比较赞同的态度。

先说《丧家狗》。著者有厚实的学术功力和当代的思想,书写的很好。他说,用"丧家狗""绝非污蔑之辞",只是说明当时孔子的生活状况;孔子之谓圣人,是后世人弄出来的,当时他并不走运;他喜欢活的孔子,而不喜欢那个死后成为圣人的孔子。我想到,这些话都是与当年鲁迅的看法极相近。这是一部专著,我不是说它利用了鲁迅的研究,鲁迅只是简单地涉及了某些点。我只是说,鲁迅的论点被七十年代后的学者所认可并延续,而这一代学者常是不满于鲁迅的人。鲁迅在《在现代中国的孔夫子》(一九三五)里说过:"总而言之,孔夫子之在中国,是权势者们捧起来的,是那些权势者或想做权势者们的圣人,和一般的民众并无什么关系。"孔夫子后来成了"敲门砖"。孔夫子真正是"圣之时者也",鲁迅说,这意思是"摩登圣人"。鲁迅的这些意思,都是李零所认同的,或者说,几乎也差不多。有趣的是,陈丹青在《退步集》里(第五十一页)也有这样的论述,他说:"鲁迅说:孔夫子是权势者捧起来的,结果他身后也被权势者捧起来。鲁迅骂孔夫子,其实骂的是权势。"这其实又进一步说到鲁迅自己在近几年里的命运。我想,李零、陈丹青的这种"知青情绪",都是很相近的。经过几十年的岁月,这种情绪已经成为冷静的思想和学术观点。

我还不妨再说一点,在《丧家狗》一书里,李零说到,孔子与他的某几位弟子，年龄差不了几岁，常有辩难，有争论，都很随便，也亲切。我看阿城在《八十年代访谈录》偶尔谈及孔子时也说过："孔子有弟子三千、七十二贤人，多是一大帮社会油子！他们想，在这混一混，完了就走了，就去给贵族服务了。有这么一个老师，刁难刁难他……"这也是李零眼中的孔子生活的真实状况。要是再读读鲁迅那篇文章，可以见出，摆脱了圣人之徒的言论方式，鲁迅倒是与知青一代的想法相当对口。鲁迅不是也有文章揶揄孔子坐车旅行，得了胃下垂的病吗？他为什么爱吃生姜？用姜温胃。那都是在想象当年的夫子过着实际生活。这都是把圣人当成活人解读。在《丧家狗》一书里，多次征引鲁迅的话证明著者的观点。如引《杂忆》（《坟》）中鲁迅说"无友不如己者"乃"势利眼"。又引《娜拉走后怎样？》说明民国时期妇女的处境。当然，最重要的是引证《在现代中国的孔夫子》，证明关于孔子的重要论断。两个巨大的年代断层——从鲁迅到知青一代——现在居然有接近的迹象了。

陈丹青与其他知青的不同之处在于，他于一九八二年至二〇〇〇年到美国画画去了。虽然少了这十八年的国内生活，可是他见识了美国，可以中美互比，比两种文化教育。而且，有了成熟的目光，而且是一位艺术家的成熟的目光。他喜欢鲁迅，有发自内心的尊重。他对鲁迅，一论再论，至于三论，写成三篇大文，收入《退步集续编》。我看有些看法是新颖的，也许有人会以为是纯艺术的,不同意。他是从艺术家的创造愉悦来说明鲁迅的文章,"他所谓'匕首'之类,并不真要见血,不过刺着好玩,态度又常是温厚的。"读出"温厚",是近年少见的。他的意思是"嬉笑怒骂皆成文章",须要文章写得好。他说,这就是鲁迅高于五四群雄的地方。他以为,连所谓的"一个都不宽恕"的遗嘱,也是这样的。我们许多人却常把这话和类似的话,当做政治宣言了。

　　说到这一类文章,必然要涉及鲁迅与瞿秋白的关系。他说:"历来,鲁迅与瞿秋白的关系被涂了太浓的革命油漆……在另一面,则瞿秋白所能到的深度毕竟有限,与鲁迅不配的,而鲁迅寂寞,要朋友。"我想这就是说的鲁迅受到瞿秋白的影响,这一点很重要。那个年代,文化人士人人倾向革命,倾向社会主义。前几年我们翻译出版过几本罗曼·罗兰、纪德、泰戈尔等人当年的旅苏日记一类的书,其中就显示出那些文化人物的失望,以至反感。比如,在苏联那种困境中,官员们的豪宴就令他们不能接受。鲁迅没有机会到苏联去,不能亲睹真况。他"要朋友",想知道当时苏联的真况。但是瞿秋白的介绍是否真实,是否全面,现在很难说。陈丹青说,瞿"与鲁迅不配的",很可能是这个意思。王元化先生有《谈鲁迅思想的曲折历程》,文章很短,但有深度。其文曰:"直到他逝世前,才开始超脱左的思潮,显示了不同于《二心集》以来的那种局限,表现了精神上的升华。"王元化举出《女吊》等文,那才是陈丹青说的那种当时无人可比,现在也难有人企及的美文。我以为,在这里,王元化的评价更为准确,当然,陈丹青的论述更为丰富、有趣。

陈丹青有一个论点甚为精辟,也带着愤激,他说:"七十年代的历史,是我们与鲁迅成为彼此异类的历史。今天不论怎样谈论鲁迅、阅读鲁迅,我们的感知系统或研究手段,其实都很难奏效。我们的上下周围,鲁迅那样的物种灭绝了;""'鲁迅研究'本该是文化研究,然而我们时代货真价实的文化在哪里?"所以他说:"回到这篇讲话的题目:'鲁迅是谁?'我愿意去掉'鲁迅'两个字,改成'我们'。"不是鲁迅没有价值,是我们,我们自己,不能懂得这种价值。

二〇〇七年八月十七日

弦上箭未发

　　鲁迅有一篇重要的文章,写成而在生前未发表。不知为什么?

　　鲁迅的文集二十三种(包括小说、散文、杂文和《两地书》)里,有二十三种都是由他自己编定,生前已经出版过。只有《且介亭杂文末编》,他编了一半就病倒,在他去世后由许广平编定。此外,有《集外集拾遗补编》是在他去世后,许广平编辑出版了《集外集拾遗》(一九三八)之后,又发现佚文,才编辑出版的。我查看了一遍鲁迅去世后编成的集子里的文章,绝大多数都是在报刊上发表过或在出版物上出版过的。我做了一个统计,《且介亭杂文末编》中有一篇是未完之作;有一篇发表在他去世次日,肯定是他生前寄出的。有一序文直接收入书里。未来得及发表的只有两篇,都是逝世前一二十天写成的。《集外集拾遗》有三篇未曾发表过，因为那都是为某些书写的序，该书未能出版，所以序也就压下。《集外集拾遗》中的未刊之作较多，共十五篇。不过这十五篇，一篇自传是为某书而写，但书未出，自传也就不好发表。此外，大都是写在书上的题跋，也许原就不准备刊出的吧。另有小资料一则，不像是完整的文章，也无标题。我以为值得注意的有一篇，这一篇就是《势所必至，理有固然》。它值得注意，首先因为这文章很重要。一九三五年一月周作人在胡适主编的《独立评论》上发表《弃文就武》，说当作家没味道，可以不谈文事了，而自己原来是学海军的，谈海军自觉倒还比较内行。于是他大谈其海军，主要是说中国海军力量无法和日本海军对抗。周作人的调门同《独立评论》的调门是一样的，无非主张对日妥协、退让、求和，对中国的抗日抱悲观态度。因为周作人说到他打算弃文就武，这引起鲁迅的警觉。鲁迅写了《势所必至，理有固然》，指出凡打"为文学而文学"旗号者，最后必然走到这一步。鲁迅这一篇，犀利沉重，正如郁达夫所论，是可以"以寸铁杀人"的。然而这篇文章始终未发表。周作人文章发表在一九三五年一月。鲁迅此文推断起来，当作于一九三五年上半年，去鲁迅逝世尚有一年多的时间。鲁迅为什么不把它发表出来？

　　我揣想，鲁迅以为那半年多，周作人已经受到了进步舆论界过多的攻击。原因是周作人五十岁时作《五十自寿诗》，引来他的许多朋友的和诗，一九三四年四月在林语堂主编的《人间世》上大肆宣扬，于是文艺界大哗，纷纷着文写诗予以责难嘲讽，骂他是消极颓废，一时声势颇为不小。鲁迅却有不同意见。一九三四年四月和五月，鲁迅致友人书中都说出自己的这种意见。他说："周作人自寿诗，诚有讽世之意，然此种微词，已为今之青年所不憭，群公相和，则多近于肉麻，于是火上添油，遂成众矢之的，而不作此等攻击文字，此外近日亦无可言。此亦'古已有之'，文人美女，必负亡国之责，近似亦有人觉国之将亡，已在卸责于清流或舆论矣。"显然，鲁迅在此时不想再射周作人一箭。据鲁迅去世后周建人向周作人转达的鲁迅的意见，其中有云："批评过于苛刻，责难过甚，反使人陷于消极。"鲁迅是不赞成的。这大约可算主要原因。另外，鲁迅文涉周作人时，从不道其名，也不引其原话，因为这可招来不必要的麻烦，或供无聊文人作谈资。此文却引用"弃文就武"一语，原是周作人的文题，避也避不开，这也该是原因之一。此外，鲁迅信中说当时已有人欲将亡国之责归于文人的言论，他自然不愿为这种倾向提供口实，并指出一个周作人来做靶子。周作人后来成为汉奸，他当时还无法看到这一点，周作人当时也只是一个思想消极的著名作家，像他那样的作家，后来成为爱国抗日者也不少。鲁迅的弦上箭因此没有射出去。然而鲁迅为什么又写出此文？因为"弃文就武"一词似乎预示着某种将发生的行动，然而后来周作人也只此一说而已。过几年之后。周作人留在北平，到底是"弃文就

武"，挂上日本洋刀了，那是后事。据我现在想到的，这似乎也是
鲁迅自己压下去的唯一的一篇杂文，因此想写几句。

一九九七年三月

苏雪林与鲁迅

　　随着岁月的流逝，海峡两岸的关系正在发生变化，尤其是文化界的旧事渐渐不再提起，或者提出，也用另一种眼光去看，作出另一种解释。在这种气氛下，当年，名满海内的女作家女学者苏雪林（笔名绿漪）的作品，已在大陆再度出现。她生于一八九七年，已在台湾度过百岁诞辰。《苏雪林自传》是江苏文艺出版社"名人自传丛书"里的一种，书里几次说到她不回大陆的原因之一，是她曾反对过鲁迅。《自传》说，一九三六年十月鲁迅逝世，她曾去信马相伯和蔡元培，"力劝"他们不要列名治丧委员会，后来不知为何，与蔡的信被发表出来，群情哗然。她说，当时"凡有报纸者，对我必有骂声"，当年的情绪，我们现在是可以想象出的。那种情绪也可以说是不无理由的。现在我们读此信，也觉得受不了。且看《胡适书信集》里一九三六年十二月十四日写与她的信,内中说到她的上蔡公书。她信里说鲁迅"腰缠久已累累","病则谒日医,疗养则欲赴镰仓",还有"衣冠败类"、"奸恶小人"等丑语,连胡适看了都以为太过,婉语责之。现在我们没有必要去分辨,历史已是清清楚楚。尽管如此,她也还不过只是对鲁迅有误解,有偏见,说了过头话。现此已不足深论。我想知道她为什么对鲁迅如此反感。她在青年时代,同所有的青年一样,是受《新青年》的影响而成长,她对《语丝》尤其喜欢。那也就不可能不受鲁迅的影响。当然,她终身信服胡适的,但又何至对鲁迅如此?

我以为这不但有思想差异,而且有个人心理上的因素。《自传》上说到一九二八年的事, 她在一次宴会上曾会晤过鲁迅:"鲁迅对我神情傲慢,我也仅对他点了一下头,并未说一句话。"据她猜想,其中原因是:"因我曾在《现代评论》发表文章,又与留英袁昌英等友好。鲁迅因陈源写给徐志摩一封信,恨陈源连带恨《现代评论》连带恨曾在《现代评论》上写文的我,遂有那天的局面出现。"她把鲁迅看得太狭隘了,不过误会一定是有的。首先,她的记忆已不太准确。查《鲁迅日记》,宴会在一九二八年七月七日,而在此之前,一九二八年三月鲁迅致章廷谦的信里,已提到过她:"白璧德 and 亚诺德,方兴未艾,苏夫人殊不必有杞天之虑也。该女士我大约见过一次,盖即将出'结婚纪念册'者欤?"从语气里可以读出来,一定是章廷谦在信中对鲁迅说到过苏（梅）夫人，并提到过她对某些问题的看法，所以鲁迅才在回信里作如是答复，其中对她是不太满意的，要说怎样的反感，也并没有。信里，鲁迅似乎将她归为当时颇时髦的白璧德的追随者，白璧德是美国文学理论家，梁实秋很推重他的意见，当年鲁迅与梁争论时常提到他也就仅此而已。鲁迅一九三五年致李长之信中说过，"我并不反对梁教授这人，也并不反对兼登他的文章的刊物"。对梁尚如此，对苏更不会如何。都是在《现代评论》上发过文章而已。梁是主将之一，苏不过是刚出路的青年，我现在想，是苏多疑了，宴会上也许有失当处吧？其实鲁早说过，"由于历来的经验，我知道青年们，尤其是文学青年们，十之九是感觉很敏，自尊心也很旺盛的，一不小心，极容易得到误解，所以倒是故意回避的时候多。"（《为了忘却的纪念》）这次大约也该算是一例。在此值得一提的是，章廷谦是鲁迅的学生，笔名川岛，苏雪林称他是"在北京读书的友人"，苏雪林写散文集《绿天》原是受到章的启发，她说："章为纪念他的新婚，写了一本《月夜》是用美文体裁写的。我那时也在新婚，便也学着川岛用美文写婚后生活。"这在当时文学青年中并非罕见之事，更非什么不好的事。而实际上，苏雪林的《绿天》，是她一生中的力作，也是中国新文学中有影响的作品，比章氏的《月夜》有更重要的地位。不知为何，传到鲁迅耳里，似乎有点变了味儿。这一点，现在也无法说得更清楚。不过，就是这样，一九二九年她写的散文《烦闷的时候》说:"烦闷恰似大毒蛇缠住我的灵魂。"接着解释说,这是鲁迅《呐喊》序言里的话,她很喜欢,常引用,足见那时鲁迅也还不是太过分。不知为什么,此后的苏雪林对鲁迅反感渐强,成为过激的偏见,一提鲁迅,必加嘲讽。

但是苏雪林是正直的,她在一九三四年发表了《〈阿Q正传〉鲁迅创作的艺术》。在这篇论文里,她不因自己的反感而贬低甚至忽视鲁迅在文学上的成就。她对鲁迅在文学上的成就是有高度评价的。论到鲁迅的《呐喊》和《彷徨》时说,"两本,仅仅两本,但已经使他在将来中国文学史占到永久的地位了。"具体评述《阿Q正传》时说,"与世界名著分庭抗礼","自新文学发生以来像《阿Q正传》魔力之大的,还找不出第二个例子呢。"其他论述,也有精到之处。对阿Q精神的概括,对鲁迅小说艺术的概括,也是大体为人们延用了几十年。她提出鲁迅是中国最早的乡土小说家。她对鲁迅语言的评论尤为精到,说鲁迅在小说里不用绍兴土白是一种"特识"。曹聚仁《文坛五十年》一书在《胡适与鲁迅》一节里,论鲁迅艺术成就时说,"笔者觉得那位和鲁迅有些冤仇似的苏雪林,倒说得最好。"指的就是这一篇论文。遗憾的是,苏氏九十多岁写这本自传时,又说在此篇论文里所谓阿Q形象概括民族劣根性的说法并不对。更令人遗憾并且难作辩解的是,她在一九六六年十一月间仅用一周时间抢着写成《鲁迅传论》,约三万字。在这篇文章里她大体集中了以往四十年间歪曲、攻击、嘲骂鲁迅的所有言论,加以整理。并且连她以往盛赞的《阿Q正传》也一笔否定了,为什么这位学者有如此武断了? 也许是当时进行的"文革"对她有所影响? 也只有这种解释较好。

可见苏雪林不来大陆,还有更深的原因,但有一点值得注意,就是《自传》里说,一九四九年她的老师陈钟凡先生写信给她说,"他同一要人谈过",那人说,"反鲁小事谁能记忆,请你转告,勿以为虑。"她当时又要去国外找屈赋的研究材料,所以还是未回,陈老先生回信说,"长与足下生死辞矣",一定是很伤心的了。现在不知道那位"要人"是谁。我以为他的意见是对的,有历史眼光。不论如何,我们再不会以对某位作家的态度(尽管是像鲁迅那样伟大的作家)来给论者戴帽定罪。不过如果苏雪林真是回来了,以前那些政治运动尤其是"文革",她怎么过,怕是"要人"也难以担保的。而且那时"要人"也不知道会到哪里去的,听说苏雪林老人身体还好,希望她还有机会回内地看看。

一九九八年五月

林语堂自有主见

　　林语堂的文学成就,这些年才充分为国人所知。主要是由于他用英文写的小说和其他作品被译成中文,在大陆出版。他的声誉甚高。我想起当年他同鲁迅的关系,尤其想到鲁迅在三十年代对他的善意劝告。鲁迅劝他不要搞什么"幽默"、"闲适"的散文随笔,最好去翻译几部英国名著(林的英语在中国是第一流的)。他没听,我读他的传记,看他一生译的很少。我就想,如果林当年听了鲁迅的话,从事翻译,当然也会作出不凡的贡献。但是,也未必会高于他现在。这是一个例子。对别人的意见,即使是鲁迅这样目光如炬的伟人,也不要只是服从,要善于择取。因为别人了解你,总不如你自己。

　　在这里,有必要先说说林与鲁的关系。这很有趣,也很重要。林是新文学史上的重要作家。在《语丝》时期,他同鲁迅一起战斗。他邀请鲁迅到厦门大学授课。后来到了上海,同鲁迅共同活动。他办《论语》,鲁迅写稿。他又办《人世间》,鲁迅可就有批评了。因为那时林受周作人的影响,远离社会斗争,已不似当年的勇猛。分歧发生了。再以后,裂痕增大,争论激烈,终至于不相往来。这是大家都知道的、很使人惋惜的事。但是鲁、林之间也没有走到敌对地步。后来我们对林过分指责,目为反动。实际鲁迅也未将他看作敌人一伙,只是文艺分歧而已。一九三四年八月十三日鲁迅致曹聚仁信,说得最清楚:"语堂是我的老朋友,我应以朋友待之……只劝他译些英文名作,以他的英文程度,不但译本于今日有用,在将来恐怕也有的用……要他在中国存留,并非要他消灭。"可见这里有深厚的友情。后来却由于误解,反而越僵。

到一九三六年八月,鲁迅已去世,林语堂赴美国。从一九三九年起,林用英语写了八部长篇小说,头一部《京华烟云》就震动美国文坛。他又成了小说大家。林的散文才能和成就,鲁迅是早知道的。鲁、林绝交之后,到一九三六年五月,斯诺请鲁迅写出中国当代最好的杂文家五名,鲁当即写下林的姓名,而且是在自己前面(次序也许并不重要)。但是鲁并不知道林可以写小说。此前林只写过一个短剧《子见南子》。新近读到赵毅衡《林语堂与诺贝尔奖》一文。文中说,"应当说,林的中文好到无法翻成英文,他的英文也好到无法翻译成中文。"那真是妙极,"不可言传"。但是他的小说都是用英文写的。这一点以前没人当做一个问题来谈。赵先生说，"林语堂'只有'用英文写小说的能力"。而写小品他只用中文。一种语言有一个专门对象，这背后有原因。林氏"知道西方读者想要什么"，他能够专为西方读者写。他的小说译成中文，中国人读了莫名其"妙"处。外国人可是喜欢得不得了，林氏以此声名大振。也许这真的在文学创作上并非佳途，它也比不了俄国人纳博科夫用英语写的《洛丽塔》有价值。但是，林语堂审时度势，发挥自己的长项优势，所做出的贡献，也未可轻估。可以说，鲁迅当年对他的劝告是中肯的，他后来在美国的文学活动也是正确的。鲁迅怎能知道他以后会定居美国，不得不用英文写小说？

二〇〇〇年十二月十五日

明遗民"应酬"清官场

最近山西纪念傅山诞辰四〇〇周年,开讨论会,出有关傅山著作。我在此时读了白谦慎先生《傅山的交往和应酬》。该书资料丰富,主要是谈傅山的"应酬"性的画作,其实也是遗民当时的社会处境。我就想到其他的遗民和一般的知识分子与官场。

明末清初的"遗民"问题是一个特殊的文化现象,它实际上突出了读书人的社会处境,,说明他们必须"应酬"于世,必须与官员交谈。凑巧我读到当时南北两位大遗民大学者,在晚年为他们自己的孙子写的托孤信,更有此感受。

南方的是黄宗羲。一六八〇年,也就是康熙十九年,黄宗羲七十一岁。他写信与朝中官员徐干学,比之为宋代大儒范仲淹,继而说道:"又小孙黄蜀,余姚县童生,稍有文笔。王公祖岁总科考,求阁下预留一扎致之,希名案末。"这也就是说,孙子要考秀才,他请徐干学给主考官一信,使小孙子榜上有名。差不多同时,康熙二十三年,北方大儒傅山,在二子傅眉死后,没过几个月他自己也死去。他自知将死,死前上书朝廷大员魏象枢托孤,信中云"两孙孱少,内外眷属无可缓急者……(请求您)使此两孱少得安田亩间……"同时还给李振藻一信云:"愚父子怛焉长逝,特以两孙为托。孱弱无依,穷鸟不能不投长者之怀也。"这些信就写得十分哀凄动人,眷念弱孙,以托长者庇护。而且托孤之信,同时都附上傅山自己珍藏一生、不愿示人的最得意的书法作品,以表敬意。

它说明,遗老、贤士,不管多么清高孤傲,但是那种态度和处世方法,用于一时可以,也就是说,以刀兵相见,义旗招展的时候可以。但清政权稳定后,十年八年,三十年二十年以后呢?遗民也要生活。全家活,子孙活,柴迷油盐,住家耕地,官司税务,你免不了就要托人办,或讨一个公道公平。比如傅山家中来了一位亲戚,打秋千,猝死于秋千架下。有人告,你要洗去罪名,这时你就要托人求情。找什么人?找平民穷光蛋行吗?不行。你就少不了要找绅士,最好是官员,大官更好。要找人,临时抱佛脚行吗?也不行。就要先拉关系,也就是"应酬";对许多人,由应酬而生友谊,也是有的。因为官员中也有一代大儒、一代文人,他们也想与遗民相近。所以,应酬是少不了的。

傅山与山西当地官、商的关系非比一般,赠书法,看字画,赠诗赠文,许多都是"应酬",黄宗羲不写字,但写文章"谀墓",也是少不得的。一个以画卖钱,一个以文卖钱。他们也要生活!实际上,康熙一朝开始不久,所谓明末遗民也就只以不在清朝做官为底线。子孙要科举,子孙要做官,自己交接官员,都是可以的。顾炎武在跋《石道人别传》(作者为傅山好友戴廷栻)一文中说:"行藏两途,人生一大节目……一失身百事瓦裂,戒之戒之。"所谓行、藏,就是当官与不当官,也即最后底线。所谓遗民,此后也就只此而已。你不能"应酬"于世。

　　上面说到的徐干学,就是一个例子,不但黄宗羲找他,而且遗民傅山与他也有关系。而徐干学正是大儒顾炎武的外甥。说来也巧,徐干学同顾、黄、傅都有关系,从徐干学身上可以体会到遗民们不得不应酬这样的人,甚至不单是应酬。徐干学弟兄三人在清朝顺治末年到康熙初年分别考为状元和探花,每个人都居高官。而这三位里,尤其是徐干学,在当地地方上,近于恶霸。当时朝中上下,议论颇多。可是谁不想依靠他呢? 顾炎武有这么三个外甥,才得以辞掉"博学鸿辞"的应试。并且也因此,他晚年居无定所,畅游黄河南北,每到一处都有地方官员接待。这与他的这一门亲戚大有关系。当然,必须说明,顾炎武的成就和文名,在海内早已确立,有点文化的官员还想巴结他,借他的光为自己增色呢(黄宗羲、傅山也是如此)。于是黄宗羲这样的高人也向徐干学请托人情。傅山呢？也与徐干学有关系，当然很可能是"应酬"。徐干学在为傅山的友人刘体仁的书写序时曾说："颍川刘公勇先生，天下骏雄秀杰士也……经太原特访傅青主于松庄，坐牛屋下对赋诗移日，其高尚如此。"如果与傅山素无往来，他能这样说吗？

傅山研究专家白谦慎说的很俏皮："在这里，赋的什么诗，赋的好不好并不重要，只要能和傅山一起在牛屋下赋诗移日，在清初便已经是'高尚如此'了！"傅山谈及那些官员，也就难免有些过头的话。黄宗羲后来也是称清为"国朝"，称康熙为"圣天子"，与当年大大不同了。顾炎武经济情况好像好一点，不必多求人，但每到一地，对官员们说几句好话，怕也是难免的。明清的恩仇和界线，在遗民身上和心理，也慢慢淡出了。

二〇〇七年九月三日

散文谱系待梳理

在二十世纪结束以后，梳理一下二十世纪散文的谱系，是很有意义的事。在我看来，这问题是"剪不断，理还乱"。五四以后，新的人物有一股与古代文学"一刀两断"的决心，一切从头来。其实不能如此，文化是斩不断的。这是"剪不断"的一面。但是废文言，用白话，又大大疏远了与传统的关系，加之外国文学的影响，使古今谱系的关系模糊起来。这就是"理还乱"的一面。很少见有人来理一理散文的谱系。据我所知，以前在这方面发表过一些意见的，有曹聚仁先生，他也是在《鲁迅评传》里涉及二周时说的。"绍兴师爷"文风，二周同有，而且是其来有自。曹氏从地域上讲，说二周继承王允《论衡》及明末徐文长、张岱及清代章实斋、李慈铭"刀笔吏的风格"。后来又说到章太炎文风对鲁迅的影响很大，在章门弟子中，"得其神理的莫如鲁迅"。那是远远地从魏晋文章过来的。不过,在《鲁迅风》一章结尾,曹氏以周作人为鲁迅风传人,却是以同源而掩盖了殊途。

这一点还是陈平原说得好。陈氏也并不是专谈散文谱系。陈平原先生近年转向中国现代学术史研究,一九九八年出版的《中国现代学术之建立》,洋洋三十六万字,颇见功力,颇获好评。此书自然主要是研究学术历史。副题是《以章太炎、胡适之为中心》,也颇具眼光。读过此书,觉得作者毕竟是研究现代文学出身的人,二十年前同钱理群、黄子平一起首先使用"二十世纪中国文学"的概念,并作了很深刻的阐明。因此,这书里对中国现代文学的论说,多有高见。其中涉及散文谱系的,很可一谈。

我读后觉得新鲜有趣的,有两点。

一是关于现代散文的谱系梳理。据作者的意见,二周对于魏晋文章的重视和欣赏,主要来自其师章太炎的影响,还有刘师培的见解,于是作者为我们写出一个现代散文的谱系。这个谱系,作者说,"很可能是如此描述:章太炎、刘师培——鲁迅、周作人——俞平伯、废名、聂绀弩——金克木、张中行。"他还举出一位梁遇春,作为废名的弟子。作者认为,主要是二周的环节最为重要。"至于周氏的弟子及后续,只是为了便于叙述而'举例说明'。"但这也就非常有趣。这种谱系梳理,以前较少有人道及。关于张中行,作者尤为重视。张是新时期才以散文名家的老人。张的散文自有其佳处。但是,也常有读者指摘,以为伤于絮叨,视觉死板。其实对周作人的后期文章,也有人作过类似的批评。作者在书的注释里,特别加了一笔说:"在众多后学中,做得周氏文章神韵的,当推张中行。"是耶否耶,很难一语敲定,但是有相当的说服力。因为张氏的温婉平实,是有点近于知堂的气度。这谱系所提到的人物,金克木先生又于不久前去世,只有张中行先生硕果仅存。在这一代以后,比如说到了目前,还有人继续这个谱系没有,作者没说。我想该是还有。近来有位止庵先生,常写文章,并多研究知堂。他的文章就有点知堂的意味。至于是否能入此谱系,当俟来日。不知为什么,更得鲁迅风骨的是哪些后者,作者没说,也许因为前此已有人说过不少。但以前学者从魏晋入手来谈的,也并不多。

二是关于哪些作家继承明末散文笔法。周作人是一直大声疾呼继承晚明小品的人,他的散文一直被认为是从晚明的路子上来的。作者在此书里作了明确的分析。周作人是为了抨击唐宋八家的古文,才选取了与"八家"唱对台戏的晚明小品。当然也因为晚明小品多活气,有朝气。但是周作人自己的文章可不是走明末小品的路子。周作人还有点看不上明末小品的艺术性。我一想,也是。看一看三袁和张岱,何等风流倜傥,灵动多姿。但老实说,不免有周作人不赞成的那种"山人气味"。周氏之文并不如此,而是平实家常得多。他更近于南北朝时《颜氏家训》的路子，如果以明末清初的文章相比附，我觉得他倒是更近于山西的遗民傅山。傅山有《霜红龛集》。这书我读不大懂。不过傅山的书信、杂著、家训，还是比较好读的。单纯的散文，他似乎总比不了江南的张岱。不过，傅山杂著一类作品，现在一般称为随笔的，我倒以为比起同时代大家并不逊色，或者说，自有特色。在后来人的眼里看，也许他的萧散平淡是重要的特色。鲁迅曾说傅山"语极萧散有味"，并抄出他的一节文章附在书账里。周作人可是更加喜爱傅山，谈的也多。他多次说过，他最喜的文章是《颜氏家训》和陶渊明文，他以傅山和他们并列，再加一位日本的芭蕉。《老年》一文谈日本诗人芭蕉的文章之妙，同时又说到，以文风而言，"中国文人想找这样的人殊不易得。"他引傅山一则杂记为例："老人与少时心情绝不相同，除了读书静坐如何过得日子。极知此是暮气，然随缘随尽，听其自然，若更勉强向世味上浓一番，恐添一层罪过。"我想这文章也同鲁迅所引近似。这种萧散有味该是散文中不易得的一种境界和功夫。"暮气"竟同今天的用语，"向世味上浓一番"的"浓"，简直有点"陌生化"的现代手法了。与傅山相友好的顾炎武早已称傅山之作是"萧然物外，自得天机"，可见早有古人作如此评语。傅氏《训子侄》中就说"我庾澄开府萧瑟极矣"。所以我认为，周作人笔调可能更近傅山一路。那么谁学得了晚清小品风格？陈平原先生对这一点说得最有趣。他说林语堂谈"闲适"，办《论语》，本来就

"与周氏指点大有关系"。"有趣的是,真正谈得上承继三袁衣钵的,不是周作人,而是林语堂。"我觉得,这个名单还可扩展。梁实秋是不是也从明末散文路子上来?那么朱自清、何其芳,以后又受到他们影响的黄裳(他是那么热爱张岱,称之为"绝代的散文家"),是不是呢?

在区分鲁迅与周作人文风上,陈平原比曹聚仁精细。他认为,鲁迅直接从魏晋的嵇康、阮籍而来,多愤怒不平之气。而周作人却从稍后的南北朝《颜氏家训》入手,平静而从容得多。

二〇〇一年二月

散文最要平常心

我近来读了两篇文章。一篇是一位热爱英国某散文大家的学者写的,一篇是一位热爱美国某散文大家的学者写的。他们都有点"迷"的味道。他们为自己喜爱的散文家不能获诺贝尔奖而不平。我都有些信服了。我感到作家写散文随笔不合算。这话是从个人功利观点来说的,太庸俗。不过这种现象也许真的存在,这是以外国散文随笔大家的经历来作例证的。在中国,目前散文随笔正火,人们并不感到这一点。但是一说到诺贝尔奖,随笔作者自然就自觉差得远,比小说家更是远。于是我翻看了一下九十多届诺贝尔文学奖的奖项记录,真的,大都是小说、诗歌或戏剧奖。以散文名义而获奖的,一共只有三个人,即德国的孟森(一九〇二)和英国的罗素(一九五〇)及丘吉尔(一九五三)。人们都知道,后两位也还并非一般的散文家,他们的获奖,一是为其哲学史大着,一是为其长篇的回忆录。只因散文而获奖的,也许只有一位。占多大比例呢?这是一段闲话说过。且说正题。

新近出版的《万象》一卷二期,有思果一篇文章,题为《谈麦克斯·比尔博姆》。比尔博姆(一八七二～一九五六)是英国大散文家,思果自称是一位"麦迷"。其实王佐良在《英国散文的流变》里,也是把麦氏作为当代"随意文体"小品文的第一号人物。思果文章里说,这位麦氏,聪明,有才气,深思,有诗意,"加上爱好学文——散文家不许没有学问,虽然他不是学问家"。他说:"他真是最合格的散文家",从各个角度衡量都是。他有一句话说得特别好:"有的作家有佳作,给选家一选,所剩无几。(笔者在这里插几句笑话,要是"自选集"那就总也选不完的)。而少数作家即使几十个人选他的作品,精选也选不完。"麦克斯就是这种大作家思果在文中惋惜:"他这样高明的大散文家没有得诺贝尔文学奖。"不过他说比尔博姆的读者不多,而且说"据他自己说,二三千人而已"。这我可不大相信。他为广播电台写稿,听者有多少?我想这大约也是比尔博姆的自谦或幽默。由这位英国大散文家,我想到美国的一位,而且也是据介绍。董鼎山先生居美五十年,对美国文学界很熟悉。这位先生可以说是一个"怀迷",就是迷上大散文家 E·B·怀特。他有几篇文章谈到这位怀特,崇敬钦佩极了。怀特一九八五年去世。董先生说,"最能引起我怀念的是怀特,尤其是国内目前推崇散文之际。怀特在美国当代散文大家中坐了第一把交椅。严谨持重的《纽约时报》甚至发表了一篇题名《怀特的要素》的社论来悼念"。该文评价分析怀特之文,总的评价是"十全十美的"。而且说,"由于他的静静的影响,美国好几代作家都写得更好了。"但是怀特也与诺贝尔奖无缘。董先生在另一篇文章《散文大使的选集》里就感慨曰:"虽然他没有获得诺贝尔文学奖(由于他的作品太'零碎'),他的闻名(至少在美国)可与刘易斯、史坦贝克、福克纳相提并论。"对这两位散文大师不得获奖,评论家是各有不平的。

说到这里,不妨再加几句。这两位,在文风上都不故弄玄虚,假作深奥;相反,都能"自娱且娱人",清淡、隽永、幽默。我也偶读当前的随笔小说,有些同感。我觉得散文随笔就该这么写,至少不要他的反面,不要讲谁也不懂的哲学,不要老讲大道理,不要恶口相骂,不要堆砌词藻和"情调"。总之,散文随笔要使平常人的平常心能容得下,不能使读者累得慌。

二〇〇〇年七月二十一日

当年人说散文

新世纪一下子就到了。于是就有了应时的题目:二十一世纪,散文怎么写? 这题目好出。未来一百年的文学大事,谁能答上来? 见《文艺报》一百六十五期上就有这一题,所以我才这么说。现在我也来谈谈,真叫做妄言。

该文里的第一小题就是《散文要有大境界》。我不免怀疑:我们从以往的"大境界"(以及大气魄、大胸怀、大视野、大问题并有大写的人)里走出来,使散文复归于个人,还没有多久,又要"忘我"? 我不大相信这种方案。我不是反对大境界。大境界是许多散文作品的好处。现在写大境界的作家也有,也写得好。但不必以此为散文高下的区别,更不必号召。而且,多大才算大? 也难把握。《朝花夕拾》境界大不大?《雨天的书》境界大不大? 难说。现在报刊上常有的某些散文,如董桥的小品,大家都说好。但是它们真叫"小"。篇小，字少，所言也多不出书房一角。这叫做"虽小却好，虽好却小"。作者如果求"大"，也许他就写不出了。张爱玲没有大境界，汪曾祺也没有。当然反过来也能说，余秋雨就一写就向"大境界"着眼。他写得也好。他那《千年一叹》也许就是这样的代表。老一代的作家里，费孝通纵横万里，黄裳跨越千年，是大境界的高手。所以我把王熙凤的话改一下，"大有大的好处，小有小的好处"。有个人性情，又有文化品位，才有好散文。我还敢反过来说，没有个人性情，没有文化品位，散文是写不好的。

那文章的第二小题是：《散文如何创新》。这是老问题。不在世纪之交，这也是问题。多年来总说，总是那几句话，没有意思。我倒想，创新不忘忆旧，前瞻何妨后顾。三十年代中期出版《中国新文学大系》时许多名家分卷为之导言，鲁迅也是其中一个。郁达夫为《散文二集》作导言，我看那导言就写得好。周作人是更大的一家，他为《散文一集》作导言，那导言就很一般（许多话都是他以前说过的，杂凑起来，当然话的本身自有其价值）。我记得鲁迅一九三五年十二月致王冶秋信里曾说到那套书，其中云："其中几本颇草草，序文亦无可观也。"我怀疑那里面就包括周作人的导言。所以我想着重说郁达夫的导言。郁达夫的意见与周氏意见其实大致相同。说散文一词的意义、沿革、变迁，此处不重复。重点在于《现代的散文》一节。这一节是对五四以后十五年散文的总评,得与失。这些话对我们今天的写作仍有意义。郁和周都极重视五四后散文的源流,他们认为是晚明小品与英国散文两方的影响所成(鲁迅也有此论,见《小品文的危机》)。当时有成的作家都带有这样痕迹。这也未尝不可说,他们重师承。现在人论文,一说某家某人有某某"情结",也就是说他心仪某大师或某大著,好像是贬词,或简直就是骂人,说他没有创造性。其实。没有什么"情结",就一定能有创造性了吗?大大不然。胸无点墨者,也不可能有创造性。比如鲁迅、周作人,他们并不走"晚明+英国散文"这样的路,但他们也不是没有师承,没有"情结"。鲁迅心目里有魏晋文章。周作人则倾向南北朝,《颜氏家训》的平实家常对他影响很深,后来山西老乡傅山的书札随笔也深为他喜爱。他的文风同这些人很相近。而林语堂是"晚明+英国小品"的真正继承者,也许还有梁实秋。他们都蔚成大家。顺便再说,董桥笔下不是有明显英国小品之趣吗?余光中和现在才走入我们视线的陈之藩也如此。前代经典不可不学。学不好是你才气不足,或方法不对,学是要学的,"情结"也不可废。

郁氏在《现代的散文》一节中所谈,多堪玩味,此处不能细说了。

二○○一年十一月二十六日

文章喜家常

我喜欢读不太费力就能读下去的文章，也就是消遣性的。但偶尔也想读一点有理论意味的。后者可就不好选了。一般来说，一有理论性，就有专用词语一大串，偶尔遇到稍易读的，使我欣然。英国小说家、散文家奥威尔论托尔斯泰为什么讨厌并贬低莎士比亚，就写得明白而且有趣，有新鲜感。王佐良先生在《英国散文的流变》里说，没有人曾写的这么清楚透彻而不用一个专门名词，全是"平易的词，自然地句式和明快爽朗的散文节奏"。这对普通读者，真是功莫大焉。我新近读到刚出版的《俄国思想家》一书，是大学者义赛亚·伯林写的，他也是英国人。他更博学，随意而谈，纵横百年世事。他崇拜赫尔岑。他评论赫尔岑时，那么风趣自然，仅就文笔而言，我也没见过比他更好的了。他谈托尔斯泰，谈到托氏的《战争与和平》，分析人物及材料来源,也是那么有趣。他所谈甚广,也不能使普通读者如我者全读懂,不过有趣,总让读者终卷而流连。《万象译事》卷一(一九九八)里收关于伯林的评价文章都认为他的博学惊人,文笔漂亮,是闲谈圣手;后来又翻王佐良《英国散文的流变》,书里说此君的论文原是真正的散文,是"谈话体散文",而且说他是"出众的闲谈家"。我真喜欢这种闲谈式的散文。我就想到,为什么写这种论文的都是英国人?后来想起,英国人本来是善于闲聊的,他们把那闲聊的本领用到写作上,就造成了许多散文高手。这一点,五四以来早有许多学者论述。那些学者还以为,中国五四以来的散文,就受英国散文的这种影响。

这种议论好像是首先见于周作人论五四散文的文章里,他说五四散文"是公安派与英国的小品文两者所结合"。以后鲁迅在《小品文的危机》(一九三三)那篇名文里也说过:"因为常常取法语英国的随笔(Essay),所以也带一点幽默和雍容"等等。到一九三五年郁达夫为《中国新文学大系》写《现代散文导论》时,就说得更系统而充分了。他说中国散文"受了英国 essay 的影响"。我们现在不说这些。我想说,郁达夫提出英国散文的"不拘形式家常闲话似的体裁",叫 Familiar essay。所谓 essay,在散文里是近于论文的一种。那也就是聊天式的议论文。钱钟书一九三三年写过一篇书评,评《近代散文钞》,其中提出 Familiar 可译为"家常体"。我想,以上说到的奥威尔和伯林的那种论著,也就是家常体论文。我想一般读者如本人者，都爱此一体。家常，让人人都能接近，一点架子都没有，多好。顺便再说，钱氏还在那篇文章里提出，"中国此体之形成，在魏晋之世乎？"可见是古已有之。魏晋以来，关于文章的"文、笔"之分，讨论了千百年，在清代又谈了二三百年，也没有结论。世纪初，大学者刘师培（鲁迅很佩服他）写书综论，认为"有韵为文，无韵为笔"。我认为他说的扼要，记住了。钱钟书说，不在于有韵无韵，文笔之分在于正统大论和"家常体"、闲聊式的议论。是耶否耶，我不敢说，但此说也相当有说服力。总之，不管是生活小品还是议论文章，家常体都让人喜读。

我希望我们的评论家，也照顾一般读者，学学"家常体"。

二〇〇一年十月

开卷细赏文林"晚"

文学史上早说过唐诗有"初、盛、中、晚"之分,晚唐诗比不了盛唐、中唐,然亦有佳处。在上个世纪三十年代,经周作人、林语堂的提倡,"晚明"使用频率又多起来,主要是在小品文的介绍和评价上,而且曾引起大争论。鲁迅也参加争论,使这争论成为新文学史上的重要话题。晚明小品的确写得好,又有迷人之处,但是近来看到清代文学专家钱仲联编"明清散文八大家"的说明,里面又未收晚明的一路。但晚明小品至今仍是学者喜谈的一个题目。近几年,"晚清"可又是一个文学研究上的大题目了。新近买一册夏晓红著《晚清的魅力》,书名是用陈平原的文题,也是作为这书的《代序》。由此可见,晚清在现在又大有"魅力"。我见到的,是这三个"晚"。唐、明和清,这是三个大朝代,存在的时间长。但我说不清为什么汉、宋代就没人列出一个"晚"

来。要说宋代有个“南宋”相当于“晚”,可是明代也有一个“南明”。汉代没有“晚汉”之说,大约是有“后汉”,所以人们只说西汉末、东汉末。以“末”代“晚”。其实我想,在文学上,也许魏晋才真相当于“晚汉”。这都是“王纲解钮”的时代,或有外来思想启迪,或由于生活巨变引发思考,总之,是冲破旧的思想樊篱和艺术形式。作家找到新的表现方式,有的当下就成功,有杰作出现,有的就只能是开个头。

“晚”字打头的文学作品,是否有价值,或曰价值是否高,还要看它艺术上的积累是否足。一般来说,在漫长的朝代之后,文化积累都相当厚,又有外因内因促进,“晚”字派的作品常有可观。可以是诗词,可以是散文,或小说,或词曲。但是似乎散文小品更易发达。或者说,总少不了它。我们现在说得多的是“晚明小品”。晚唐呢? 以前多指诗言。鲁迅《小品文的危机》里可是指出当时的名诗人皮日休、陆龟蒙也是小品之大家。鲁迅说,他们的小品文“正是一塌糊涂的泥塘里的光彩和锋芒”。鲁迅接着就说到晚明小品,“虽然比较的颓放,却并非全是吟风弄月,其中有不平,有讽刺,有攻击,有破坏”。就是说,有鲁迅所主张的战斗性。其实我们现在读来,那里的“吟风弄月”(如大家盛赞的张岱的“绝代散文”)也真是好,魏晋散文,古有定评,晚清以来人们喜爱。晚清呢? 它在许多方面都有较高成就。可是,它的学术文章,它的报刊文章,还是更为人重。以章太炎、梁启超为代表的政论文,风行一时,促使民智开启。尤其梁文,接近白话,使一代文风大变。这为以后"五四"的白话文,开了道。看来,老字号的"晚"字牌,常有很高的价值。如果是命短的朝代,可就不行了。中国如此,外国也差不多吧。总是在大变动的前后,有大人物和大作品出现。

二○○一年十二月十三日

走向《纽约客》

　　《中华读书报》(二○○○年十一月一日)头版登载一条消息,题为《八十多种期刊大"变脸"》,说文学文化刊物,将有大变。我想也是时候了。其实,近年以来,已有多种刊物变了"脸",也变了精神。我读得不多。我知道吉林省的《作家》,早已大变,精进。前些时读到《作家》杂志二○○○年第十期,果然不俗,从板式到内容,都有大刊的气度。其中有董鼎山先生《〈纽约客〉杂志故事之一》,心想,这稿子组的好。因为《作家》杂志在刊物的广告上一再有"中国的《纽约客》"的标榜,这大约就是他们奔向的目标。有这么一个目标,是大有好处的。所以现居海外的董先生就写了《纽约客》的重要编辑麦克斯威尔的故事。我本爱读董氏的文章,就读了。的确,要想办一个《纽约客》那样的杂志,就要有那样的编辑。鲁迅编《语丝》,林语堂编《论语》,黎烈文编

《自由谈》，曹聚仁编《涛声》，都是编辑好，有眼光，识人，识稿，也会写。我希望《作家》杂志能走到这个高度。我看董鼎山以及其他一些人谈到《纽约客》都有口皆碑。大概说来，是高雅而又新锐。据说，那上面的文章都写得冰清玉洁，不脏，不俗。你认为美国人就是会弄个"全裸"，其实不然。它的大编辑 E·B·怀特的散文就是一个范例。前不久翻《万象》，读到张新颖谈《纽约客》杂志。我早已听说过，《纽约客》是美国老牌文化杂志，创刊于一九二五年。我知道从这个杂志上走出无数重要的美国作家。好像一位作家要是不在《纽约客》上发表作品，就不够劲儿，而要在那上面发作品，又很费劲儿。怀特一九二五年起为《纽约客》写稿，一九二七年起加入该刊编辑部工作，干了一生。文章写得漂亮极了。张新颖说怀特是"独具风格的杂志首席文体家"和专栏作者。我不明白文体家还有什么"首席"。但怀特的文体是一直为人称道的。它清晰、平易，又文雅、幽默，是所谓冰清玉洁的一格。在那个大杂志上写专栏不是易事，但他写了十几年，直到退休。他活了八十多岁。喜爱怀特文章和文体的人，很多已经成为怀特迷。董鼎山先生居美五十年，对美国文学界很熟悉，这位先生可以说是一个"怀迷"。

　　他有几篇文章谈到这位怀特，崇敬钦佩极了。怀特一九八五年去世。董先生说，"最能引起我怀念的是怀特，尤其是国内目前推崇散文之际。怀特在美国当代散文大家中坐了第一把交椅。严谨持重的《纽约时报》甚至发表了一篇题名《怀特的要素》的社论来悼念"。董先生此文的题目是《怀特的要素》,它评价、分析怀特之文,总的评价是:"十全十美的。"而且说,"由于他的静静的影响,本国好几代作家都写得更好了。"这就是说他影响了一个时代,几代作家,其文体之力可称大矣。其实这也可以说是《纽约客》的力量。但是怀特竟与诺贝尔奖无缘。董先生在另一篇文章《散文大师的选集》里就感慨曰:"虽然他没有获得诺贝尔文学奖(由于他的作品太'零碎'),他的闻名(至少在美国)可与刘易斯、史坦贝克、福克纳相提并论。"对这位散文大师不得获奖,评论家是各有不平的。

我知道的另一位"怀迷",也是曾在美生活大半生的学人吴鲁芹。据夏志清在《鸡窗集》中所记,他这位老友连生活方式也学起了怀特。他也要做隐士。吴先生是英美文学的研究者。夏志清在文中引吴的话说及怀特。原来吴先生编成一部《英美十六家》的文选,在美国部分当然选取了怀特,他谈怀特,第一句话就是:"如果只准谈一位当代我所喜欢的作家,伊·碧·怀特之外,实在不作第二人想。"接着就说,"拿今天美国散文大家来说,怀特无疑地是鲁殿灵光。"顺便说起,夏志清先生也是很推崇怀特的,他说,美国当代称得上"娓语体"散文大家的只有怀特一人。所谓"娓语体",我想也就是英国式的家常体、亲切闲话体。但是不同的是,夏氏并不十分喜爱怀特文章。他的理由是,

"怀特不爱读书,写些身边琐事,美国景物,文笔再好也引不起我的兴趣。"有一些学者倒是有这种看法,就是写随笔不许没有学问。

我以前编过几年文学杂志,现今也早已不算"业内人士"。不过我还很喜欢知道些有关事情。在今天的中国,球队请洋教头,大学请洋教授,企业聘洋经理,已不是稀罕的事儿。杂志没有听说请洋主编的。但是却听说这几十年来,美国的几家大杂志可是有不少是请了英国人去编的,甚至成为一时风尚。久居美国的董鼎山先生在《纽约最红的编辑宝座》中说到,美国的《时尚》、《小姐》和《哈泼氏市集》(时装杂志)都是从英国请来的编辑编的。好像英国人会编这类报刊。我想这也许与英国人特别有幽默感,又能闲聊,善写亲切的随笔,还有比美国人更深厚的文化素质有关。这个时代,也许有这种风格更为人喜欢,更易为读者接受。说教,大喊大叫,激昂,满脸苦大仇深,这固然不行;但一味调侃,骂街,拿肉麻当风情,以粗俗为洒脱,也不行。董鼎山《纽约最红的编辑宝座》是专门介绍蒂娜·布朗的。我在《万象》杂志上又读到董桥的《制造话题的女人》,也说的是她。两位董先生都熟于英美文事,又同谈一人,甚有可读可思之处。布朗来自英国时只有三十多岁,本在英国编一个讽刺杂志,风风火火,正在得势。美国报刊大亨纽豪斯看上她,以特高的价钱聘用。一九九四年她经手后,美国散文日走下坡的大杂志《名利场》，起死回生，销路提高四倍，成为目前最为人称道的趣味性综合杂志。我在此为什么说她？因为她后来又接手《纽约客》，也办得很看好。好像她是一位使杂志起死回生的专家。不知现在是否还在编《纽约客》。

二董都惊叹这位女士的才能，并探究她的秘诀。其中之一是将贵族化和流行化结合起来。董桥说"那是英国的人文修养和美国的可乐文化文明复制"。我想也就是时髦、好看而不失高格调吧。据说她为每期杂志写的卷首语，都是漂亮无比的。还有，就是她是最会制造话题的人，当然她也会谈。要使杂志的"笔调风格和编排开本都让人觉得很像聊天似的亲切"。您瞧，"聊天"的风格出来了吧？"不能书生气太重"，她说。政治、经济、社会问题都可以谈，但必须"包装得热闹而有品位"。热闹和品位，不可缺一。我不知道上述的事，《作家》杂志能做到多少。当然这也不是效颦的事。情况不同，总得慢慢来。

二〇〇一年二月十日

最早的"保护"言论

近几十年来,海洋里有名的大鱼如鲸、鲨,日渐减少,某几种几近灭绝。长江里的鲥鱼、刀鱼,也少得可怜。近见报载,所谓的舟山黄鱼,有九成都是假货。为什么?因为没有了,捕不到那么多了,只好以假乱真。

前些时,老家来人说,江苏徐州那一带的某种淡水鱼,卖到三十元一斤。我问清了那种鱼,真是苦笑了一下,我记得它,长着宽嘴巴、长胡须,无鳞,有点像鲇鱼而略小,倒有点像泥鳅。在五十年前的徐州街上,它是最不值钱的鱼,市民叫它"葛葛艾",好像就不入"鱼"的行列,几乎没人吃。现在为什么卖的这样贵?很明显,是少了。越少越贵,越贵越有人捕,捕了卖钱,于是滥捕成风。

象牙、羚羊、虎骨、熊胆,值钱,于是捕,捕,捕。穿山甲好吃,也是捕,捕,捕。保护自然资源的意识几乎没有。前几天闲翻《左传》,我发现我们的祖先,在公元前七百多年就谈到这个问题。按说,那时候人口少,真是有广大、丰厚,几乎无限的自然资源。但是,有人也提出,而且当做一个制度和人伦道德问题来提出。这给我们警示,值得一读。

《左传·隐公五年》记,那年春天,鲁隐公要到棠地去观看捕鱼的场面。大约那是很好看的,甚至是很壮观的场面。搞一次,要费时费事又费财力,所以隐公的叔父臧僖伯就出来反对。他说了很长一段,我只截下几句来看。他说:古之王侯,春夏秋冬四时的打猎行为,是为了练兵习武。"鸟兽之肉不登于俎,皮革、齿牙、骨角、毛羽不登于器,则公不射,古之制之"。这是说,如果这些东西,不是为了祭祀,不入于祭品,或不是战争所必需,王侯之人是不捕猎那些兽类的。打猎不是图好玩。"若夫山林、川泽之实,器用之资,皂隶之事,官司之守,非君所及也。"哪怕是需要这些东西,也有专门人员去捕猎,用不到王公们亲自动手。而隐公以"吾将略也"(我要巡视边境)为由,还是去观看捕鱼。当然鲁隐公去观看,那表演一定盛大可观,人力出得多,各种鱼也展览得多。棠地离徐州不远,我想也许那种"葛葛艾"也在其中。但臧僖伯称病,不参加,看来他固守自己的原则。《左传》的经文上也写着"公矢鱼于棠"。矢,就是展示。学者们说,这是《春秋》的贬词,看来好像孔夫子一类的儒者,对于无故而捕猎,也是不同意的。后来，僖公一直记着此事，因为同年年底臧僖伯去世，隐公还说："叔父有憾于寡人，寡人弗敢忘"，指的就是这回事。这成了他的一块心病。好像他也有点后悔。鲁隐公说"弗敢忘"，但愿我们后代的人也"弗敢忘"，那就好了。

隐公五年，那是公元前七一八年。我国已经有这样的议论和这样的人，真了不起。

二〇〇七年

食新麦，乐何如

　　我在晋南生活过两年。那里是小麦产区。千里平川的土地上，无边的麦浪一夜之间，由绿而黄，甚是壮观。那里的人是不吃杂粮的，只吃麦，麦面——北方叫做"细粮"。对于晋南人而言，其实主要是吃"馍"，即馒头。那里的人，哪怕吃过三碗米，如不吃一块馍就等于没吃饭。总而言之，晋南人离不了白面馒头。我听到过晋南人对病者的沉重预言："吃不上新麦了！"他们用这种话预言病人的人生将尽。惋惜、沉痛、悲哀。新麦，如此重要。不料我在《左传》上读到类似的说法，或者是相同的说法。我很惊异于几千年来形成的心理、观念，如此牢固。

　　《左传》上的记载很有趣。那是鲁成公十年《公元前五八一年》的事。那一年，晋国是晋景公在位。他做了一个梦。梦见厉鬼侵入。他召来一位"桑田巫"询问。巫是通鬼请神的人，当然一派鬼话。但是那年头是当成正经话听的,不但正经,而且神圣,所以不能以此责之。桑田巫说:"不食新矣!"这就正是上面我引用的、现在晋南人还在说的那句话——"吃不上新麦了"。多么可怕!这对晋景公的打击有多么大,可想而知。于是晋景公又请来秦国的医生看,他说"病入膏肓"。也许是因为先有巫人的话做心理准备,也许是因为秦国的医生是客人,晋景公还夸他是良医,给了不少礼品。谁知就熬到了六月,也就是麦收的季节了,晋景公还活着,而且想吃新麦——新麦面粉蒸成的白馍或者别的什么。于是令人送麦来,于是令人做成。这时候就看出这个晋景公的心有多么窄多么狠了。新麦食品摆上来,他就叫来那个桑田巫,给桑田巫看看。意思当然很清楚:你不是说我吃不上新麦了吗? 看看,这是什么东西? 给巫人看过,就杀了他。我叫你死的明白! 杀了桑田巫,晋景公就要吃新麦食品了。但是,肚子发胀(他到底是位病人),就去厕所。一下子跌进茅坑里,死了。晋景公还是没有吃上新麦馍。虽然桑田巫已死,但他说的话终归应验了。我在这则记事里体会到,《左传》的作者对晋景公是颇不以为然的——你要巫说,而巫是顺着你意思说的,又是据你自己梦到过的事情。话不应验,你还活着,不是很好吗? 所以作者记下晋景公终于未食新麦的故事,我觉得颇有讽意。其实,是不是一口新麦也没吃上,那也不一定。我觉得作者是一位良史。有读者也许会发问,晋景公这样的大人物,怎么会死到厕所里？原来古代厕所，是大粪坑，深得很，装满秽物，人一旦坠入，很难活着出来。不论中外，死于厕所里的大人物，也不只晋景公一个。这是闲话。故事里还有一个更倒霉的人。有个宦官，他说他梦到自己背负景公升天。景公坠于厕所，就令他去背上来，背上来，景公已死。于是就让这位小宦官殉葬。这不是活倒霉是什么？谁让他说拍马屁的话来？另外，谁知道他是真说了，还是别人诬蔑他说来？鲁迅有一文《听说梦》，开头说："做梦是自由的，说梦，就不自由。做梦，是做真梦的，说梦，就难免说谎。"引用到这里来，不管是小宦官，还是桑田巫，都是丝丝合缝。另有一事，是《左传·僖公二十八年》记晋文公梦见与楚王搏斗，其情景是：楚王伏在自己身上，而且咕嘟咕嘟地喝自己的脑浆。这多么可怕！叫我们看，不大吉利，可以说出多种理由。但是好战的大臣子犯解这个梦，说：好呀，你向上，说明上天保佑；他伏身，说明他服罪于你；这说明我们要征服他们。子犯这种解梦的话分明也是说鬼话，分明是说谎。但是后来打了胜仗，什么也不说了。说谎也成了聪明。看《左传》，这种说梦、解梦的事，很不少。以此而杀人或被杀的，也不少。有时叫人心惊肉跳，难以平静。那是一个多么可怕的时代，说谎致死，不说谎也能致死，没法子。

二〇〇七年七月二日

字纸与手纸

　　过去中国人认字的太少。认字的人都是朝廷、官府的人，或接近朝廷官府的人，令人害怕，只能敬而远之。《淮南子》上说仓颉一造字，"天知其（老百姓）将饿，故为雨粟。鬼恐为书文所劾，故夜哭也"。连鬼都怕。鲁迅在《门外文谈》里也说到它的尊严性和神秘性，"中国的字，到现在还很尊严，我们在墙壁上，就常常看见挂着写上'敬惜字纸'的篓子。"这是说的当年上海。我没见过那种篓子，却见过穷困老人提着写有"敬惜字纸"的袋子，拣拾字纸（和没有字的纸），大约是要卖废纸。"字纸"是些什么？什么都有，破书烂报，学童作业，有圣人官府之言，也有小儿文人之言。城里孔庙门外之类的地方，还偶有一个铁香炉，上写"敬惜字纸"，据说在里面可以焚烧字纸，但好不容易拾到，谁去焚烧？当然所谓的字纸都是废纸，是包油饼的，包破衣服的，揩鼻

涕的,或者,茅房里用过的东西。我就想,越是神圣的东西,越是
与秽物接近。

　　近来,我读李零的一篇《天不生蔡伦》,专讲"手纸"的历史,
很有趣。上面说到,一位小学生在老师讲中国的蔡伦首先发明
纸的课堂上发问,在纸发明前,"我们用什么擦屁股",被老师大
加申斥。因为这问题实在不好回答。应当说:随手捡的什么东西
都行,如土块、树叶、高粱秆之类。其实,那时,也有人用写字用
的神圣的竹简"拭秽"。因为现在考古发现,"有些木简是和粪便
样的东西共存,看来是用废简当厕简,就像现在拿废弃文件当
手纸,出土灰坑原来是粪坑,年代属西汉时期。"这就又把神圣
的文字同污秽的粪便扯到一起了, 好像它们一直有着不解之
缘。李零还引证陈平原在日本寺庙里看到的情况,就是在厕所
里立着的"厕简"、"厕筹"一类东西。其实在厕所里插着小木片
之类,中国很多地方都有。黄永玉在《出恭如也》(林行止《说来
话儿长》代序)里说,"厕简"他"知道不少"。在他故乡,稻草、竹
片都可以放在厕所顺手的地方,也就是另一种"厕简"。在我们
故乡,把一截高粱秆扯开,其内穰柔软,极适用,但要当心高粱
秆的皮,即蔑子,那可是像刀片一样锋利,千万要小心。

　　那么到了二十、二十一世纪,"手纸"还和文字结缘吗? 那要
看情况。新近看到《谍海名鲨》(华文出版社,二○○七)的摘要,
其中说到法国的情报人员勒鲁瓦。其人着实了得。"一次,在西

柏林出差期间,勒鲁瓦了解到在东德的各个政府部门、机关、军营、警察局等单位,由于缺少人们俗称的'手纸',民主德国的部长、将军、军官、高级要员就拿着正式报告和文件的副本当手纸。副本纸轻薄适度,略带光泽,用过之后,就被水冲进便池坑内。因此,勒鲁瓦交给手下人的一个任务,就是要确定粪便最终排往何处,然后,派特工小组在那里捞取成千上万张被污染的纸团……法国政府就这样获取了当时针插不进、水泼不入的东德政府部门的很多重要文件。"这是当时东德人没有做到"敬惜字纸"的害处,不该用有字的纸拭秽呀。现在科技进步了。人们不缺"手纸",大约都不再用有字的拭秽。而且,现在一个普通的办公室里也有碎纸机,一片两片纸,十页八页纸,放进去,顷刻之间化做千百张碎纸条。小小商业机密或个人机密也不会泄露,何况国家机密。但是谍报人员又有另外的办法吧,不过这是题外的话了。

另一种"自爱"

　　读黄永玉《比我老的老头》，除了得到许多知识和趣味以外，还有极其充实的文化感受。从书名看得出来，著者黄永玉在那一群人里年辈较小，比那些老头都要小三五岁、十来岁，或者二十来岁，差一代呢。那些老头里，有同辈小友（现在也是老人了）可以平等相处甚至互开玩笑的，但很多的是要恭敬执弟子礼的（有他的表叔沈从文呢）。这种种不同态度是不可以一刀切加以规范的。但是我看到在两个地方，对长者，他说是为了"自爱"而如何如何。那事却使我感动，是我多年没有感受到的礼仪和内心活动了。事如下：一，他同钱钟书是有些交往的，早在解放前已有某种关系，解放后见面也很谈得来（能与钱钟书谈得来是不容易的，大家知道），后来又同住在一个高级文化人的居住小区内。文中说到："二十多年来，相距二百米的路我只去探访过钱家一两次。我不是不想去，只是自爱，只是珍惜他们的时间。有时南方家乡送来春茶或者春笋，先打个电话，东西送到门口也就罢了。"送礼品，进家门，原是好借口，他也放弃，实是难得。二，是记与林风眠的交往。他说："跟林先生认识的时间不算短了，说起一些因缘，情感联系更长。尽管如此，我跟林先生的来往并不多，我自爱，也懂事：一位素受尊敬的大师的晚年的艺术生涯，是需要更多自己的空间和时间，勉强造访，徒增老人情感不必要的涟漪，似乎有些残忍。"我们可以看到，两处用到"自爱"，不为自己，都是为对方——老学者、老艺术家。原来，不打扰他们，就是"自爱"。他的道德逻辑是：打扰了对方，老人会有损失，也许会不满，这就是自己的不"自爱"。反过来说，尊重长者、对方，就是"自爱"。当前的人们，不了解这一点的，绝不在少数。现在这年头，大家明白，出现一位学者呀，名人呀，艺术家大师呀，人们纷纷去访问，去握手，去索画索字，去合影，去讨介绍信，去求序，去为他画像，去请他吃饭，去谈学问、谈天气、谈两岸关系……弄得他们苦不堪言（当然也有乐不可支的）。这其实是不懂"自爱"。

我想到，别人对黄永玉这位大画家，也有如此这般不"自爱"的行为。他是画家，画又值钱，能没有人讨要吗？据《黄永玉年谱》，在一九九六年回故乡凤凰县时，写了一个润格，张于墙上。其文有曰："画、书法一律以现金交易为准，严禁攀亲套交情陋习,更拒礼品、食物、旅行纪念品作交换。"又曰:"当场按件论价,铁价不二,一言既出,驷马难追,纠缠讲价,即时照原价加一倍;再讲价者放恶狗咬之;恶脸恶言相向,驱逐出院!"可以看出这是半开玩笑半认真的话。我想,他是被很熟或半熟不熟的人纠缠怕了。他曾有文说及此事,即朋友为朋友的朋友前来求画,一旦应允,则要费数日苦功夫,实在受不了。画家是以画挣饭吃的,焉可如此?我想起郑板桥也有个《板桥润格》,先说各种尺寸的价码,然后曰:"凡送礼物食物,总不如白银为妙,公之所送,未必弟之所好也。送现银则心中喜乐,书画皆佳。礼物既属纠结,赊欠尤为赖账。年老体倦,亦不能陪诸君子作无益语言也。"其意趣与黄氏相近,是为了对付不知"自爱"者。但是,他有温情的一面。在一九九五年冬,他到上海会见许多老友,其中有位戏剧家殷家振,五十多年未见了,生活极困苦。于是黄永玉为他画出一本册页,赠给他,而且说:在适当时候拿出来变卖。后面这句话明明在说,送画页给他,他可以用册页去卖钱花。因为这位朋友对钱比对艺有更迫切的需要。画家是看钱,而且理解这一点的,所以我说这是温情的。用别种话说,这是另一种"自爱"。

二○○七年七月十七日

还有"第二梁任公"吗？

　　读《文汇报·书缘》（二〇〇六年十一月二十六日）上周立民《行将成为神话》，不觉一惊。其文是说以往"大师"们的大学生活的。以往的大师们有"色彩斑斓的大学记忆"，而现在"留给我们这代人的记忆是学分、考级、论文、外语、计算机……"当年的风雅趣事没有了，师长们的学术、道德的趣闻没有了。譬如说，初中毕业的华罗庚被熊庆来教授赏识，就能到清华任教之类的事，还有吗？我记得以前读陈平原的一篇文章，也说到现在大学里没有有趣的事流传于学生之口了。陈平原说，他在北大十五载，"从夫子游"是最大的乐事，也是最受益的事。与师长们交游不单是学其专业，而且可以识其道德、风雅、治学。这一说，就把事情说到实用主义与人文精神的关系了。我前些时读到《张荫麟先生纪念文集》（汉语大词典出版社，二〇〇二），是张氏故里东莞市政协主编，由周忱编选。读毕此书，我想说，那真是一位天才，而且是不世出的大才。我当时想：怎么现在就没有那样的人才了呢？我就想到十七岁，初进清华读书，就能批评老师梁启超关于老子的考证；在《学术》发表文章，编者以为他是清华的教授。他的同学贺麟说他"会成为梁任公学术志业的传人"。而他的老师吴宓在他去世后，在日记（一九四二年十月二十六日）里说："宓素以荫麟为第二梁任公。"这可都不是随便的赞话。尤其是吴宓，他是张氏的老师，而"素"以为张氏是第二梁任公，当然是"一直"以为如此了。那么这话就可能是由他先说出的，而后才传了出来。这也不同于熊庆来之赏识华罗庚吗？顺便在此说一下，也许是一件趣事，即张荫麟似乎听到过类似的说法，他在病重时见到同学贺麟时，就说过："病与梁任公相同，但轻得多……"因为大家知道，梁任公也是害肾病去世的。这个联想，这个说法，大约是有点心理根据的。陈寅恪是张的师辈，不多夸奖人，他在挽诗里也说"流辈论才未或先，著书何止牍三千。共谈学术惊河汉，与叙交情忘岁年。"他是赞赏张的学问，而以为同辈人里少有人能超过张氏。可见张氏当年"从夫子游"的机会甚多。所以夫子们才认识他。现在的大学生、研究生，有几个能够有此福气？反过来说，即使你"从夫子游"，又能得到什么？

　　关于张氏之才，再说几句。这一点，在钱钟书的《伤张荫麟》里也能看到。大家知道，被钱氏赞赏且与交往的人是极少的，著于诗文中的更少。这时开头就是"清晨起读报,失声惊子死",这是极不平凡的句子。然后忆友情,念逝者。"吴先斋头饭,识子当时始。""吴先"是古语"吴先生"的简称,也就是他们共同的老师吴宓。诗的自注有云"吴雨僧师招饭于藤影荷声之馆,始与君晤。余赋诗有'同门堂陛让先登,北秀南能忝并称'等语。"请看当年师生关系是如何亲密。北秀、南能指唐代禅宗大师神秀和尚与慧能和尚,一南一北并称于世。当时是不是有人将钱、张二位并称并美的呢?已不可考。但是可以看出的是,钱氏并不否定此说。这是真正地惺惺相惜。当然,在伤人怀友的诗中总是多说逝友的好话,但据编者注,这"自注"中引的诗写于一九三四年,也就是在张逝世前八年的诗,当无"说好话"的嫌疑。我读许多悼张的诗,以为这首最好,诗里还说,"夙昔矜气隆,齐名心勿喜"。说自己当年心气高,与张齐名,并不觉得特别高兴。"忽焉今闻耗,增我哀时涕"。最后说到:"生前言考证,斤斤务求是。乍死名乃讹,荫蔓订鱼豕。"句下有注云:"沪报皆作张蔓麟。"这就是说,张氏以考证为学,可是你刚去世,上海的报上登你的消息,就把"张荫麟"写成"张蔓麟"了。这又是那个时代的笑话了。

二〇〇六年十二月

"门下走狗"最深情

　　陈丹青《退步集》里的《且说我自己》,说得有趣,也说得真诚。他说,常有青年人请他签名留念,他就"替他们委屈"。我想,此话是一位真正进入艺术殿堂的人说出来的。他接着说:"我签,但即使是伦勃朗或毕加索此刻坐在正对面,我一定不会走上去要求签个名。我会目不转睛看他们,假如能够,我愿为他们捶背、洗脚、倒尿壶。齐白石说他甘愿给青藤八大磨墨理纸当走狗,绝对真心话。"他肯定齐白石说的是真心话,就是因为与他相同,我以为此情可感。青藤就是明代画家徐渭,八大是明末画家八大山人,本名朱耷,这二位都是了不起的人。在中国,以狗喻人是骂人的话。只有少数例外。在皇帝面前自称"犬马",以示卑下;称自己的儿子为"犬子",以表自谦。此外我想不出以犬喻人还有什么好的意思。但"门下"却带有自居学生的意味,这是传统的用语。我记得，我们大家都崇敬的科学家达尔文，他的后继者赫胥黎，继承和保卫达尔文的学说，不遗余力。他就自称是"达尔文的咬狗"，咬狗，其恶斗之状可见。我见过齐白石在画上提过"青藤门下走狗"。齐白石自称为这二位画家的"门下走狗"，是表示极度的钦佩、极度的尊敬和极度的热爱。请注意，这是画家对画家的。也就是在艺术上的，或人格上的。"走狗"何意？也就是这里陈丹青说的，想为他们捶背、洗脚或倒尿壶，这也同于齐白石说的，为他们磨墨、理纸等等。我想他们这是想为这样的画家做点什么，使他们得以解困、舒筋；再看看他们，尤其是看他们作画——那里面的学问可就大了，画家看一小时，也许能解半生的困惑。哪怕只是看一看他们的面目、表情，对画家来说，也是大启发，大鼓舞。我再说一次煞风景的话：这只能对画家说，才有这种意义。他们的心灵有相通之处，他们彼此懂得。这不是青年"粉丝"追星，签个名就激动得流泪。要是换成一位画商，换成北京潘家园画摊的小业主，他就不是单要签名了。他会取出一幅画："请大师在上面签个名吧，您能点石成金哪！"或者就另有一位提出更有气魄的要求："这是笔，请您勾两笔，小品、速写都行。哪怕，一笔，画个鸡蛋、鸟蛋什么的……"要真有这两笔，他就能赚两百万。他可是不当"走狗"，他要当"运钞车"。

　　忠于艺术的精神是可贵的。在当代尤难得，现在，坚守"狗"

的位置,你以为容易吗?那是忠诚,是献身,是寂寞。那是有自己
的理想,有自己的经典,有自己崇敬的前辈。然后坚守它,像坚
守着青灯黄卷,像坚守着一缕香。周围有嘲笑阵阵,也不为所
动。在当代,忠于某种什么艺术,已少有人说了,甚至也少有人
想了。流行便是一切,潮流便是一切。什么来钱玩什么,媒体要
啥咱供啥。只要有人要,咱们就出炉。甜的咸的、枣泥的豆沙的、
两样俱全的、猪肉的、海鲜的,臭豆腐拌胡椒的,都有。他们叫:
"刚出屉,热的呀!"

二○○七年七月五日

蔡姬荡舟之戏

　　暑天里翻阅杨伯峻先生《春秋左传注》。《春秋》所记二四二年,那个时代里,不可一世的杰出人物有齐桓公。我说的是蔡姬给他玩的荡舟之戏。齐桓公有夫人三位、妾六位。蔡姬就是夫人中的一位。《左传》上记:"齐侯与蔡姬乘舟于囿,荡公。公惧,色变,禁之,不可。公怒,归之,蔡人嫁之。"这里记得很生动,用词却简洁之极。只是这个"归"要解释一下。按《春秋》的用词,"归"就是休妻的意思。齐桓公休了她以后,蔡国人又把她嫁出去了。这本是后宫里的一件风雅之事:齐桓公与蔡姬一起划船游玩,蔡姬荡船,也即左右幌动,大约是同齐桓公逗笑。齐桓公吓得脸色都变了,叫蔡姬停止,蔡姬还是荡。桓公恼了,上岸后就把她休了。照我们想,这也只是蔡姬玩过了头而已。无奈齐桓公不解风情,竟做了如此煞风景的事。后来司马迁在《史记》里几乎原文照抄,不过也有些改动,写成:"二十九年,齐桓公与夫人蔡姬戏船中。蔡姬习水,荡公。公惧,止之,不止,出船,怒,归蔡姬,弗绝。蔡亦怒,嫁其女。桓公闻而怒,兴师往伐。"这里司马迁加一句"习水",就是说,蔡姬会游泳。距当时之事几百年了,不知司马迁是怎么知道的。还有一句"弗绝",就是说,不与蔡姬断绝关系,还恋着她。怎么了"弗绝"?则不可知。但情理上说得通,而且更合情理。下面说到蔡姬一嫁出,桓公就发火,攻打蔡国。可见桓公真是恋着她的。杨伯峻注引马王堆汉墓出土新资料,也证实这一点。新资料上说,蔡侯是"听女辞而嫁之"。这里是说蔡侯嫁出蔡姬,是听从她的意见而办的。就是说,是蔡姬自己要再嫁。我们又可以发挥想象了:蔡姬难道不明白桓公的情感吗?当然明白。这更像蔡姬的赌气行为:你要"弗绝",我就要"绝"给你看!于是齐桓公就发动一次战争,攻打蔡国。这要死不少人,流许多血吧。从各方面看,品味一下,桓公和蔡姬,老夫少妻,似乎感情很好。这个爱情戏,比现在的古装电视剧里的爱情戏要好,更真实,更合情理。

二○○七年七月九日

中国洗浴之始

　　我在前几个月读到一本法国人乔治·维伽雷罗写的《洗浴的历史》，这是一本学术性著作，资料颇丰，写得又活泼。我就想到中国的沐浴史也该有人来写。不久就看到山东画报出版社二〇〇六年一月出版的"古代中国文化风情"丛书中的一种，名为《沐浴的故事》。我也读了，觉得此书只在讲与沐浴有关的古代故事，而未能当做一种文化史来深入研究沐浴的发展。虽然也好，总觉不足。也在这时，我读黄苗子写的《人文琐屑》，其中就有《洗澡》一则，是所谓千字文的随笔。黄苗子的文章我极爱读，这位老人真称得上见多识广，随意而谈，就能使读者受益匪浅。这一篇也是。比如说，关于中国洗浴的开端，当然不是什么高深的学问，也就使我这样的普通读者大开眼界。我在这里也抄几句，读者读了也会觉得有趣。

文中说，"中国人很早就用盆洗浴，公元前一七六六年（或公元前一七八三），商朝第一次（本文作者认为，此字有误）皇帝成汤，留下洗澡盆的铭文是：'苟日新，日日新，又日新。'经常洗浴，去除污垢，自然有新鲜感。所以《大学》把它记下，教导管理国家的人，时时除垢，警惕腐化。"

我才知道，常见引用的"苟日新"等语，原来是最古的铸在澡盆上的铭文，古称"盘铭"。澡盆而有铭文，也可见那时澡盆贵不可言，不是一般人家所能用的。黄苗子先生又说："现存较早的中国青铜浴盆是属于虢国季子白的，长三尺九寸，宽一尺二寸。铭文一百二十一字……"我想，这就是又名的"虢季子白盘"，是道光年间在陕西宝鸡发现的，现存中国历史博物馆。

黄文还说，"周代已经有浴室，当时叫做'湢'。"我查《礼记·内则》，果然见此字，注云"浴室也"。而且《礼记》规定，子女们每五天要为父母烧热水"请浴"，"三日具沐"，也就是洗发。

那样看来，我国古代是既讲礼仪又讲卫生的了。我就想起那本《洗浴的历史》里叙及十五世纪法国人，由于某种传染病的发生，后来就害怕洗澡会生病，于是只换衣裳不洗澡。并举例说到一位叫普拉特尔的人，定期到河边洗衣裳。最后，"在地里挖个洞，往里面抖落了一大把虱子，然后用土盖起来，在上面插个十字架。"他倒是很虔诚的，但现在看来很可笑。而我们的《淮南子·说林》里却写着："汤沐具而蚔虱相吊，"那就是说，常洗热水澡就不生虱子了。《淮南子》成书于汉初,比那位普拉特尔的故事要早一千多年呢。

　　还有,我弄不清中国家居的专门浴室始于何时。皇帝的且不说,一般贵族的,富人的,也说不清。虽然说周秦已有浴室,颇讲究,但如何设置,也说不清。新出的《沐浴的故事》重在讲故事,建筑中的浴室也没细说。倒是谈慈禧洗浴的故事里,说到有专门为她建的浴室与卧室相连,洗浴水临时由太监烧好,抬到寝宫,倒进盆里用。慈禧的年代已是十九世纪了,宫中尚且如此,那么,秦始皇时有"浴池",有"陶制的地漏与排水管",是怎么回事呢? 难道中国的洗浴,到清之时,反而落后了吗? 真也说不清。

二〇〇七年四月十二日

盥洗岂小事哉

前几天读一本《清洁与高雅》,是一本写得很好的书,讲的是浴室和水厕的趣史。英国人劳伦斯·赖特著,商务印书馆二〇〇七年出。且说我读到第四章时,看到有这样的关于洗手的描述:"下面接着一个盆,用一个罐子将手从上面浇到手上。"还说到:在欧洲,"这个洗手的程序可能延续了几千年……荷马不止一次地写到(这一点)……"于是我就联想到中国人的洗手。现在在大的公共场所,都有"洗手间"的设施,以前多写为"盥洗室",也许那个"盥"(guan)字不常用,生僻,所以后来改掉了。说来有趣,那个"盥"字有来头。盥,原先只指洗手,后来兼指洗脸。有学者说,它甲骨文的象形字是一个容器,即皿,其实就是个盆,中有水,一双手在其中。那不就是洗手吗?后来清代大文字学家段玉裁说,那是一个人给另一个人倒水洗手,洗后,水流到下面的器皿中。段氏此说，得到更多的人同意。反正一个是说在盆里洗，一个是说用一个器皿倒水洗之，而下面有容器接着水。在中国，用盆洗手，极平常，以前几乎家家如此。在自来水普及以前，倒是较少用器皿浇着水洗手的。

可是在不同的国家，都有浇水洗手的习惯，其间竟有许多故事可说。《清洁与高雅》中说，中世纪的欧洲，"侍者跪在客人面前，右手端着装水的盆，左手端着空盆，客人将手放在空盆之上，侍者将水倒在客人的手上。"这简直就是"盥"的象形文字。接着还说，"试巾搭在侍者的左臂上"。这就有了有趣的事。

第一，大家看，侍者跪着！我们很容易想起《红楼梦》七十五回，其中写尤氏在李纨处洗脸。李纨房里的丫头，"只弯腰捧着脸盆。李纨道：'怎么这样没规矩？'那丫头赶着跪下。"李纨是一位宽厚的寡妇，对待丫头们不太严厉，看来平常小丫头们就是这样蹲着端水盆，请她洗手洗脸的，只是当着客人尤氏的面，她才这样教训丫头们。也可见，欧亚两地，那盥洗的"礼仪"可以是一样的。当然，这里一个是用盆洗，一个是用水浇，略有不同。

第二，有侍者以"试巾"侍候，请清洗者盥洗后用"试巾"擦干。古代中国用水浇手的洗法，见于正史的记载。《左传·僖公二十三年》记着这样的事。秦穆公送给晋文公的侍妾怀嬴，在伺候文公洗手时，正是这样：给他浇手而洗。洗完，文公应当等待这位女士"授巾"，以擦干自己的手。但晋文公"挥之"，注者说，这也就是我们平常把手上的水甩掉的那个动作。但那秦国女士不愿意了，大发其火，说："秦晋匹也，何以卑我？"用现在话说就是："秦晋两国谁也不比谁强，一样的，你干嘛看不起我（秦国）？"这就闹出"国际问题"了。晋文公害怕了，"降服而囚"，就是脱去官服，自我囚禁，以此来向秦国女士谢罪。当时秦国强大，而晋文公比较豁达，所以这样处理。据说这位国君一共娶了九个老婆，每个老婆背后都有一个国家的支持，真也难为这位国君先生。请看，盥洗的礼仪，在古代中国，曾产生严重的事件。讲究甚多，这是现在的人想不到的。单是洗手以后，怎样使其干，就是不小的事，不能"一挥了之"。其实现在也有一定之规。我听一位在外国生活过的人说，洗手后，不要"甩"（挥）掉水，那不好看，也怕沾到他人，最好擦干，或者在烘手机下烘一烘，使之变干。但在古代，就一定要用"试巾"。你瞧晋文公那一次，没有等待"授巾"就"挥"起来，弄得多么难堪。"盥洗"岂小事哉？

二〇〇七年八月八日

余英时:解诗颇师陈寅恪

　　在《中华读书报》上读到刘苏里写的《木已成舟,毋庸再议》。此文介绍陶菊隐《武夫当国》一书,并及于余英时的《方以智晚节考》。其中说到余氏解诗的方法,是将"实证与诠释"熔于一炉。而这种方法首先为陈寅恪成功地应用于他的著作中,尤其在《柳如是别传》里,有更多妙解。文云,"对比陈寅恪师德种种文迹,恍惚乎觉得余先生更像陈门弟子,而去其师宾四先生远矣。"我觉得此言甚是有理。不管是谁,读了《方以智晚节考》,都会惊讶而高兴地发现,陈寅恪的研究方法和论述策略,在余氏的这本书里也得到很好的应用。特别是在读到此书关于方以智投水自杀于惶恐滩的考证,更会有此想。比如,在旁征博引证明"止水"与"致命"之后,说方以智之子记方以智"舟次惶恐滩,疾卒",其中之"疾"是"突然"之意,而非"病"。余氏文中曾说:

"盖密之自沉节殉事,方氏兄弟既不欲彰其迹,又不忍没其实,是以必微婉其诗,隐约其说,故留隙缝以待后人之发其微……"读到这种地方令读者拍案叫绝,大呼又见陈寅恪方法的应用。余先生本已屡屡言及他对陈寅恪方法的敬重。首先他在"余英时作品系列·总叙"里提出,明清易代之际士大夫的精神世界,"今天已在陈寅恪先生《柳如是别传》中获得惊心动魄的展开……在这个意义上,《晚节考》也许可以算做《别传》的一条附注。"在《晚节考》的"增订版自序"中又说到晚明遗老诗作中的"隐语系统"问题。"钱牧斋、吴梅村之诗向来号称难解,其故在此。顾亭林在诸遗老中最为直笔,顾其诗中以韵目代字者亦往往而有。""惟有实证与诠释于一炉而卓有成效者也。"由此可见,余英时是以陈寅恪的方法为方法,并以他的学术为楷模的。

不过,可也不好说他是"去其师宾四先生远矣",因为这里也有一个研究对象的问题。我在余英时《现代危机与思想人物》一书里,看到收入谈论陈寅恪的文章四篇,谈论钱宾四的文章四篇。在谈钱宾四文章里,他谈到钱穆(宾四)先生的史学精神,一是不立学派,不为学派争;一是先通后专,"用今天的话来说,钱先生所提倡的是'宏观'和'微观'交互为用。"我想余氏是以此作为自己治学的规范的。至于陈寅恪和钱宾四在史学方面的重大差异,我不懂,故不敢说。但是至少在余英时眼里,陈、钱二位没有很大的差异。他说,"在第一流的中国史学家中,汤用彤和陈寅恪便和他的观点甚为接近。"余英时说钱穆主张"要吸收西方的新文化而不失故我的认同。这和陈寅恪先生所谓'一方面吸收输入外来之学说,一方面不忘本来民族之地位'是完全一致的"。当然,具体的差异和相同相通之处还多,在此不必细说。现在回到前面说的"研究对象"上。

余英时有一系列的著作是研究文化人物的精神世界的。而这一点正与陈寅恪研究陈端生《再生缘》的著作,和更大规模研究明清易代时士人精神的《柳如是别传》相合。更加上这些对象也是诗文界里的人物,他们本身也与诗人作家交往甚多,因而其事迹为诗文所描述,作者也就大可以施展他的细读文本,详考渊源,兼发想象的本领。余氏也说过,陈寅恪晚年从事的是"心史",深入历史人物之心,凭借"历史的想象力",构造了《柳如是别传》里的一个个生动形象。他还说到,《柳如是别传》用小说的方法塑造人物。他也致力于陈寅恪诗作的解读。他说,他对陈寅恪诗作的分析,"完全师法陈先生《柳如是别传》的范例,决非有意地穿凿附会。"他著文诠释陈寅恪晚年诗作,用力至勤,极为难得。但是,有时也令人生出一点怀疑。比如,说陈寅恪一九五七年端午节写的《丁酉五日客广州作》能看出"鸣放"是一种"计谋",而且能预见大鸣大放的结局。这未免说得过头。陈寅恪不是政治家,即使当时的许多大政治家,也未必看得出这一点。

二〇〇七年一月三日

陈寅恪眼中的"汉圣"杨树达

陈寅恪先生与杨树达先生（一八八五～一九五六）相知甚深，这一点人们谈的不多。杨树达，字遇夫，号积微，湖南长沙人。他在语法学、修辞学、训诂学各方面都有建树，各方面的著作常被列入当代学术经典。我读了《积微翁回忆录》（上海古籍出版社），对他的学术成就和学术精神真是佩服得很。他在哪一方面最有成就呢？我不敢说。但是，我看到他的《汉书补注补证》在一九二五年三月由商务印书馆出版，到了同年九月，就"卖去三万四千余册"。这个销售量在当时可真是了不得的。许多轰动一时的文艺作品当时一次也不过印三两千册，几次再版，能售一两万册，已极难得。何况这种学术性著作呢？杨氏的《词诠》，大著也，也是商务印书馆出版的，据一九二九年记，也只"卖出六百部"。一九三一年记"《马氏文通刊误》出版，初印五千部"，比三万册差得多。可见《汉书补注补正》当时如何为学者们所喜爱。杨树达关于汉书和汉代文字的研究，引起关注，这不奇怪。但是被陈寅恪先生称赞，而且一赞再赞，就太稀罕了。因为陈氏是从不轻易许人的，陈氏在学术上对自己要求严，对友人也要求严。他对学术著作，随口敷衍称赞，是没有的事。但他极赞杨树达先生这方面的著作。现在见于陈氏《书信集》里的信件有两件提到这方面。一九四〇年八月二日信云，"当今文字训诂之学，公为第一人，此为学界之公论，非弟阿私之言。幸为神州文化自爱，不胜仰企之至。""第一人"之誉，真不是可以轻易出口的话。现在已无书信原件，或只是当时谈话所及的，在《积微翁回忆录》里有几处记载。一九三二年四月八日记："前以汉碑诸跋寄示陈寅恪；今日来书云：'汉事颛家，公为第一，可称汉圣'云云。极知友朋过奖，万不能当。""汉圣"者，研究汉代史书之圣者也，"第一人"的意思。还有同年五月二十六日记："日前陈寅恪谓余云：'湖南前辈多业《汉书》而君所得独多，过于诸前辈矣。'"说到这里，我想提出，先前学人之间的关系，我们后人很难全面了解。从杨树达与陈寅恪书信往还里，或他们见面闲谈中，对同时代的大学者也常有微词，如对胡适，对黄侃，对陈垣，都是这样。此地不说。只说杨、陈之间，始终相敬相重。为什么？因为相知深。一九四三年一月十八日日记引陈寅恪为他的《小学金石论丛续稿》作的《序》中的话，他很感动，我们读了也很感动，觉出这是他们之间友谊的基础。序文有云："百年来湖湘人士多以功名自见于世，而先生设教三十年，寂寞勤苦，著书高数尺，为海内外学术之林所传诵，不假时会毫毛之助，自致于立言不朽之城，孰得孰失必有能辨之者。"湖南人以功名见于世，从曾国藩、左宗棠以来，可谓多矣。陈寅恪的祖、父，也都在湖南办过新政，对湖南是亲切的。杨、陈二位却都是一生教书。"不假时会毫毛之助"，就是说不靠一点官方的势力帮助，以文章成大业。所以他们的心是相通的。陈寅恪的这一点说法，我们似乎谈得不多。

陈寅恪之外。一九二八年四月三日记："余于《汉书》，嗜之而已，博士（日本狩野直喜）赞余为班氏功臣。目前柯凤荪先生称余为集汉书之大成。皆前辈奖掖后进之辞……"可见"汉圣"以外，"第一人"、"功臣"、"集大成"的说法还甚多。至于对杨氏学术其他各方面的赞扬，那就更多。章太炎的称许更使他感动，心怀感激，溢于言外。还有黄侃、赵元任、余嘉锡等人的赞叹，此处就不再多说了。

陈寅恪的"损之又损"

北京话里的"损",是伤人的意思。"损"就是挖苦、嘲弄、刻薄。在这个意思上讲,近几年文学和文化界的某些论争里,"损"的成分大有增加。论争双方一有了意气,肚里的词藻变成伤人的武器,喷涌而出。你投我以臭蛋,我报之以粪勺。我把这现象称为"损之又损",是曲解了古典成语。这种事情,从报刊的操作上说,倒是吸引了一定的读者"围观"。但也有不少人是且观且叹,以为不妨稍为心平气和一点。

写了上面的话,是因为近日读书,忽然读到了这个"损之又损"。这是陈寅恪先生说的。不过他不是说别人,而是说自己。他说的"损",也不是挖苦之意,而是减少浮华的意思。不损别人,而损自己,是大学者的气度。我们损人的或不损人的人,不妨都来学一学。陈先生在《朱延丰突厥通考序》里说:"年来自审所知,实限于禹域以内,故谨守老氏损之又损之义,捐弃故技。"原来陈氏精通东方(包括突厥文)多种语文,以后以目力不好,身体不好,生活不安定,乃缩小研究范围。这就是"损"。因此旧日学生以新著来求序,他就说自己的知识只在中国史上,不敢谈突厥之事了。其实直到如今,他也是突厥学的大家,为人所重。也是在此前后,谈到佛教问题,他也是说,"捐弃故技,不复谈此事矣。"甚至他所独步一时的东方语言(通十余种),他也不再谈。一九四六年至一九四八年一直作他的助教的王永兴,在回忆中说,当时即使有人来请教梵文等事,他也以"放下多年,不敢再谈"而辞。他以为,凡不能继续有所发现者,老一套的东西,不宜再谈。据王钟翰先生回忆,陈氏讲课也年年有新内容。否则,即不再开此课。比如,南北朝史一经写几篇大论文出来,就不再讲。隋唐史一有专著出版,也就不讲。《元白诗笺征稿》油印出来,人人得见,他也就不开此课(专题研究课)。当然,他是大师,不讲这个,还有别的好讲,一样讲得好。我只说这种精神,严格自律,永远进取。一般教授,有一部专著出版以后,正好当做资格,可以讲一辈子。这自然也是才学所限,不能一例责之也。

一九九八年四月

文稿·稿费·干薪

读前人的书信,最为有趣且有益。那是所谓的第一手资料,可靠。不过,一个人一生所写的书信里,在同一问题上,对不同的人,在不同的时间,在不同的心情下,看法又常不同,或前后颇不一致。近读陈寅恪的书信集,就有此感。比如读到对自己文稿的态度。一九四〇年与陈述的信里,两次说到对自己文稿的态度,其中竟说到:"平生述作皆出于不得已,故自己不留稿,亦不欲他人留之。此非谦词,乃是实话。"谁读到此都会起疑:不会吧?寅恪先生是看重自己文稿的人,只看他在抗战时,追询丢失的或下落不明的文稿时,那急切的心情,就知道这一点。从三十年代末,他就有过"盖棺有期,杀青无日"的急迫感。直到五十年代会见胡乔木时仍有此说。其实此乃学问家之常情。他与刘永济信中说:"文字结习,与生俱来,必欲于未死之前稍留一二痕迹以自作纪念者也。"这种心情也是所有学者共同的。现在书信的后面有陈寅恪女儿写的后记，说"我们从小就知道全家最宝贵的东西是父亲的文稿。从抗战逃难直至'文化大革命'，父亲文稿都是用全家最好的箱子装载，家人呼之为'文稿箱'。避日军空袭时，首先要带的就是'文稿箱'。"读了这些，就明白陈氏与陈述的信，所言并非实情。但他与陈述先生通信不少，交情也算是好的，为什么这么说呢？我想，有谦词的成分，但还另有原因。在一九四〇年，陈寅恪向陈述借了几册刊物，上面有陈寅恪的论文。陈寅恪喜欢在书刊上批批画画，就在一篇自己的文章上作了批改。这就不好再还给陈述了。于是就在一信中作了说明。他说将来自己会有单行本出版，届时再奉还一册单行本。接着说。"实则此种随顺世缘应酬之作，弟本人尚不欲敝帚自珍，想兄更无所惜也。"这也算是无可奈何的解嘲话，但既说了，也不好改说，就这么说下来。六月八日这么说，六月十三日信里也只好这么再说"谦词"。实际情况就是如此。这样的话在他的其他信里是没有的。

另外，陈寅恪是很计较稿费的人。致傅斯年信第六十一通中说到袁守和约稿事。"弟除史语所外，作文须酬金，现在润格以一篇一万元为平均之价目（已通告朋友，兹以藉省麻烦），而守和兄复以三百字一千为酬，弟实不敢应命"。还说："不能贱卖以坏信用"。讲稿费也是如此。差不多同时，与傅斯年信里戏语自己是"好利"。抗战时,生活困窘,是原因。但是,作家学者,出卖自己的劳动成果,也应当如此计较。如果看一作者写文时所费的辛苦,谁也会理解此点。而且看这位先生在"非礼勿取"上的严于律己,人们会受感动的。他与傅斯年信,坚辞挂空头兼职而领取的薪金(现在叫做"干薪")。那时他的生活也很困苦了。那时史语所的人要向他"赠款",他说"弟不敢收,必退回,故请不必寄出。"他为清抄七万字的稿子,向朋友索要一点稿纸,也是难于出口。与傅斯年信五十五通中说,"今日我辈尚不守法,何人更肯守法?"这是敢为天下先的精神。"君子固穷,小人穷斯滥矣"。计较是计较,固守节操。这就是大学者之所以为大学者。

狷介之士

在当前物欲横流之时，读了《陈寅恪先生编年事辑》(蒋天枢)，真是感慨万千，深感廉士的难得，亦知所谓"狷士"实是一种可贵的操守。又读季羡林《回忆陈寅恪先生》，觉得有些细节似可作为对蒋著的补充。由这些细节，更可见出陈氏的品质可贵，不只学问难得。

有一件一九四七年的事。临近解放，北京城内生活困苦。在陈寅恪清华大学的家中，公家暖气不烧，自己又买不起煤，连火炉也烧不成，一家人怎么过这个冬天？《编年事辑》里说，陈先生将一大批东方语文书籍，"卖于北京大学东方语文系，""用以购煤。"当时北京的报纸上就有人作词感伤，并有序云："为之意苦者久之。"陈氏的其他传记，也大都如此记载。现读季羡林《回忆陈寅恪先生》，才知卖书一事，曾有季氏出力其中。季文说，

"(胡)适之先生想赠寅恪先生一笔数目颇大的美元。但是,寅恪先生却拒不接受。最后寅恪先生决定用卖掉藏书的办法来取得适之先生的美元。于是适之先生就派他自己的汽车(顺便说一句,当时北京汽车极为罕见,北大只有校长的一辆),让我到清华大学陈先生家装了一车西文关于佛教和中亚古代语言的极为珍贵的书。陈先生只收两千美元。这个数目在当时虽不算少,然而同书比起来,还是微不足道的。在这一批书中,仅一部《圣彼得堡梵德大词典》市价就远远超过这个数目了。"季是胡、陈二位的学生晚辈,当时已是北大东语系的系主任,他对外语书籍的价值当然十分了解。从他的介绍可见陈氏决不占胡氏一点便宜,其实也就是不占北大一点便宜。实际情况可能是胡氏要赠陈一笔钱,而陈不接受,后来才以书抵钱,账目两清。按季的说法可见,如陈不售此书,伸手白接钱,这钱也是可以要到的。但陈氏不为。所以季称陈为"狷士"之士。

我想到汪荣祖《陈寅恪评传》上写到另一件事情。如果说,两千美元为大数额,不敢苟取的话,那么,一本稿纸是小事,小而又小,那也是不敢苟取的。这事发生在一九四三年至一九四四年间,陈氏任教于成都燕京大学。据《编年事辑》所记,当时"物价飞涨,生活疾苦"。陈氏亦有诗云:"日食万钱难下箸。"那不是指生活的豪奢,是指通货膨胀的惊人。日用之费,恐怕已不只万钱,但也还是难以下咽的粗食。这时陈氏的新著作《元白诗笺证》写出了。这是煌煌大著，但缺少合适稿纸去抄一遍。陈氏写给史语所友人一信，求寄一点稿纸。请看那信是怎么写的："不知所中尚有旧式之稿纸否？如有之，不知可以分寄少许否？拙稿不过七万言上下，当费纸不多也，如何之处，乞作复。近日纸贵，如太费钱，可作罢论，不该多费公帑，于心不安也。"请看他为此事，是多么难以张口，羞于张口，欲说还休，婉转而言。七万字，所费稿纸，不过一二百张。当时纸贵，又能贵到如何？那无论如何也不是了不起的事。所难办者，大约是不好付款而已。如果他同当时发战争财的人相比，自会坦然伸手。但他是陈寅恪，他知道他是陈寅恪。这一点最重要。

而今许多人，许多应当知道自己是谁的人，这些年来也太随便了。他们动不动以"现在"、"这年头"作遁词。即使人人（？）如此，你也应当不如此。请学学陈老先生！

1998 年 4 月

吴宓、张荫麟：相同的婚姻悲剧

在《万象》杂志（二〇〇六年九期）读到何兆武《有关张荫麟及其他》，叙及七十年前旧事，令人多生感慨，也对前代学人的成就、情操，生崇敬之心。

我手头正有一本《张荫麟先生纪念文集》（汉语大词典出版社，二〇〇二），是张氏故里东莞市政协主编，由周忱编选。我就取出来读。这书编得很好，很全，难得的还收有相关师友的日记，所以读后很受教益。

就以何文中记述的有关张氏与容婉女士的关系来说，一读书中贺麟的《我所认识的荫麟》，就会知道不少细节。不过贺麟文前明确称她为容庚教授之女容婉，到了叙及爱情关系时，就以"Y"代替了。当然细察前后，还是可以推知那是同一人。何文说到，他的妻子（容婉的同学）当年曾以此事问容婉女士，她说：

"哪有这回事！都是张荫麟犯神经。"因为张当时已婚，且有子女，而容则是刚入大学的学生。张荫麟为此还与结发之妻伦慧珠离了婚，而容则离去。这的确不像有恋情。这倒很像张荫麟的老师吴宓与一位叫毛彦文的女学生的关系。都是同时的事。吴也是已婚，有子女。他是苦苦追求，与结发之妻陈心一离了婚，而毛是若即若离（终于与熊希龄结婚）。弄得吴也好像发了神经。但是毛、吴两位一起游欧，往还亲密，又不像是一点恋情也没有。

有趣的是，前几年大陆有学生到美国，其时毛彦文还健在，这与容女士的回忆又极相似。

且说张氏对容女士的单相思，及离婚后家庭生活的变化，也大大刺激了他，后来他一病不起，在三十七岁时去世，也与此不无关系。当时友人的挽联、悼诗颇能透漏出朋辈的共同看法。朱自清的挽诗中有"伤心绝孟光"句，用的是梁鸿与孟光夫妻恩情故事，看来作者是惋惜原有的婚姻。

吴宓则更有物伤其类的感慨，挽联云："玉碎珠沉（与伦慧珠离婚，而容琬终别嫁）怜尔我。麟伤凤逝黯人天。"这里要说明，此联里的作者自注，原是由小号字排成，在《纪念文集》里都排成一样字体，就难以读断了。我查了吴宓日记，校对出来，文中用括号作了区别。不过，这里的"婉"已写成"琬"，故有"珠沉"之喻。

虎皮·虎粪

读《万象》（二〇〇七年七期）上李公明《"督卒"及其它》，深为感动。那个时代的那种不幸，现在已很少有人说及了。"督卒"犹如北方话里的"拱卒"，是下象棋时的用语，这里意思是"过河"，也就是当时向香港偷渡。"一部广州知青的偷渡史，血泪斑斑，令人悲悯。"因偷渡而死的人很多。

偷渡要过几关，其中一关是警犬。"不知从哪来的一种说法，说警犬很怕闻到老虎粪便的味道，一闻到就失去追踪能力。于是就有人打起广州动物园的老虎笼的主意，去偷老虎屎。据说边防军对这种使用老虎屎的偷渡者特别痛恨云云。"当时也是把知青逼到绝路上，什么办法都想得出。既然边防军都特别"痛恨"以老虎屎为武器者，那老虎屎真也可能有一定的效果。因为狗总是怕虎的，天性如此。我记得，在山西的山区的乡下，夜间每见大狗小狗都往人堆里挤，不敢出门，村民就说，有"野物"来了。那里的"野物"主要指豹子。人没闻见气味，但是狗早就闻见了，害怕，躲。豹犹如此，虎当然个更有如此威风。我想那些广州知青真也聪明。

狗怕闻虎味，虎屎里也有虎味，它弄不清，就怕，惶惶然不能再好好执行任务。我就想到我国古人大约也早就认识到这一点，而且利用这一点。不过不是用在狗身上，而是用在马身上。

《左传》记鲁庄公十年，鲁国的大夫公子偃，在与宋国作战时，就在马身上蒙上虎皮（书上称为"皋比"），大败宋军。《左传》记鲁庄公二十八年，晋、楚相争时，晋国有位将领也是"蒙马以虎皮"，取得战斗的胜利。两次使用虎皮蒙在马身上，战斗都取得胜利，看来不是偶然，也许真有点作用。

那就是说，虎皮有点效果。是壮了自己的士气，嚇住了对手，起精神作用？还是对战马有影响？我想主要是对战马有些影响，就是说，战马有点害怕。但是，对对方的战马有影响，难道对自己的战马就不会有影响了吗？说不清。而且，拉战车的马匹也不能每匹都蒙上虎皮，当时不会有那么多的虎皮。这也说不清。不过只要有一些也就够了。有老话说"拉虎皮做大旗"，主要是唬人。其实，拾虎粪也能吓人（或狗，或马）。由虎皮到虎屎，可见古人聪明，后来人更聪明。因此，随笔记之如上。

二〇〇七年七月七日

也来说"龙"

　　河南新郑建了一个"华夏第一祖龙",龙头高二十九米,据说原来准备建成二十一公里长。因占地太多,又无合法手续,现已被叫停。叫停,成为大快人心的事。我想到,关于龙的鼓吹、活动、经营,大约以此为最高峰。这其实也是近若干年我们大讲"龙文化"的最后结果。学者有"龙,龙,龙"的呼叫,"龙的子孙"、"龙的传人"的头衔,在各种媒体上宣传。我真佩服流沙河先生,也佩服杂文这种文体。我看到流沙河的杂文《再说龙》,细细论证了龙即扬子鳄,"原属西羌人的图腾",后来呢,后来它是匈奴人的图腾。流沙河说得尖锐:"这个善战的游牧民族才是真正的'龙的传人'"。但是这个善战民族打到欧洲,把龙旗带到欧洲,也把战乱中的恐怖带到欧洲,至今的欧人仍以"龙"为可怖的象征。至于在国内,龙乃皇帝的象征,他们的"子子孙孙叫龙种。

'龙的传人'是他们,不是平头百姓的我们",这话说得真痛快。

　　但是我没有读到学者专家发表的相反意见。当年搞那个"华夏第一祖龙",据说研究时有专家签名支持,可是一有问题也没有哪一位出来就龙的问题作进一步的论证了。其实这是文化史上的大问题,该谈谈。还是流沙河先生十年以来一直坚持自己的观点,三次"杂"论龙的问题。《再说龙》里还说到孔夫子不谈龙,但颂禹,"见识何其高";孟夫子还说过"禹驱龙蛇","气概何其雄"。龙是在"第一祖龙"秦始皇以后逐渐神化起来的,越画越凶,以示皇威。我顺着流沙河的思路翻翻书,觉得好像古代的龙虽由想象造成,也并不神圣。《礼记》上只说龙是"四灵"之一,但排名不在首位。四灵的顺序是"麟凤龟龙,谓之四灵"。龙在第四。四灵是干什么的呢?"四灵以为畜,故饮食有由也"。它们是各家家畜之首,可保证人们有食物。分工也明确——麟管兽类,凤管鸟类,龙管鱼类;只有龟,它用龟甲保证占卜的灵验。从《礼记》作者们的眼里看来,龙也就是如此而已,一点都不神圣。麟、凤、龙,都是想象出来的,虽然在《易经》上有"飞龙在天"或"见龙在田"之语,但那是不能深究的。天上的星宿,在古代有以"龙"命名的,所以在这种书上见到,也可能是指星宿而言。先秦诸子的书里也有谈龙的话,这些专门学问,要请专家来解释。《尔雅》的编者,在这部书里解释了许多天文、地理、器物、草木、鸟兽的名称,但是没有解释麟、凤、龙,只解释了龟,而且解得较细。为什么？我们古代的这些大学者有"眼见为实"的精神，没见过就不说。如果后代的人都按此精神，没见过就不画，那么就没有今天的"五爪金龙"的精神。

说到五爪金龙之类，又想到画家吴冠中先生《何物成龙》一文。他说现在龙的形象不真、不善、不美，"恶魔怪样"。这大约是由古朴之状向五爪金龙——皇权之象征——逐渐过渡而成的。记得看到过甲骨文图片上的"龙"，再找来看看，原来就是一只虫，大头，张大嘴巴，曲身，背上有一排四个鳍或是鳞片之类的东西。说不上美，也不算丑。也许这就是照扬子鳄的样子画的？但我看那时是没有特别歌颂的意思。

我希望有专家们来说一说"龙"的发展史及其意义。那一定有趣。

二○○七年四月二日

说"迹人"

　　几年前一个晚上,看中央电视台的《百科探秘》节目,题目叫《挽救东北虎》。几十个人的一群科技工作者,在茫茫林海里寻找东北虎的踪迹,他们称那种行动为"巡山活动"。当然,最重要的是看到虎的踪迹。几根毛、几滴血、一点粪,固足珍重,但最重要的是在雪地上看到虎的脚迹。有了脚迹,要分辨:谁的呢?有时是豹的,一种叫"远东豹"的动物的,它和虎一样,属猫科。青年人手拿器械,又量又比对,还是不能确定。要请一位有经验的本地人验证,他说,虎的脚迹更大一些。就这样,他们走过几百里林海,真够辛苦。就是为了找踪迹。我记起大约一个月以前,在中央电视台《世界地理》栏目里看到,外国某国的科研工作者,在非洲某地考查。在荒野的沙漠上,晚上住宿时,一位女士外出方便,竟然回不来了。队里的人找呀找,找不到,急坏了。

他们说，只好请来那位能够寻踪觅迹的向导，他有这个绝活，找兽，或找人。他能辨出脚迹，如果找到脚迹，他可以根据当地当日风沙掩埋脚迹的程度，断定这人离开这里有多长时间。这当然是找人时的重要的判断。把他请来，果然，根据脚迹，断定她向何处走，走了多久。于是找到了。我想这真是在荒原林海或大漠中的大本领。人要狩猎，或考察，或旅游，在荒原、林海或沙漠中，少不了这种人，应当称他们为专家。这种专家都是当地的人，对于人迹或兽迹有精深的研究。我佩服他们。

正在这时，我读杨树达先生《积微翁回忆录》。我读到一九五二年八月杨氏释一片甲骨文中的"犬中告麋"。杨氏说："余谓犬盖是迹人。迹人司田政，一也；迹人以知兽迹得名，犬知兽迹，故司犬之人得知兽迹，二也；《左传》哀公十四年记'迹人来告逢泽有介麋'，与此辞'犬中告麋'事例相同，三也。"这里"田"是打猎，"田政"就是管狩猎的官员。原来我国早在春秋时期就有了这种"迹人"，也就是研究野兽踪迹的专家，服务于狩猎活动。也有专家解释"犬"为"犬人"。但杨氏认为"犬人"是养犬的人，不管狩猎，不同于迹人。我觉得还是杨先生的解释更合理。尤其是在看了那两个科技节目以后，我也佩服中国先民早早就懂得设置专门寻觅兽迹的官员或专家。那职务名称取得也好："迹人"。他们在逢泽这个地方发现了大"麋"（即獐子），或在某地发现了"麋鹿"，分得清清楚楚，立刻报告。我想那时"迹人"辨兽迹的本领,也许比现在的人更灵敏,因为当时没有其他更可依靠的手段了。他们不可能靠嗅觉,主要是靠眼睛分辨吧。《左传》记的是春秋时代的事,甲骨文就是更远古的记事了。我们祖宗的智慧真也了不起。

二〇〇七年六月五日

当"二流作家"也不易

　　我以为,真正有作为的作家,要从史的角度估价自己。

　　当前我们对作家尊崇有加,一作介绍都是"著名作家","有重要影响"的作家。因此,现在要是称谁为"二流作家",那简直就是骂人。干这一行,谁不愿意当一流的呢? 我看古今中外皆然。近来读几本董鼎山和冯亦代的随笔集,提到美英作家的此类趣事不少。董、冯二氏都精熟于英美文坛,讲来头头是道,又多趣味。英美作家还是认为诺贝尔文学奖属于一流作家的标志,虽然有不少的该获此奖的作家未能获得。先说大家都熟知的海明威,他看到福克纳早两年得到此奖,心里十分痛苦,溢于言表。其实,也许比他更有影响的作家博尔赫斯,一生未得此奖。他在乎不在乎? 在乎。他以玩笑出之。他说:"我是那个从未获得诺贝尔奖的拉美作家。斯德哥尔摩那些家伙们以为他们早已颁给了我。"这话可以认为是"多味果",辛酸、辛辣、嘲人、自嘲,都有。董鼎山崇敬美国的 E·B·怀特,怀特未获奖,董鼎山几次写到,深为不满,而且惋惜。他说,"他的作品太'零碎',才未得奖;但他是可以与获奖者史坦倍克和福克纳"相提并论"的。这就是说,董认为怀特是一流的,而且他就说怀特在当代美国散文大家中"坐了第一把交椅"。美国批评家埃德蒙·威尔逊应当说是第一流的,不知为什么得罪了海明威,海明威在与朋友的信中,就骂威尔逊是"第二流"的,其表现则是愚笨、无知,等。可见外国也把"二流作家"当做骂人话。或者不含骂人意思,也是叫作家不大爱听的话。短篇大师契弗被称为"美国的契诃夫",可谓了不起。但是他在美国总被文学界视为"二流作家",他是非常伤心的,晚年悒悒不乐。英国有位毛姆,他的小说集我们都译全了,那是了不起的作品。但他在英国也被看做二流作家的,他当然也不高兴。不过此君也如前面说的博尔赫斯那样,以调侃语诉内心的辛酸。冯亦代先生说,"毛姆曾经自嘲为二流作家中的祭酒",祭酒者,清代国子监(大约相当于社会科学院)的头头也。不过我在另一处见到,毛姆当时说的是:我是二流作家,但是请记住,我是二流里的第一名。请大家想一想,二流里的第一名,同一流里的末一名,谁分得清呀。所以,看得出,他还是要入第一流。我读到清代孙星衍的《随缘随笔序》,其中提到作者呈他的文学前辈袁子才的诗有句云:"我愧千秋无第一,避公诗笔去研经"。袁子才似乎很得意,把此句记到他的《随园诗话》里了。可见孙星衍也想争出某一方面的第一。写诗不行了,因为有前辈大诗人袁子才的阴影。但是研经就能行?当时经学的成就更大,大师更多。我看孙星衍写这诗,不过是为了讨老诗人的高兴罢了。袁子才似乎太认真,视自己为不可超越的"一流"。

其实我们可以跳出当代语境,以文学史的用语去看"二流作家"。可以说,当个二流作家也就不易,而且,挺好。就以上面提出的一大串人名来说,都甚是了得。可是进入文学史里,谁属第一流?也许海明威和博尔赫斯可以?其他人都不行,包括袁子才。对相当多的"著名作家"来说,且不谈一流二流或三流(三流也了不起),你就不会入"流"。不,不会有您的姓名。

二〇〇〇年四月三十日

蟹眼已过鱼眼生

以前听说过，字典，哪怕是《康熙字典》，只是给一般学子或夫子用的。有学问的人不用。学者有学问，岂须查它？要查，也直接找古代经典。如什么《集韵》《说文》之类。当然也有从字典里查到，却说引自《礼记》或《史记》，以见学问也。现在没人注意及此了。对原本无学的人来说，更不在乎。

近来我读晚明小品大家叶绍袁的《甲行日注》，也就是他在明亡后三四年间写的日记。其时，清军已过江，他东躲西藏，宿僧寺，受饥寒，满怀凄苦，满目荒凉。可是日记还是写得那么好，属小品文的上乘之作。我想起另一位处境相似的大家张岱说的话。张岱说，一为文人，写文章就怎么也想写好，这脾气改不了，不由己。他的话是："劫火猛烈，犹烧之不失也。"我翻到《甲行日注》一则日记："今漂摇子处，西风片片吹，雨敲纸窗，但听松涛声,在屋顶上,如千斛蟹汤渐沸,羁怀旅况,一往而深。"我觉写得真好。可是我看不懂那"蟹汤"是什么意思。查了两种"今译"之类的书,但它们的译者大约也没太理解,就讨巧,也译成"如千斛蟹汤"。这对读者来说,等于没译。松涛如蟹汤,何意?和鱼汤、排骨汤何异?于是我就查《辞源》。到"蟹"字条里一查,见有"蟹眼"。读下去:"形容水初沸时所泛起的水汽泡",这就对上了。《辞源》引苏轼的诗句"蟹眼已过鱼眼生,飕飕欲作松风鸣",这就更明确了,苏诗里原就以"蟹眼"时的水声,形容松涛之声。接着,《辞源》又释:"初滚为蟹眼,泡渐大为鱼眼。"这就把苏诗此句也解透。我不知为什么那些注者和译者不查查辞书,也不算费事呀。我忽又忆起唐人陆羽《茶经》上的说法。其书第五节论煮水,说到,"其沸,如鱼目,微有声为一沸,边缘如泉涌连珠,为二沸。"这概念有些差异。蟹眼当是水将沸而未沸之时。俗语有云:"开水不响,响水不开"。通常说水"大响了",便是蟹眼时也。所以形容松涛之声,以千斛蟹眼之水喻之,是说其声大。不过我不知自己查的对不对,是否自作聪明?

那天一查"蟹",自然想到螃蟹。大闸蟹多好啊。可是为什么叫"大闸"?我见过一个解释,说"大闸"者,不是地名,而是捕蟹之法。江苏阳澄湖和太湖一带产的蟹肥美,又名。捕蟹时是在湖河之间,拉起一张大大的竹做的大坝,将游来的蟹群拦住。竹坝后有灯光。蟹喜光,就顺着竹坝(其实是一个竹篱笆,也即"闸"

也）翻过来，而这边就是网，请君入网。"大闸蟹"之得名，是由于此意。《辞源》上有"蟹断"条，说的是那种"闸"；有"蟹火"条，说的就是那灯光。我看高兴了，就翻读下去，见有"蟹厄"一条。厄，就是厄运，说的是元代曾有螃蟹成灾的事。说蟹像蝗虫，满地都是，吃完稻子，造成荒灾。我不知这是不是夸大其词。现在人会想，大闸蟹而不用捕捉，满地都是，多好。这东西现在二三百元一斤，运到城里去卖，发大啦。只可惜那时没那么多人去买，去吃。那次"蟹灾"产生得不是时候。

正在这时，我读了周一良先生的《毕竟是书生》。他说到他在被审查中，没事干时，曾经细读一部《例解日语词典》，他喜欢此书。因为"例句丰富"等原因，读了又读，受益甚多。我想起周作人有《文法之趣味》一文，说他可以不读别书，只读一本《古英文法》，关在屋里"愉快地消遣一个长夏"。在此文中，他其实也说到字典，有名的、丰富的英语字典。他说读起来有味着呢。这都是大学者读外文字典的切身体会。不过我觉得中文字典不那么有趣，例句也少，不生动，所以读字典的人很少。钱钟书读过，不过那不是为了趣味吧。辞源这种书还稍好一点。

满架秋风扁豆花

在当今散文家中,我偏爱孙犁、汪曾祺二位。我喜欢他们散文中的真性情。孙犁(尤其是晚年)散文之作掩不住战士的灵魂,而汪氏之俗趣也展露出雅士的情怀。他们的散文中流淌着"五四"文学的平民化风格,他们又都是多读古书的一代人,文章中仍有中国古代散文的雅洁和书卷气。孙犁说他爱画而不能动笔,汪曾祺却是文人画的高手。越到晚年,他们散文中的国画意趣越浓。

忽然想到这两位各有以《扁豆》为题的散文。一九九二年八月孙犁作《秋凉偶记》(三则),其中一则是《扁豆》。汪曾祺在同年五月作《食豆饮水斋闲笔》(七则),其中一则也是《扁豆》。文章都不满千字,可都是绝妙精品,各把自己的情怀写尽。

孙犁这样开头:"北方农村,中产以下人家,多以高粱秸秆,编为篱笆，围护宅院。篱笆下则种扁豆，到秋季开花结豆，罩在篱笆顶上，别有一番风情。扁豆分白紫两种，花色亦然，相间种植，花分两色，豆各有形，引来蜂蝶，飞鸣其间，又添景色不少。"汪曾祺则这样开头："我们那边的扁豆原来只有北京人说的'宽扁豆'的那一种。郑板桥写过一副对联：'一庭春雨飘儿菜，满架秋风扁豆花'，指的当是这种扁豆。这幅对子写的是尚可温饱的寒士家的情况，有钱的阔人家是不会在庭院里种菜种扁豆的。扁豆有紫花白花两种，紫花的较多，白花的少。"

最后，他们竟都写在高山顶上吃扁豆的事。汪曾祺在泰山顶上吃过，他说："平生所吃扁豆此为第一。能在泰山顶上吃到尤为难得。"孙氏也是在山上吃的。不过他去的山，是河北阜平的神仙山，高寒无人，只在山顶背面有一人家，家有一人，是游击队员。"每天晚上，我从山下归来，就坐在他已经烧热的小炕上，吃他做的玉米饼子，和炒扁豆。"

这就是所谓文章有不得不同处，也有不能不异处。孙汪二位，各自为文，便有了以上的结果。这也值得写散文的人细细品味。

一九九八年二月

天竺石两片

　　"为官一任,造福一方"。这是句老古语,但是也可以说是一句万古常新的话。古人可用以作为官的箴言,共产党人也可以用以自律自警。但是不少为官者,竟连这最基本的一点也做不到。腐败现象由此而生。走到哪里吃到哪里,拿到哪里,有的偷偷摸摸,有的明目张胆。前些日,中央电视台《焦点访谈》节目曾揭露某县民政局局长竟贪污扶贫粮食,还振振有词地说"不能不给机关里的人弄点福利"。这实在可怕。其他各行各业,类乎此者也不少见。难怪民谣谚语蜂起嘲之。文人因此而想到古之为官清正者,这也是自然的事。近见《光明日报》有文章说起白居易在杭州当了三年刺史,走时只带两片石头。白居易还因此自责说:"惟向天竺山,取得两片石。此抵有千金,无乃伤清白。"意思是取石也不对,和取金银一样,当官就要什么都不取。我记得后来白居易还有《洛下卜居》一诗，又说到此事："天竺石两片，华亭鹤一只。"他实在是爱那"碑"，两片石头（和一只鹤）。如果不从现在的保护环境角度说捕鹤不对，两片石头又算得了什么。

我由此又想到《容斋随笔·浮梁陶器》一则。浮梁就是现在的景德镇，宋代已是有名的产瓷器的重地。这则笔记里说："浮梁父老言，自来作知县不买瓷器者一人，君是也。"可以想象，浮梁父老眼看的多了：知县都要买（包括巧取豪夺）本地的瓷器。它太宝贵。它也太有用。可以卖钱，可以送人，可以奇货自居。有一人不买，浮梁父老便大受感动。人心里都有一杆秤呢。说出来，就叫"口碑"，闷在心里也有名称，叫"腹诽"。

一九九八年六月十六日

鳟汤·蟹黄·奶酪

中国幅员辽阔,文明久远,各地风物均有佳处。所以夸示故乡的话时常可闻。有一些著作里,经文人一番描摹,它们竟成为极可诵读的文章,三言两语,令人难忘。

《世说新语》本来以言辞见长,以隽永秀丽为人所重,有一则叙江南人的话给我印象极深。《言语》一篇里记东吴贵族出身的大作家陆机在北方见到太原人王武子,王武子也是一位聪明多才的人物。王武子在宴饮中指着面前的几碗羊奶酪问陆机道:"卿江东何以敌此?"陆机答云:"有千里莼羹,但未下盐豉耳!"江南的莼(chun)菜是美味,千里湖所产尤佳。莼菜做成汤,再加些豆豉,其味无可比。陆机的意思是说,不加盐豉的莼菜汤也就够美了,其味不是什么奶酪能比的。此是名句一则。说来也巧,清初有位作家名王晫的,他仿《世说新语》写了一本《新世说》。这部《新世说》鲁迅很欣赏,在为青年人开列十部要籍时就列入此书。《新世说》写得果然漂亮,卷二中有一则恰恰也是写南人北人各夸故乡的。全文共二句,如下:"客指燕地葡萄,问汪钝翁:吴中何以敌此？汪答曰:桔柚秋黄,杨梅夏紫,言之已使人津液横流,何况身亲剖摘。"这是绝佳之风物,也是绝妙之文章。

也有时,南人北人互相讥诮。北朝杨衒之《洛阳伽蓝记》记载北人嘲笑南人的话:"菰稗为饭,茗饮作浆。呷啜鳟羹,唼嗍蟹黄……乍至中土,思忆本乡"等等。文章有韵,优美。但是今天再看,这嘲弄几乎都成了赞美。鳟鱼是高级食品,喝鳟鱼汤还不阔气？今日在星级餐厅里怕也不是常能吃到吧？蟹黄,当做专门的菜,如今难以想象。如果尚有大闸蟹可食,揭开盖来,浇以陈醋鲜姜,唼嗍一番,那不是工薪阶层的人能享受到的。为什么？前三年我听人说大闸蟹(也就是太湖一带的蟹)已到二百元一斤,如今怕要卖到三百元了吧？一斤蟹约三个,算起来就是一百元一个。痛快唼嗍一通,一个月的工资告罄。而且,那么大的蟹实际上市面上已难见到。咱们在饭铺里偶尔吃一盘叫"切蟹"的东西,乃是海蟹里最不好的品种。见不到什么蟹黄。阳历五月,海蟹生黄时,倒是甚为饱满,但其鲜美是远远比不上吴越一带的淡水蟹的。说的远了,口中生津,搁下笔吧。

不敢妄信此言

今年第一期《外国文艺》上刊有一篇《纳博科夫访谈录》，我立刻翻开读了。我很佩服他。他是俄国人，十月革命以后随同家人流亡国外，一九四〇年去了美国入美国籍。他在同年学会使用俄语写作以前，已经学会用英语写作。或者可以说他有很高的语言天赋和文学天赋。他用英语写的小说《洛丽塔》已是经典之作，还有一部《文学讲稿》，是他在美国大学里教书用的，一九九一年译成中文。这部《讲稿》我前二年读过，颇惊叹于纳博科夫知识的广博和艺术感觉的敏锐细密。他的见解我常是佩服的。但是这一回读这篇《访谈录》，却有点不同的感觉，主要是不能接受他对《战争与和平》的评价。

纳氏对托尔斯泰的评价是很高的，称他为天才，而且他说，能称为天才的人是很少的。对托尔斯泰的主要小说，他认为，《安娜·卡列尼娜》是十九世纪的伟大作品；《复活》"讨厌"。《战争与和平》呢？他说那部书"是给不讲究艺术的'一般读者'写的,尤其是年轻人。"这不但同我所熟知的评价相去太远。而且同我个人的艺术感觉也相去太远。我在青年时期初读《战争与和平》就被它迷住,至老而不变。这恐怕不能说它只适合青年人的趣味。《战争与和平》的艺术魅力是巨大的,也许可以说,只有《红楼梦》能与它相比。这两部小说,不管什么时候,我随便翻到任何一页(《战争与和平》结尾的大篇议论除外)都能够津津有味地读下去。人物总像熟知的人一样,在我的眼前谈笑风生。也许我的艺术趣味证明了我只是一个"不讲究艺术的一般读者"。可是我不能改变。做一个"一般读者"又有什么不好呢?如果喜爱《战争与和平》就是"不讲究艺术",那只好认了。总不能为了"讲究艺术"而否定《战争与和平》这样的人类最高艺术成就。

说到《红楼梦》,我又想起对这部书也曾有过多么不同的评价。胡适是大学者,对艺术不能不说是具有很高的鉴赏力。他又是红学专家,世所公认。但是,这位胡适先生一直对《红楼梦》评价极低,说它远不如清代的某些言情小说。他在一封信里还说,他把《红楼梦》称之为"自然主义小说"已经是对它的最高评价了。胡适对《红楼梦》的评价,同纳博科夫对《战争与和平》的评价,很有点类似的地方。都是大学者评大作品,恐怕是都评错了吧。所以对大学者也不能处处都信,还是该相信自己的艺术感受,它比什么都重要。

一九九七年四月

有关《寒云日记》

七月中旬《文汇读书周报·书人茶话》载王廉善《寒云日记》一文,饶有兴味,足资多识,忽然想到见闻广博的郑逸梅老先生也曾谈到此事。一查,果然有《袁寒云的一生》,是一篇长文,有五十页,在"补白大王"的文章里当属少见。文收《清娱漫笔》集中,有关寒云日记的记载,同王文在个别地方略有不同。字数不多,抄之如下,以公同好。

关于册数。"袁寒云的日记,究有多少册,这是谁也弄不清楚的。陈灝一说有七册,但钱芥尘说他见到的只有五册,克文生前曾以一千元抵押给钱芥尘,到克文逝世,张学良瞧见了,很为爱好。芥尘便把其中三册转让给他,芥尘自藏二册,后以七百元让给嘉兴刘少岩(秉义),少岩影印行世,即丙寅、丁卯两册。汉卿的三册携往香港,太平洋战争,香港沦陷,日记也就失掉。无从寓目了。"这说明：一，册数不详。二，张学良手中三册失于香港而非沈阳。另外，关于袁寒云收徒事。郑文云："有所谓开香堂、收弟子。外传克文弟子达数百人，实则没有这样多。他深恐过于招摇，生出是非，就在《晶报》上登了一篇《门人题名》"。寒云列出的弟子姓名凡十六人，王文说是十九人，恐怕都不是确数，也没有确数可言。倒是那《门人题名》的声明文章，写得着实有趣，不妨抄引几句："不佞年甫三十，略无学问。政求师之年，岂敢妄为人师。乃有好事少年，不鄙愚陋，强以人之患者，加诸不佞，既避之不获，复却之不可，忝然居之，自觉愧悚"；"在彼则偶尔戏言，在予则益增汗颜。"袁寒云多才，诗文均佳，他在上海小报上写文章不少，也颇有文名，读这几句亦可略见一斑。

一九九七年八月

出水才看两腿泥

今年是戊戌变法一百周年，我想起翁同龢。翁氏是当年帝党首领，虽也是官僚中人，究竟为变法出过大力，有过大功，是一位重要的历史人物。想到他，我总联想起京戏里蟒袍白须的老生。一看画像，其实不是。他只是一位穿着棉袍的老头，平平常常。这画像在《翁松禅墨迹》扉页上。这书共十册，宣纸影印，是商务印书馆一九三三年"国难后第一版"。由沈瑜庆题签，题签也写得很好。他是翁氏的好友，是变法六君子之一林旭的岳父，晚年同翁交往颇多。这十册墨迹多是信札。翁氏的书法是有地位的，圆重有力，为世所重。我翻着这墨迹，见有不少是他在变法失败，罢官回故乡常熟乡间后写的。由欣赏书法，渐渐转到书信的内容上。这位曾为当朝一品的大员，曾经权倾海内，回乡后竟如此清贫。当然，他不是叫花子，还有薄产，饿不着。不过从那个时代贪风盛炽的背景来考虑，就觉得他的清廉实堪敬佩。《红旗谱》里朱老忠有一句名言："出水才看两腿泥！"意思是说，斗争到最后才看结果。如果改变一下，用到官员身上，不妨说是：无官以后才看得出清与贪。

翁氏回乡后有诗句云："叹息无家老逐臣，只余两膝挂孤身。"真是身外无长物了。翁的政敌谣传有所谓"翁门六子"。这六子里汪鸣鸾居首，还有后来办民族工业大有所成的张謇。《墨迹》的第一册就是写给汪鸣鸾的信。写了些什么？多是生活情状。里面有汪馈赠翁氏食品，翁去信致谢。我们来看。一则云："新黄秋莼，络绎见惠，并承手翰，欣畅之至。乡居航船不甚便，莼菜昨乃得尝。"新黄当是新获之稻米，莼菜更是南方的常用之菜。另一函云："豆粉佳制，出自新载，宜于软嚼。茶肘赵鸭，非乡曲所有，珍感不尽。"这都是学生后辈送给他的礼品，其实都带有资助的性质了。而这也只因是老相知，他才收下的。有时也见他回赠什么："陋巷无物可购，今交航船带呈数物，朴野可叹。"翁氏是颇自惭愧的。可见他真穷，由真穷知其真廉。

近来购到一册廉价书《张謇存稿》，后面附翁氏致张的书信。有几通是写于翁氏罢官后的。"椒鸡异味，平生未尝；山药百合，此间所产迥不如江北，得之可卒岁，珍感不尽。""辱书并海错山蔬多品，不特餍饫，兼可疗疾，知足下犹以老病为念也，感激感激。"有时翁氏也去信要什么食品，"江南无黍米，欲吾友致

二三斗以为粥饮,辛留意焉。"大体是这些。有没有银钱往来?有。张謇是翁氏一手扶植起来的人,思想又接近。张曾送去二百银元,似乎是因翁刚生了一场大病。翁信云:"承惠银元二百,腼颜拜受。悠悠四海,惟真相知者知我空乏耳。"朋友间的赠礼,这就是最大一宗了,二百银元,合到现在的钱,差不多两万元吧。

一九九八年八月

周扬·夏衍·徐迟

周扬与夏衍,夏衍与徐迟,他们曾是交情很深的朋友,但随着各人地位的变化,他们的情谊也就发生了奇怪的变化。

以前填表,在家庭出身这一栏有"自由职业者"。但是解放以后我不知道干什么的能算是自由职业者。干什么的都在政府的管理之下,作家艺术家也已不是什么自由职业者。因此,一些作家艺术家,原先曾有过什么普通的友情关系,但一旦他们有了上级下级或管与被管的关系,那么原有的那些情谊也就发生了变化。

新近看到两篇文章,说到文艺界的三位大人物,体现了这种角色转换的特点。李辉《风景已远去》,是对夏衍的采访录。文中记载夏衍与周扬的关系,是从夏衍口中说的。从三十年代他们就是好朋友,一起在上海领导左联和其他艺术团体。当时他们都是小伙子,风华正茂,一起工作,一起跳舞玩笑。我想那关系同现在的青年同学和同事,总是一样的吧。解放以后再见面可就不同了。周扬是中宣部的副部长,而且是毛泽东文艺思想的代言人,很了不起了。夏衍地位也自不低,但比周扬总差一大截。于是他们之间没有了友情。夏衍说:"他的变化是从延安出来之后,不过那时我们还可以同他开开玩笑,解放之后就不行了。他是党的政策的传达者";"周扬这个人当然是搞理论的。但组织能力很强,他后来完全变了嘛……他真是连可以开玩笑的朋友也没有。这就是因为环境变了。"其实是地位变了,手里的权力大了,当了人民的官。

夏衍如此论周扬,那么别人怎么论夏衍? 徐迟《我悼念的人》写了八位,其中就有夏衍。他们在三十年代的上海、香港,在四十年代的桂林、重庆,接触很多,交情很深,夏衍就很喜同徐迟开玩笑。徐迟记起他们在香港坐咖啡厅时的事,"他老是开我玩笑,说我长得像那个英国首相张伯伦。"在重庆,"他又给我换了个诨名说我的一身骨瘦如柴,很像一只螳螂。说了几次以后,我就用了一个'唐郎'来作为笔名了"。但是解放以后,夏衍是文化部副部长,也是"环境"变了。"开国以后,在北京,见面的机会也很多。较多的机会交谈,而谈话反而稀少了一些,就是许多话反而不大好说了。在一些会场上经常碰到,紧张感与岁月俱增,松弛感却已不知去向了。"徐迟为此感到"淡淡的悲哀"。是的,友情怎么消失了呢？这怕不是某一个人的个人问题。这是个体制问题。官民之间、有权无权之间，差别太大了。无权者总要看有权者的脸色，因为他可以处置你，他可以给你许多，也可以剥夺你许多。官员要是无权管那么多，老朋友总归是老朋友，那多好。

一九九八年八月

寿则多荣

　　据统计,近十年我国人口平均寿命已达到七十岁。这是很了不起的事。现在年近古稀,实际已是平常。有人说人生不在短长(数量),重在质量。我大约毕竟是年纪大了些,就想:要是数量和质量的值都高,那不是更好吗? 想到这些,就联系到作家这个行当里的人。年岁高,当然写的多,贡献大。但是,就是晚岁所作不多,也仍然会因早年的成就而备受尊崇。所以以前周作人引《庄子》说的一句话,就显得不大可信了。那话就是:"寿则多辱。"这话在某些作家作品中传扬了一阵。五四时的战将钱玄同早年戏言:四十岁以上的人都该枪毙。后来鲁迅曾写诗嘲之。钱是不是也是受了这类日本作品的影响? 不敢说。反正这种说法现在极少有人首肯。恰恰相反,寿则多荣。

　　十九世纪英国诗人的短寿,给我印象极深。当然高寿的也有,不过短寿的叫人记得更牢。拜伦三十六岁,雪莱、济慈都不到三十岁。而他们差不多就是那个世纪前期的英国诗歌史。叫人更感叹不已的是勃朗特姐妹三人,那简直叫人心酸。一般读者读了《简·爱》和《呼啸山庄》(现在都拍成电影电视了),也许不一定注意作者的身世。她们正是勃氏三姐妹里的两位,即大姐夏洛蒂和二姐艾米莉。三人都在贫穷乡村的贫困家庭生活,没见过世面,只以文学自慰。夏洛蒂是最幸福的一位,《简·爱》出版,步入文坛,名重一时。她婚后一年就去世,享年三十九岁。二姐和三妹都没活过三十,也都未婚,死去的时候只差半年。可以说都是天才,谁的天才更大? 以前推重大姐,二十世纪以来,对二姐的评价更高了。英国杰出的女作家弗吉尼亚·伍尔夫在评两书时就说:"艾米莉是一位比夏洛蒂更伟大的诗人。"她的书也胜过大姐的。不过她生前(书出版的次年她就死去)不但没享到一点荣耀,且为当时嘲骂,有人说:写了这样书的人怎么还不去自杀?真是太伤人了。杜诗云:"千秋万岁名,寂寞身后事。"虽是这么说,这对一位二十多岁的姑娘,也太沉重了。她要是活七八十岁,怕是要成泰山北斗式的人物。当然这只是我们的感叹之言。

我欣赏大姐夏洛蒂在两位妹妹的小说再版时,所写的序言。这序言是研究作品的可贵材料,更是亲切感人的散文。译者刘炳善说,此文风味如李清照的《〈金石录〉后序》。当时妇女写书是受嘲笑的，所以她们姐妹三人都用类似男人的笔名发表作品。序中说："那种小小的秘密，往日曾给我们一点善良无害的快乐，由于时过境迁，早已失去原来的兴味"；"那时我们姊妹说起当做笑话，如今却只剩下我一人为此深深悲痛了。"回忆往昔，悲从中来。文章是非常感人的。如果读者能找到夏洛蒂的有关书信（她一生写了一千多封信，许多英国散文选都收入），对照读起来，一定更有兴味。此序的题目很长很怪，叫《艾里斯·贝尔与阿克顿·贝尔生平纪略》，其中人名即两位妹妹的化名。

　　　　　　　　　　　　　　一九九八年八月

争与让

施蛰存在《沙上的脚迹》中回忆过一段往事。

一九三三年施氏编《现代》，请郭沫若写一篇散文长稿连载。目录登出，同期有周作人的一篇散文，在目录上排在郭文的前面，郭因此写信给施氏，要求从下期停止连载。施后来向郭氏说明：周作人文目录在前，而内文却在郭氏之后，这样郭氏才允许连载。郭氏信件仍保存，信中云："所争非纸面上之地位，仆虽庸鲁，尚不致陋劣至此。我志在破坏偶像……"云云。可见那时周作人已算是偶像，郭氏好像还不是，所以要争一争。施文的小标题为《郭沫若的〈争座位帖〉》，颇风趣。读到这里，我想起另外的材料，似可作一点补充。

这次是让座位的事了。那已到了一九三七年八月，抗战开始，北京和华北一带的文化人都奔向大后方，这时周作人仍留在北京。文化界和文学界的人都很关心他，或者说是为他担心，

从他近些年的表现看，怕他要当汉奸，于是大力争取，郭沫若就写了《国难声中怀知堂》这篇名文。文章开头就引古语"闻鼙鼓之声则思将帅之臣"，说自己时刻怀念着的就是周作人（知堂），是"北平苦雨斋中的我们的知堂"。这里是把周作人当做"将帅之臣"了。而且下面又引一句古语云："如可赎兮，人百其身。"他说道："比如就像我这样的人，为了掉换他，就死上千百个都是不算一回事的。"可见在民族危急关头，郭氏首先考虑的是国家民族利益，是大度的，不计前嫌，毫无私念。可惜周作人后来在北京终于堕落为汉奸，成为千古罪人。铁案如山，谁也无法为他开脱。当时文化界的人们，包括胡适，都是苦口婆心，做尽了工作。郭氏的这封信，也是其中的重要内容。

前几天读孙犁一篇书话《题〈知堂谈吃〉》，其中批评近些年来，某些人大谈周作人时，"好像过去的读者都不知道他在文学和翻译方面的劳绩和价值，直到今天才被某些人发现似的。即如周初陷敌之时，国内高层文化人氏，尚思以百身赎之，是不知道他的价值？这里的"高层文化人氏"云云，指的就是郭沫若那封信。孙犁对周作人是抱斥责态度的，然而"对其晚景，亦知惋惜"。孙犁是三十年代的过来人，又投身抗战，从事文学工作，当年郭沫若的信一定给他很深的印象吧。

三事相关，牵连而述之。

一九九八年七月

“冰山理论”与随笔

　　近些年我爱读孙犁的随笔，而且可以说非常爱读。我特别喜欢他的书话之类。说起来他并非什么国学大师，而且也并非学有专攻的大学者。但是他是一个真正的读书人。他又是一位真正的作家，身经文坛的种种风雨，而今老矣，却于文章之事看得特别清楚。他如今的文章，照他的说法，是写于“历尽沧桑之后，红尘意远之时”，可谓烛照当世，洞察人心。且看他论胡适的成就，谈周作人的功过是非，说纪晓岚的文章，都是三言两语，切中要害，发人猛省。要说言简意赅，意在言外，他确是。我特别赞赏他对随笔的整个看法。那是在《理书续记》里说的：“近代人粗通文字，写两篇小说，即成为名作家。既不去读书，亦不去采访，自己又无特殊经历。但纷纷去作随笔，以为随笔好作，贫嘴烂舌，胡乱写之即可……俗流之辈，以为下笔即可换钱，只是对随笔亵渎。"老人写到这里有点动了感情，但话是入木三分。

海明威有一句话流传很广，也很有益于文学界，这就是所谓"冰山原理"。他说作家写出的东西应如冰山"八分之七是在水面以下的"。写出的只是八分之一。这话常据以论小说，可惜没有人据以论随笔之类。我现在想起这个问题，是由于近日读到周作人的几句话。他在《周作人自述》中说："如不懂弗洛伊德派的儿童心理，批评他（周作人自己）的思想态度，无论怎么说法，全无是处。全是徒劳"。话说得斩钉截铁，也许太过分。不过如果说到他的文艺思想中关于性及儿童和妇女问题的方面，那该是对的。不过我就想，这真难。他说此话时是一九三四年，弗氏还在世。弗氏是奥地利精神病学专家，是精神分析学派的创建者。我国五四时期的作家注意他的学说的人很不少，如鲁迅就说自己的《补天》是受其影响的。但要大体读完弗氏的书，也不太易，因为太专门也太多。周作人一定读得多，但专谈弗氏学说的，也没有。他都是在一些短文里提一提，并没有大谈什么自我、超我，加以卖弄，这大约就是有八分之七沉在水下了。

就在这一篇文章里，周作人说："于他最有影响的是英国蔼理思的著作。"可见蔼氏的书他读得更多更细。读了多少？不得而知。幸好他的学生张中行先生，写了几篇文章，述及此事，在此不妨转述："他自己说有蔼氏书二十六册，再加上向我借阅《蔼理思自传》，是二十七册，其中最大的一种是《性心理研究》，连补编共七厚册,总不少于三百万字吧,他都读了。"然而周作人在谈论时,总是自谈自话,有时只随便一提。在三十年代以前的文章里,他有一二十篇提到蔼氏学说,都是如此。我想这也是随笔中"冰山理论"的绝好体现。

至于学习马克思文艺理论,又应用于文艺批评和实际论战的随笔(杂文)中的,当然最好的是鲁迅。舒卷自如,笔下生花。那也是只露出八分之一来,所以庄严有力。正如孙犁所论,当前的学术随笔常常太随便,谈不到冰山,下者往往只拿一个冰糕挥舞,大肆其奶油气味。这怎么行呢?

一九九八年七月十八日

书边杂抄

　　所谓"半部《论语》治天下"的故事，时常提到。此事作为学以致用、不作空疏之学的典范，广为流传。但其事是查无实据的。《光明日报》二月十二日发表《半部〈论语〉治天下》一文，考证精详。我由此想到相关的一点琐闻。不过我还是先据顾关元先生的这篇文章把故事本身说清。据考，此一说法首先见于南宋林駉《古今源流至论》所记："赵普，一代勋臣也，东征西讨，无不如意，求其所学，《论语》之外无余业。"此段以下有注云："赵普曰《论语》二十篇，吾以一半佐太祖定天下。"南宋罗大经《鹤林玉露》载之更详，云：赵普向宋太宗说过自己只读《论语》一书，"昔以其半辅太祖定天下，今欲以其半辅陛下致太平。"这就是"半部《论语》治天下"传说的出处。但是，这也说明他读的并非只是半部《论语》。他只是夸大地说，用半部就够了。

赵普是一位能干的人物,曾在两朝里三次出任宰相,为史上所少见。宋代儒学大盛,后来便有人把他的能干归于儒家的经典,这也是常见的现象。这事很有名。但是不久前读《胡适书信集》,曾见胡适考查此事而未得。一九四一年五月间,有位关仲豪请教胡适"半部《论语》治天下"的出处。胡适回信说:"朱士嘉兄已查过李焘《续通鉴长编》也没'半部论语'的故事。现在所缺的那个故事的真正'娘家'了(此句似缺一'是'字,引者注)。我疑心此故事出于笔记小说,如邵伯温《闻见录》之类,也许还更晚出。"由此信可知,胡适是下了功夫为关仲豪查检一番,并请他人为之翻书,所翻之书也是重要的,不过终于没能查到。可见博学如胡适,有时也能被一个不算太僻的典故拦住。所以在学问上面谁也说不得大话。

　　我在《鲁迅日记》上见到一次关于赵普的摘记。鲁迅每年年末都记下一年的书账。有一年。即一九二七年,不知为什么,鲁迅在书账后面附了一篇《西牖书钞》,上面是几则札记。其一云:"艺祖(宋人对宋太祖的尊称,引者注)尝流王仁瞻语。赵普奏曰,'仁瞻奸邪,陛下昨日召与语,此人倾毁臣。'艺祖于奏札后亲翰大略言,'我留王仁瞻说话,见我教谁去唤来?你莫肠肚儿窄,妒他。'"等等,还有一些话。我很奇怪,一位是开国皇帝,一位是位居宰相的重臣老将,他们之间怎么有这种对话。赵普对同僚竟如此猜疑,见皇上同其他大臣谈话竟不安,用我们老百

姓的话说,就是"吃味儿"。而皇帝也品出了这味儿,却辩道:我
是留下他说话,怎么说我是召他来说话呢?你见我派谁去召他
了?批语还说:我要来证明罢,怕教外人笑话我们君臣不和睦。
这些"御批"成何体统?可见在堂皇的朝廷大礼之后,不乏无聊
无礼的对答如此等者也。所以鲁迅把它记下来,不过以后也不
见他写到杂文里。

一九九八年六月

"自报家门"的勇气

最近我在《读书》杂志上读到黄裳的《"行旅"》，很感兴趣。黄裳的文章我一直爱读。这一篇我最感兴趣的倒不是他的文章，而是他的"自报家门"。所谓的"自报家门"，是作家自己读自己艺术的渊源，也就是他学谁。黄裳文章就说到自己散文所受的影响，其实就是现在人们讳言的"模仿"。黄裳说："朱自清、俞平伯、郁达夫的作品也给了我不少影响。达夫先生模山范水的纪游文字和他的日记，都是我爱读的作品，我所写的一些游记都多少留下拂拭不去的前辈的余徽。稍后有何其芳，他的《画梦录》、《还乡记行》几乎成为一时学习的范本。这在我早期散文《锦帆集》的某些篇章中还可以找到朦胧的影子。"我自笑眼拙，我读黄裳的散文不少，只觉其好，并未感知其艺术渊源由此而来。经他一说，顿然感到有理。我绝不会因黄裳的这一番话而鄙薄他的作品和艺术创作力。相反,我倒敬佩他"自报家门"的勇气。

中国传统中,治学为文从艺,从来都讲究一个师承家法。现在戏曲界、国画界和书法界就是如此,但文艺界不然。一谈艺术创造,大家都会说来自生活,这当然也是事实的一个方面。可是作为作家,你在艺术上不可能没有源头。但是,这些年来这一点似乎成为一个禁区,如果指出一位作家在艺术上学习了谁,模仿了谁,就会得罪这位作家,好像这就否定了他的艺术创造力,否定了他的才华。好像作家只有空无依傍,毫无师传,那才算的上天才,才有创造力。而有的评论家,又以为能指出某个作家的模仿对象,便是揪出了对方的什么短处,可以示之于众。前些时出现的关于模仿之争就很带出这种意思。

我以为这是不足取的。平心而论,谁也不会反对学习前人。然而,模仿不也就是学习的一种吗?作家为什么就不能模仿别人?实际上成熟的、天才的作家也有模仿前人作品的,在世界文学史上这样例子并不算少。歌德说他的《浮士德》曾在某处模仿了《约伯记》。请注意,他是使用了"模仿"一词。

明代散文家归有光的《项脊轩记》是曾经选入中学语文课的名文。清人林琴南曾说此文来自欧阳修《泷冈阡表》,他说:"震川力追欧公,得其法乳,故《项脊轩》一记亦别开生面。"这也是道出渊源。由此我忽然想到一个似乎与此无关的问题,那就是鲁迅论到汉唐文化吸取外来影响而毫不在意，随我取舍，因此形成了雄浑的气魄。这是一种大度的心态。联想"自报家门"一事，我们不是可以深思吗？

一九九八年一月

"三十年代"的世界性

　　马克思论述过,社会物质生产水平同艺术发展水平之间存在着不平衡关系。这个论述后来被称为一个法则。理论界的许多人接受了这个法则。

　　如果我们依照这个法则去观察中国现代文学史,我想,关于所谓"三十年代"的提法是可以理解的。这个提法也就是,认为三十年代的文学和一般的文化发展,较之本世纪后半个世纪的情况要好,成就要大。当然,所谓的三十年代,并不是准准扣住那十年,前后是都可以伸出一些的。我原来以为,这多少是带一点文化乡愁的意味,也就是怀旧感。可是,本世纪将结束,回头看看便觉那种推崇三十年代的说法,也还有道理。可以举出主要作家和作品来做比较。比一比,还是三十年代的强一些。不过我仍在疑是之间。近来读到三十年代过来的作家施蛰存《沙上的脚迹》，其中有一篇答记者问，明确说到："现在中国文学不如三十年代。"说得很简单，似不足以论证这个大问题。但有一句话我以为是重要的，也是公正的、科学的。他说，"很奇怪，欧美文学、法国文学、英国文学，也是三十年代最好。"当然说得也很简单，不过却是从更广的方面来比较研究这种文学现象了。它至少给了我们一个新的角度。有兴趣的人可以自己去开列名单，比较中国和欧美、日本、印度、南美，主要作家和作品。我想结果不会是十分明确如数学一般。但是，总可以看出一个大概。见到《读书》杂志第九期有《一九二八年的文学生产》一文，是从社会情况的变化来论述文学大势的变化，其实也未尝不可以看作是对"三十年代"文学发展的研究的准备。可见有心人已在做这方面的探索。正好手头上有一册正流行的《美国读本》。这是一本二百多年来"感动过一个国家的文字"的选本，包括演讲、歌词、论文、散文，等等。它的编者黛安娜·拉维奇在《导言》中说，"那些一九七〇年以来写的文章"，"也许永远不会成为经典"。他认为"那些二十世纪中叶以前写的文章"同以后写的，是不一样的。她认为，现在"文字的东西似乎不如以前那么重要了"，因此"好材料"变得少了。她是从她的角度论述问题，完全不是谈什么"三十年代"。正因为如此，我们可以看出，美国学人也感到后半个世纪的文字（也就是文章，引者注）。大不如前。不过她的分界是在五十年代而已。这不可以作一个旁证吗？

这是真正的大问题,要真正的大学者写大文章来解决。本文只是闲话。

一九九七年十月

羽扇不是麈尾

近读谷林先生《羽扇和诸葛亮》,文章写得非常有趣。此文较多从文学欣赏的角度谈论白羽扇,而对于白羽扇本身的考证似未周详。此文的中心论点是:所谓白羽实乃白毛,进而论证"毛扇并非羽扇,而是麈尾的别名。"我对这一看法不很同意,我倒是更为赞成周一良先生的意见。周一良先生的大著《魏晋南北朝史札记》中有《白羽扇》一节,专门考证这一问题,所引资料甚为丰富,因此也更有说服力。《白羽扇》一节也引《语林》中叙诸葛亮"将白羽扇,指麾三军"一句,但是是赞成这个说法的,并考证了白羽扇所用羽毛数目的变动。周一良先生认为"白羽扇为指挥军事战斗之标志"。周先生引《晋书》、《魏书》、《北史》里许多资料中出现的白羽扇加以分析,证明自己的论点。从周先生的论证看来,似乎不能把白羽扇解释为偶一出现的"毛""羽"

之混。而且在当时的诗文里也有"麾军时举扇"、"白羽才挥,凶徒粉溃",这当然也不可能都是"毛""羽"之混。周先生还举汉代石室画像作证。他还指出,日本古代也有"军扇",不过不是白色而已。周先生的结论还有:扇也是"大将军指挥权力"的象征。

　　顺便说一句,周一良先生出于陈寅恪大师门下,在史学方面功力深厚,他的《魏晋南北朝史札记》表现出陈门史学的特点非常鲜明,很有价值,不知为什么没有引起读书界的重视。

　　作者附记　这篇短文在一九九七年三月十五日《文汇读书周报》发表后,谷林先生四月十五日在该报同一版上发表《"羽扇"架起一座桥梁》,说有"意外地欢喜"。谷林先生雅怀通达,短文也深有意趣,非浅学者所可及。因此想将此文附载于此,读者如对照阅读,定能增加趣味。本书作者也珍视这点文字缘分。

"羽扇"架起一座桥梁

谷林

　　三月十五日的《文汇读书周报》送到,在《书人茶话》左下角一眼见了李国涛先生的《羽扇不是麈尾》,标题明净,对我更像邮码确凿的驿传专递。承指示周一良先生的《魏晋南北朝史札记》，久存架上，赶紧找出，查到《晋书》札记中《白羽扇》一节，立即反复细看。诚如李文之所推重：它"表现出陈门史学的特点非常鲜明，很有价值。"杨联升先生赠周先生诗曾也说过："寅老家风学难步"；研讨《柳如是别传》的纪念会上，周先生谈到"史家学术"时极称寅老博大精深，周先生此篇果然备具此概，得寅老之家风焉。札记初版于一九八五年三月，我虽于翌年及时购置，只缘不自量力，妄拟循诵全史，遂高庋架上，意俟读至相应卷帙再取来对参。岂料一觉醒转，悠悠忽忽竟已十一个年头！倘写那篇《羽扇和诸葛亮》的小文时，能记取周先生这节札记，自当补入一笔，但窃思也不致妨碍我愉快地介绍孙机、杨泓两先生合作的《文物丛谈》，因它对像我那样过着闲谈生涯强寻书味的人，慰藉良厚，而对从事钻探究索的学者专家，似也足资参稽，未必误导。新得两先生又一册合作《寻常的精致》和孙先生另一种《中国圣火》正待展对，如今周先生的札记和寅老的一捧文集恰似匣中宝剑戛然长鸣，阵脚大乱。不知如何铺排才好。"羽扇"架起一座桥梁，既得与孙先生把会于先，又获向李先生奉教继后，"胜地欣逢新旧雨"，真正是意外地欢喜。感谢！感谢！

阮元和张之洞

　　读闲书,遇到两件有趣的事,想抄下来,给读者看看。

　　在清代的文人学者里,像阮元那样高位高寿、著述等身、卓有贡献的人,实在不多。青年进士,中年学政,久任督抚,兴学刻书,官声和学问同高,福禄寿都有了。他七十五岁才获准退休,八十六岁在老家扬州终老。归田以后,不再与官府接近,只读书写作,整理自己的文集陆续出版。这时候,大诗人龚自珍辞官回杭,路过扬州,拜见这位“国老”,承蒙接见,还畅谈竟日,十分高兴。这在当时是很少有的事。有人记下此事:“阮文达家居,人有以鄙事相浼,则伪耳聋以避之。山民(指龚自珍)至,一谈必罄日夕。扬人士女相嘲曰:阮公耳聋,见龚则聪,阮公俭蔷,交龚必阔。公闻此大笑,不恤也。”龚诗里说到,自己拜见阮公,也只当做前辈学者,并不是如拜公卿。此诗见于《己亥杂诗》。在这个组诗里,提到阮公者,还有两首。一是忆在北京时承阮赠香木一块,以雕佛像;一是忆在北京时阮公命自己释金器铭文。这说明二人本来也有交情。后来阮公不与俗事,龚氏也本来就不与俗辈搭话。但这二位,见面就谈个没完。这只能说是性情相近,气味相投。而且,除了诗中提到的交往以外,龚的诗名已满天下,阮公定知。而且,在阮公六十岁生日时,有人为其作《年谱》,并请龚写了《阮尚书年谱第一序》。龚氏的文章自然是一流的,见解也高,当年一定为阮公首肯。所以这两位年龄相差二十八岁,地位隔如天壤的人,竟如此倾心。

　　说到这里,联想到有关的另一件趣事。中国近代史上的洋务派大人物张之洞,其平生事业、学问、地位、大体如阮公,只是寿数差一点,连生活的俭啬也相近。在清代要找一个与阮公相近的人,大约也只好举他。他的《书目答问》一书,价值很高。不过也许他的学问较阮略差。且说张之洞五十五岁寿辰时,在湖广总督的任上,他创办的两湖书院正落成,贺寿的文章很多。张最欣赏的是他的得意弟子周某的一篇,每有客来,他就请人读此篇。但是有另一位师爷问他说:我看着,此文怎么有点像龚自珍的《阮尚书年谱第一序》。张当即翻读,发现其中大段的抄,大段的仿,大段的改头换面,所说果然是实。张读后"默然长吁",说周先生这是"欺我不读书",这一下更使许多人都知我不读书了。真丢人! 后来,他疏远周某人。由此可见,龚氏的文章,当时虽未成集，也早已为士子熟读。龚氏理所当然为阮公重视，阮与龚可以谈笑终日，是自然的。如果龚活到张之洞时代，张之洞一定也会看重此才。阮、张都是识才且爱才若渴的人。

二〇〇〇年十一月

龚自珍的情诗

　　龚自珍生于一七九二年，卒于一八四一年，正是鸦片战争的次年。这是中国社会发生巨大变化之时，山雨已来，国困家穷。他敏感地看到这一切，大声疾呼，而且想出对策，上达大人先生。但没人理。而且弄到非辞官而去不可。他是当时最有远见的思想家、学者和诗人。他说过"但开风气不为师"，他真是做到了。他的思想、学术和诗歌上都是开风气者，影响一个时代。以诗而论，钱钟书《谈艺录》中说到龚诗"清末以来，为人挦撦殆尽"，也就是被人学，被人袭，用个没完。可见其影响之大。

　　龚有一首七绝，无题，是组诗里的，诗云："偶赋凌云偶倦飞，偶然闲慕遂初衣。偶逢锦瑟佳人问，便说寻春为汝归。"遂初衣，是穿上平民衣服。诗里充满辛酸的平生事和牢骚情。用几个"偶"字，使调侃口吻里有断肠之意。诗出之以对妓女谈笑的口气:你为什么辞官了？为了找你呀。王国维论龚诗时，很不满此作，说"其人之儇薄无行，跃然纸墨间。"近见刘逸生注龚诗，说王氏未解龚诗的深意。我同意刘说。我也举件趣事出来，加强刘说。就是在那一年，龚认识了一妓名小云。小云惹出一段故事，龚赋一诗记之。诗后有注记其事曰："友人访小云于扬州，三至不得见，愠矣。箴之。"朋友发火了，龚氏劝他。诗云："一笑劝君输一著"，我劝您认一次输吧。为什么？"非将此骨媚公卿。"这不是向那些公卿官僚谄媚，不算丢人。从这种诗句看来，龚氏不是"儇薄"之徒。

而且我以为，在那个时代，官场文场，与妓女相逢周旋，本是难免的事，都称不上"儇薄"。龚自珍的《己亥杂诗》上有与妓女的诗，倒是写得情真意切，十分动人。这很值得一读。己亥是一八三九年，龚氏四十七岁，辞官回老家杭州，路过江苏的清江浦，结识妓女名灵箫者，两人定情。龚原是由北京接家眷，再会灵箫。接回家眷，三觅灵箫，灵箫已不可见。从诗看，他对灵箫是一片真情，不过两人之间也曾有点商量而未达"共识"的条件。龚氏一生共写诗六百首，而写给这位灵箫的，竟有三十六首，占一生写诗的二十分之一以上。单说这，也就不儇薄。那年龚氏四十七岁，有句曰："青史他年烦点染，定公四纪遇灵箫。"这是说，以后有人为我写史写传，就麻烦他写出我(定公，龚定庵)在四十八岁(一纪为十二年)那年遇到灵箫姑娘，与灵箫相处时，灵箫替龚氏着想："为恐刘郎英气尽,卷帘梳洗望黄河。"那时,黄河流经苏北,在清江是可以看见的。他们相别时,龚氏说"报道妆成来送我,避君先上木兰船。"他是要避开执手言别时,太悲哀,太难堪的场面。感情可称细腻。龚氏一生狂傲,总是语惊四座。可是在与灵箫的交往中,他竟说:"自知语乏烟霞气,枉负才名三十年。"他为自己语言无味而苦恼和自卑了。他为灵箫写的最后一首诗,诗后有注,说:"寄此诗是十月十日也。越两月,自北回,重到袁浦,问讯其人,已归苏州闭门谢客矣。"灵箫走了。为什么?龚氏也不知,我们只能想象。我读了这一组诗,感触不少。这些诗,比如今的许多情诗要高明,有味。手边有龚氏此诗的人,有暇时不妨翻翻。如能得到刘逸生先生的详注本,那就更好。

二○○○年十一月

圈圈点点

　　我读书一向懒散而随意，真正是遇到什么读什么，风吹哪页读哪页。没有什么严格选择，只要有趣就好。但是偶尔想挣几文稿费，也写点书评之类的短文。由于记忆力日衰，提笔写时，刚读过的书也记不起来。东找西找，往往急出一头汗。为了补此一拙，我在读书时就总握一支红铅笔，见到可能有用的地方，先划出来。划法是在字句下面划上一长杠，以引起注意。太长的一段，干脆就划在一段之旁边。反正是铅笔横排的书页，一路红杠划去。所以我读过的书，往往都带有这种记号。走马观花，笔下匆匆，当然并不说明读书仔细。我就想到古人之读古书，他们用朱砂笔作记，那叫"圈点"，有时是"断句"。古之线装书没有标点，有时老师叫学生读一部新书，叫他把句子点出来。那时的"点"，一律是现今标点里的顿号形状。过些时，老师叫学生把书

交来看。一看学生点得是否正确，就知道他读通了没有。要不通
装通，很难。鲁迅《点句的难》说到："常买旧书的人，有时会遇到
一部书，开首加过句读（音逗，意同。笔者注），夹些破句，中途却
停了笔：他点不下去了。"这就是"断句"而断不通。请看，那时读
书要多么仔细。哪能像如今，划几道红杠杠而已。水平高的读书
人，断句之后，还要在书上圈圈点点，加批语的也有。谁要是得
到一部圈点好的书，尤其是重要的书，那就方便得多。有的书用
红笔圈点过之后，又被墨笔圈点一遍，真是"朱墨灿然"。现在我
们读铅印本，标点整齐，读来方便，但也见不到什么圈点和灿然
了。偶尔也有例外。我见到过清末大诗人、大诗评家陈衍编辑评
点的一部《宋诗精华录》。这当然是一部名选名评，代表一代诗
风。我买到的一部，是巴蜀书社一九九二年出版的。这部书上就
保留陈衍在诗旁加的圈点。他作的评点很好。除了读点评之外，
他在诗句旁加的圈和点，也很值得注意。评点，是用文字解释。
细微处，就看他的圈和点。有的诗，四句都有圈。有的一处圈点
都无。有的长诗里，三十句二十句中有圈有点。我读到所选苏轼
名诗《百步洪》，圈点均有。有的相连的上下句，竟一圈一点。那
是"君看岸边苍石上，古来篙眼如蜂窝。"前句是点，后句是圈，
仔细读读，有理。现在电视节目主持人有时也讲某些事"可圈可
点"。这就是说，值得玩味，值得思考。这里也是。

　　我联想起我三四十年前读书，也作过圈点。现在还能看到

的,有一本黄宗羲的《南雷诗历》,线装。我欣赏的诗,就作了"圈","点"可是没有。可惜用了圆珠笔,糟蹋了书。另有两册《唐宋诗举要》,大学者高步瀛编注,中华书局五十年代出版,铅字竖排本。凡我喜爱的都加圈。加圈点和划横杠,看似差不多,其实不一样。加圈点,费事。做的时候,心要静,要敬,要专。好像不如此,有些唐突了古人。因此,那样圈点,似乎收获也大。现在不然了,管他呢,一路横杠划下去。

二〇〇〇年十一月

被"骂"和写不出

　　《收获》二○○○年第四期有叶兆言先生的一篇文章,我读了很有感触。此文说,以往一说到某些作家,尤其是有成就的作家,后来写不出来了,就怪政治形势影响了他们,损害了他们的创造力。他认为这只有部分的道理。他说,写不出作品,主要还是作家自身功力不够。要不,现今可以自己写作了,为什么也没有人写出传世之作? 由此我还想到,以前也有一说,是把写不出的原因归到鲁迅的批评。说是鲁迅一批,此人在文学界抬不起头,不好写了,或不为人所重了。拿着鸡毛当令箭,借鲁迅的威望打人压人的,诚然有,但一般也不至于定其终身,更不能使其作品永不得见天日(因此而被整死的,当然不在此例)。其实,鲁迅称赞过的作家作品,也未必一直有读者。何况鲁迅就一时一事之言,原也极少一概否定某一人。与梁实秋,争辩何等激烈尖锐,大伤和气。但鲁迅与李长之的信里,仍说自己并不反对梁的一切方面。对陈源积怨如此之深,到十年之后仍要骂他一句"谎狗",以报当年陈诬《中国小说史略》有抄袭之仇。不过从所谓"北师大事件"之后的十年,鲁迅并不再提陈源。陈源后来不写了,只怪他自己"惜墨如金"。他嘲过林语堂,林越写越多。他嘲过梁实秋。梁也越写越好。林在三十年代去美,梁可是四十年代还在中国,他照写他的"雅舍随笔"。所以作家被"骂"后就不写了,主因还在自己。鲁迅不能"骂煞"一位作家,其他人也不能。当然这作家作品先要有自己的价值。压力或短时间的影响,自然会有,不然评论还有什么作用呢?

　　说到这里我想到,这类事件"外国也有"。英国有位阿诺尔·贝奈特(一八六七～一九三一),小说家,是入得了英国文学史的人物。他是现实主义一派。到二十世纪初年,新起的现代派代表伍尔芙夫人出来了。一九二四年伍尔芙发表了《贝奈特先生和白朗太太》,她先以此题在牛津大学作演讲。这是谈现代派小说的理论,文中就以贝奈特作对立的一方,好像与他对话,言辞中颇有揶揄之意倒是真的。当时,现代派的理论正看好,正风行,她的这个重要演说开一时风气。据说,这一下,就使贝奈特很受打击。夏志清《鸡窗集》有文谈及。因为有趣,就引用一下。夏氏说,自伍尔芙此文出,"贝先生就倒尽了霉,很少学人对他重视而认真去讨论他的作品了"。夏先生是熟悉英美文学的,他说贝纳特作品真不坏。不过，在英国，那种水平的作品也太多。再到如今，新一代人再也不会到图书馆的灰尘下翻出它来读了。贝氏呢，也就算过去了。但是，能怨伍尔芙夫人吗？

水·泪·人血

　　大约在七月十五日前后中央电视台的《现在直播》里，报道松花江有一百多公里断流。两岸田地龟裂，庄稼枯死，使人看了非常难过。两岸城市，包括哈尔滨，用水都有困难了。寒冷而又雨雪充沛的松花江流域，什么时候见过这光景呢？今年，这个新世纪第一年的开春，几场空前频繁的沙尘暴和扬沙天气，弄得人心惶惶，从领导到专家，直到老百姓，从报纸到电视台，都纷纷谈起治沙植树种草蓄水之类的事，这当然是好事。统计部门已经作出预测，说是在本世纪第三个十年，将是中国缺水的高峰年，将缺若干若干亿吨。而后北京、上海、广州三城市作出具体的节水方案，实施之后，总结经验，再在许多城市推广。据说这是现代化带来的新问题，我们有预见地提出。我想，这真是社会现代化提出的吧，又加上什么厄尔尼诺和拉尼那的自然气象变异。我想到前两年在某处见到的一句话:"地球上的最后一滴淡水,将是人类的眼泪。"是不是配有画,我不记得了,但这句话真动人,也真怕人。

前几天翻书,偶然翻到《鲁迅全集》里《〈进化和退化〉小引》,是写于一九三〇年的文章,为周建人所译的一本科学普及性的文集所作。鲁迅说在那本书里,讲的就是中国的沙漠化问题,讲的就是中国缺水问题、植树问题和水土保持问题。写到这些问题时,鲁迅当年也是很动感情的。他说,"林木伐尽,水泽湮枯,将来的一滴水,将和血液等价"。这句话也同上面所举的那句同样动人,同样怕人。一以泪喻。不管如何,人类要付出的是血和泪。现在及早动手,也还可办,不过其实也算不得早了。鲁迅毕竟是了不起的,谈到这些,他说:治水和造林,"这是一看好像极简单,容易的事,其实却并不如此的。"他从自然问题,讲到社会问题,说治水植树与当地人的生活是一体的,你要植树种草,人要吃树皮草根以活命,这植树种草就行不通。讲当时的问题,很深,很实际,我不禁想,现在我们提出来的问题,也并不是完全新鲜的事,前贤早有论及。不过我们原先不大介意而已。而且,在五十年代之后,我们的专家也就屡屡说及现在所谓的环境保护。谭其骧先生在六十年代初就从汉代以后黄河改道原因,谈到退耕还草还林等环保大事,可惜也没引起足够的注意。看来许多"新"问题,其实早已出现过,早有人论述过,只是不等到沙尘暴遮天蔽日，人就被更近切的事吸引过去，不能有这分"远见"了。看来我们对前贤的学说，不断有个回顾，是大有好处的。

闻箫声则病

　　龚自珍是当时对时代精神和时代风云最敏感的诗人。在我阅读的范围里，我觉出他的心灵在生活中也敏感得真正是超乎常人。关于这点，他自己在诗里所谓诉说就有好些。他写过"少年哀乐过于人，歌哭无端字字真"；也写过"我生受之天，哀乐恒过人"。说他是个多情种子，一点也不过。这不单是从他的自白里看到，更是从他的诗作里读到。比如说，对儿时，对母亲，他的忆念就很多，很深。他有《三别好诗》，是说有三家诗文是特别喜好的。此诗有长序，说明为什么特别喜好。不是因为自己特别欣赏，或从之学。不是。"以三者皆于慈母帐外灯前诵之。吴（梅村）诗出口授，故尤缠绵于心；吾方壮而独游，每一吟此，宛然幼小依膝下时。"序里还说，也许他一生都会这么吟诵不绝。其实不是吟诗，而是思母。这诗实际上也是一首忆母诗，序就动人，诗也动人，角度也真奇特。写诗时他三十二岁。在略前一点的时间，他还写了另一首《冬日小病寄家书作》。这时他在北京，他母亲还在世。诗曰："黄日半窗暖，人声四面希。饧萧咽穿巷，沈沈止复吹。小时闻此声，心神辄为痴。慈母知我病，手以棉覆之。夜梦犹呻寒，投于母怀中。"怎么回事呢？诗后有自注云："予每闻斜日中箫声则病，莫喻其故，附记于此。"这个附记很重要，不然我们不知道箫声和他生病有何关系，又和他母亲有何关系。原来他是闻黄昏中的箫声就病。所以"慈母知我病"，就给以温暖照顾。现在他又病了，结句说"拥衾思投谁"？到哪里去找母亲的怀抱？这一定是一个冬天，又是黄昏时候，闻箫而病，或病中又闻箫，想到童年和母亲。我想这一定是冬天，不然不会有卖饧的。饧，就是北方所说的糖瓜，南方叫饧糖。大约当时卖糖瓜的是以吹箫招引顾客。查邓云乡《增补燕京乡土记》，讲到卖糖瓜的风俗，却没说吹箫的事。难道当时北京和杭州（龚是杭州人）都是吹箫卖糖瓜吗？我想这种箫一定是很粗笨简单的乐器，声调也一定不怎么好听。他一听就病，也真怪。但是他感觉却是敏锐得惊人，诗句绝妙。

后来龚自珍的诗里，箫和剑连在一起，作为重要的象征，多次出现。如"少年击剑更吹箫，剑气箫心一例消"，如"一箫一剑平生意，负尽狂名十五年"，如"气寒西北何人剑，声满江南几处箫"。这箫和饧箫一定是两码事。另外，龚氏的思母之诗也还有

一些,如《乙酉腊,见红梅一支,思母而作,时小客昆山》,此处不
细说了。

二〇〇〇年九月

文章深处的泪光

　　人说"哪壶不开提哪壶"，是指别人特意去扫某一人的兴致。但也有倒霉事，别人不说，自己却总想说。有时，你能听出，真是很伤心的。

　　在我的印象里，清代的进士都写一笔好字。因为书法不好的，就中不了进士。越到后期越讲究字，不但字要好，而且要写饱满圆润，有富贵气。极少例外。例外的，我见过蔡元培先生的字。他是前清进士，字却干枯，少富贵气。有人讥讽过他。近日读商衍鎏先生《清代科举考试述录》，商氏也是中过进士的人，说到考试事，云："字取黑大光圆"，"偏重书法，忽略文字"。因此形成那种体制下的一种字，称馆阁体。我想，谁要是写出宋徽宗的"瘦金体"，瘦骨伶仃，一副薄命的倒霉相，不管多么有书法价值，那肯定取不上。由此我联想到清代嘉道时期的大才子龚自珍。他从二十九岁到三十八岁考进士,考了六次才得中,就因为书法。成了进士后,又考翰林,没取,说他"楷法不中式",也就是书法不佳。他的书法不合当时的规格,否则,他那么有学问,有思想,有才华,当时简直无人可比,怎么会考不上? 最后他只考了个三甲,叫"赐同进士出身"。这是擦边球,在官场上可不光彩,影响他一生的仕途。

后来龚氏多次谈及书法,我读出那深处的感慨和痛苦。他有一篇《干禄新书自序》,记自己那次殿试经过,很有意思。在太和殿上,考官选出"楷法尤光致者""呈皇帝览"(请想,皇上还有工夫细读文章吗?只看黑而圆的书法)。后来又说到整个考试过程,五次说到"遴楷法如之",也就是选"中式"的楷法。他自己勉强中进士以后,又考翰林,结果"三试,三不及格"。于是就"著书自纠",写了这本论书法的书,书名叫"干禄",也就是取功名之意。看来是满腹辛酸,满纸牢骚。只要读他的另一篇《跋某帖后》就更明白。他说,"余不好学书,不得志于今之宦海,蹉跎一生"。某日买到此帖,一见就伤心,后悔何不"早早学此"? 于是在"大醉后题"此一段。他并且记道,"翌日(明日)见之大哭"。他是为书法伤心,为这段题跋伤心。他在另一文中还论到,"书家有三等"。一为学人之书,一为书家之书,他以为这都了不起。第三种是"当世馆阁之书",就是考状元用的。他不学此。他看不上这种"专以临帖为事",他自己偶然有暇,也临过,临写三四行,"自觉胸中有不忍负此一日之意"就停下了。他也自叹，说自己是"天下之劳人，天下之薄福人也"。不过他还是改不了这种心态。就为了书法不合规矩，他只当了个"苍茫六合此微官"，大约是现代的科级或副处级吧。但历史造就了他这个文化大人物，也是历史的幸事。这也是他的幸事，难过总归是难过的，那痛苦咬啮着他的心，一辈子，也不好受就是了。

二〇〇〇年九月

关于朱彝尊

　　在古代中国,学术与文章的分界并不像现在这么严,既是学问家,又以文章名世的人不少。清初大家里,这样的人就很多。浙江人朱彝尊就是著名的一位。这一阵读到几篇关于他的文章。觉得他也真可佩服,而且有趣。明亡时他十六岁,不算遗老,也免去气节上的问题。这人怎么样呢? 请想,著《经义考》三百卷,与顾炎武相交,参修《明史》,卓有建树。这就很不平常。诗,与当时的王士禛齐名,称"南朱北王",他在前面。词,与陈维崧齐名,合刊词集《朱陈村集》,也是他在前面。他在题跋上有意与前辈大师钱谦益争胜,这种文体大概就如今之书话小品。散文上面,顾炎武赞为"文章尔雅"。他占全了。《清史稿》本传称他"兼有众长"。不过,最主要的成就乃在词的创作和词的理论倡导上。他开创了浙西词派,居于领袖位置。据说,清代"嘉庆以前,为二家牢笼者十居八九"。这所谓的二家,一是陈维崧,一就是朱氏。算来他们指挥清词一百年。朱氏在词上是尊崇南宋姜白石和张炎的(这一点后来的王国维看法正相反,有人说是王氏之失)。他自题词集的一首词里说,"不师秦七,不师黄九,倚新声玉田差近。"玉田就是张炎,南宋人。秦七是秦少游,黄九是黄庭坚,都是北宋大家。他自己排行为十,友人称朱十。

了不起的人就有不平常的事。朱氏平生有两件事,可以一谈。一是关于他的爱情诗和爱情词。他家寒入赘为人婿。据说他爱上小他七岁的妻妹,名静志。他写过有名的诗《风怀二百韵》,写过《静志居琴趣》八十三首,据说都是写与其妻妹的爱情。尤其《风怀》一诗,在当时就引起轩然大波。他编诗集时也曾考虑是否删去。他也真是一位忠于艺术又有气魄的诗人,坚决把《风怀》留下了。他还以诗述志,有一名句云:"我宁不食雨庑豚,不删风怀二百韵。"这就是说,我宁愿不当圣人之徒,不入祠庙受享,也不删此诗。叶恭绰说他见过《风怀诗二百韵》的诗稿原件,原题是《静志竹垞诗话》,竹垞是朱氏的别号,静志是妻妹的芳名,这不越说越真了吗? 不过也有人说,朱诗是虚构,并无本事,聚讼三百年,也说不清。但是朱氏坚决不删此诗,大生其气,这可是真的。第二件事是朱氏的通达大方。他早年师从同乡词人曹溶,曹溶为官,他随曹溶南北奔波,曹溶是有恩于他的。晚年他已成名后,为曹溶的词集写序。他在序里回顾浙西词派

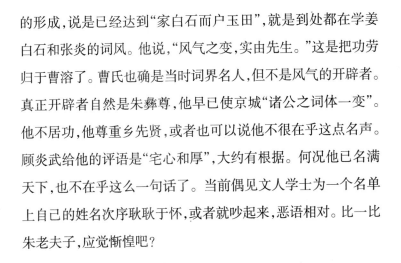

的形成,说是已经达到"家白石而户玉田",就是到处都在学姜白石和张炎的词风。他说,"风气之变,实由先生。"这是把功劳归于曹溶了。曹氏也确是当时词界名人,但不是风气的开辟者。真正开辟者自然是朱彝尊,他早已使京城"诸公之词体一变"。他不居功,他尊重乡先贤,或者也可以说他不很在乎这点名声。顾炎武给他的评语是"宅心和厚",大约有根据。何况他已名满天下,也不在乎这么一句话了。当前偶见文人学士为一个名单上自己的姓名次序耿耿于怀,或者就吵起来,恶语相对。比一比朱老夫子,应觉惭惶吧?

二〇〇〇年八月

傅山的萧瑟

　　文有京派海派之说已是本世纪三十年代的事，而且我想当时也是半带玩笑、半带意气的说法。但文有南北之分，却是自古而然。南朝大作家庾信出使北朝，后来南朝人问庾信，北朝文章如何？信答曰："唯有韩陵一片石堪共语"。这指的是温子升写的《韩陵山寺碑》。庾信说，只有这篇还值得一说。此外尚可一提的人有三二位，余下的"驴鸣犬吠，聒耳而已"。这有点糟蹋北人，不过这也代表了千多年来，南人对北人文章的态度。虽然比较公正的说法是：北文以质胜，南文以文胜。但钱钟书先生尖锐指出："言质胜，即是文输。"所以，"南人轻北，其来旧矣"。这就是我们文学史上的事实。正因如此，北方的文学家就有人不满，欲一洗此辱。金代的元好问说："北人不拾江西唾。"到了明末清初，山西的傅山就明确说"不喜欧公以后之文"，"曰是所谓江南之文也"。这是清代史学家全祖望(阳曲傅先生事略)中记的。很有趣的是,此文末尾,全氏最后一句说:"所愧者,未免为江南之文尔。"因为全氏是浙江人。全氏的话里,我觉出有对傅山的微讽。因为傅山一般地薄"南人之文",也不对(他其实是有具体原因的,此不细说)。傅山为北方的友人毕振姬的文集作序,并为文集取名曰《西北文集》。在这篇序里,傅山就畅论东南之文和西北之文。他说,"西北之者,以东南之人谓之西北之文也。东南之文概主欧曾,西北之文不欧曾。"不学欧曾,这是他一贯的做法。他说过,欧文虽然也好,"然有习套,不自知湔涤。数章之中,往往相似"(《五代史》)。他这样大胆批评欧阳修,在另外地方还说"此老真不读书"。

那么,傅山先生自己的文章写得怎么样? 近来我翻了他的《霜红龛集》,首先觉得不能读懂。不过他的书信、杂著、家训,还是比较好读的。因此他的学术成就如何,我不敢说。比起同时代的顾、黄、王,自有一定的差距。单纯的散文,似乎总比不了江南的张岱。我想起黄裳先生写的《绝代的散文家张宗子》,以为是确评,当时没人能比得了张岱了。傅山也未必行。不过,傅山杂著一类作品,现在一般称为随笔的,我倒以为比起同时代任何大家都不逊色,或者说,各有特色,自有人所不及处。如果可以说还有一位"绝代的随笔作家",傅山或可当之。

傅山随笔的风格是什么样的呢? 恐怕也一言难尽。在后来人眼里看,也许它的萧散平淡是重要的一种。鲁迅曾有这种看法。一九二七年在购书账单之后又附了一页《西牖书钞》,其中有记傅山的几句话,语无深意,不过是这些话:"姚大哥说,十九日请看昌(唱)。割肉二斤,烧饼煮茄,尽足受用。不知真个请不请?"鲁迅说,"语极箫散有味。"这个"箫散",自然在于情致,而行文用语也甚有关。试想如都以纯正古文出之,还"有味"否?我想鲁迅就是为这一点才抄之于后。不过傅山文章只此一提。知堂可是更加喜爱,谈的也多,傅山可以说是他最喜爱崇仰的作家之一。知堂最喜爱的文章是《颜氏家训》和陶渊明文,他以傅山和他们并列,再加一位日本的芭蕉。《老年》一文谈日本诗人芭蕉的文章之妙,同时又说到,以文风而言,"中国文人想找这样的人殊不易得。"他引傅山一则杂记为例:"老人与少时心情绝不相同,除了读书静坐如何过得日子。极知此是暮气,然随缘随尽,听其自然,若更勉强向世味上浓一番,恐添一层罪过。"我想这文章也同鲁迅所引近似。这种萧散有味该是散文中不易得的一种境界和功夫。"暮气"竟同今天的用语,"向世味上浓一番"的"浓",简直有点"陌生化"的现代手法了。不呢,傅山《杂记》又有一则说:"看书洒脱一番,长进一番。若只在注脚中讨分晓,此文谓钻故纸,此之谓蠹鱼。"此段里的"洒脱""钻故纸","五四"以后的新文学人物中用得很多,原来清初大家已用。又有:"一双空灵眼睛,不唯不许今人瞒过,并不许古人瞒过。""空灵"一词这些年正被先锋人物使用得多。我又想，词语上古今的界限本不明显，关键在于作者使用得是否有力。文章是人作的，你老哥不会作文，什么词语到您笔下也是杂乱无章的一套。看傅山的这类文字，用山西土语的地方也不少，那些用语今天还在居民口头上使用。与傅山相友好的顾炎武早已称傅山之作是"萧然物外，自得天机"。可见早有古人作如此评语。傅氏《训子侄》中说"我庾开府萧瑟极矣"。

傅山在为好友戴枫仲写的《叙枫林一枝》里曾说到，在戴家居住时，"次日早起，徘徊双松下，忽天晦，大雪落树皆成锋刃，怪特惊心"。而戴氏的作品"俱带冰雪气味"。其实，傅山的随笔作品在萧散的外表下，就都带这种冰雪气味。这是由他的全部所谓的遗民人格造成的，遮也遮不住。他答人问孝的文章中，还说出这样的话："门外龙争虎斗，驴舞猴翻，塞耳闭目，不见不闻，可以为孝子矣。"他讽那些只知写漂亮文章的"博"学"宏"词之人，曰："'博'杀'宏'杀，在渠肚里，先令我看不得，听不得，想要送半杯酒不能也。"这不是冰雪气味吗？真冷得很。也算是随笔的顶尖货了。至于傅山晚年被逼去北京参加清政府的博学鸿词的考试，拒不入京，拒不谢恩的事，早已载之史籍，体现大英雄的心态。他当京事已了之后，写信给曹秋岳，信云："以七十四岁老病将死之人，谬充博学之荐，而地方官府即时起解，篮与就道，出乘弄丑。累经部验，今幸放免。复卧板舁归。从此以后，活一月不可知，一年不可知。先生闻之定当大笑，乃复有此蒲轮别样。"蒲轮，是古代请老者时以蒲裹轮，以求安稳的办法。这里，对清政府的嘲弄是冷俏极了。时时露出锋芒。

　　至于傅山文章记事之简俏，写人之入骨入髓，此处不再多说。总之，我以为傅山随笔是值得玩味的，是可以学习的，望学者加以研究。

二〇〇〇年十一月

佯狂真可哀

　　近来在报刊上老是读到"作秀"，"作秀"满天飞，使我常怀疑许多古之名人也在作秀。比如那位说"难得糊涂"的郑板桥，多天真呀。读鲁迅《怎么写》，其中说，"《板桥家书》我也不喜欢看，不如读他的《道情》。我不喜欢的是他题了家书两个字。那么，为什么刻了出来给许多人看呢？不免有些装腔。"装腔不就是作秀吗？可见郑板桥这样的人也难免偶尔一作。《世说新语》记各种人的言行，多么有趣呀。我原先只知欣赏他们，现在看来他们中的不少人也是作秀。比如，人作青白眼，用白眼来看那些不喜欢的人。这多别扭。这有点作秀。有王大这个人去看望桓玄。桓玄的父亲名桓温，已去世。桓玄设酒请王大，王大要喝热酒，酒上来，王大就叫仆人"温酒"。桓玄一听"温"字，立刻就哭。王大明白了自己失言，弄得很不好意思。这也有点作秀。不过又说回来，偶一作秀，圣人难免。如论文人，还是该看他的文章如何。鲁迅在论魏晋风度的那篇大文中说,嵇康阮籍都喝酒,但也能文。后来的人,光会喝酒,没有嵇、阮的大文了,文坛就不行了。到底是鲁迅的眼光了不起。

我觉得,好像李白偶尔也喜欢作秀。喝得醉醺醺地去写诗,当然也是有的,但不可能老是那么样子。他有时有点故意。我以为杜甫的诗句可以作个旁证。杜甫《不见》一首云:"不见李生久,佯狂真可哀。"佯狂不就是假装疯疯癫癫吗?现在人就说"作秀"。不过,杜老先生可是与当前的作家,对此有不同的态度。他接下去写道:"世人皆欲杀,吾意独怜才。"世人都说要杀他(当然这也有点夸张),可见李白老先生当时的人缘也不大好。您说人要老是那么个狂样子,谁喜欢呢?杜甫是他的好友,又是真正的大诗人,知道李白的价值,所以疼爱他,怜惜他。他说独有他"怜他"。其实李白一生怀念杜甫的诗不多,杜甫可是老怀念他。这首诗的后四句是:"敏捷诗千首,漂零酒一杯。匡山读书处,白首好归来。"杜诗说,李白,别老是那么疯疯癫癫,醉醺醺地满世界漂了,你老了,回老家吧。我有时想,怎么现在的作家相互就少了一点这种感情和勇气呢?而且,就说作秀吧。杜诗《饮中八仙歌》咏李白云:"天子呼来不上船,自称臣是酒中仙。"他老先生躺在酒店里,说醉了,不去叩见皇上,这可不易。您说您从不作秀,到这时候不知当做如何动作?能比这位作秀的还清高?

二〇〇〇年七月

说不清的"作秀"

　　近一年来文学界里"作秀"一语出现频率很高。批评者动辄说对方作秀，而又有另一人说那位批评者才真是作秀。有名的"二余"之争就有趣。余杰说余秋雨作秀，其他人又说余杰作秀。据《太原日报》报道，六月七日湖南某机构邀请众多名家，以"文化湘军"的名义，共同推选"中国十大作秀高手"，结果这二位余先生共同入选。这不也是有趣的事吗？有趣是有趣。不过我以为这种事以及这种提法，是值得考虑。或者说，本人以为不妥。首先说"作秀"的概念就很不明确。参加六月七日会议并投票的人，认识也大大不同。有人说作秀是贬义词，有人说是中性词，也有人说作秀好，肯定。那么这种投票往一起归，并公布，有多大意思呢？会不会又有人说，这个机构的这次活动本身就是作秀？"作秀"满天飞，就没有固定的所指，成了开玩笑。

　　我同那个会上的王平先生意见相同，以为作秀是正常的，因而"作秀高手"应受赞扬。往远里说，自从人之为人开始，就不免作秀。人要真正表里如一，办不到。各种礼仪就有几分作秀。显示虔诚，显示勇武，显示智慧，显示恐惧，无不如此。孔老夫子及其弟子也难免要作一秀，鲁迅在《两地书》说子路先生"结缨而死"是上了孔夫子的当了。孔子也一定作过秀，那么子路的行为是不是也是秀？不敢说。我只是引鲁迅的话说说。而后来，在社会生活中，在不同的场合，人要有不同的举止。《世说新语》记各种人的言行，多么有趣呀。其实，细琢磨，好多都是在作秀。他们不是圣人，所以我也敢于说出自己的意见。作秀作的叫人喜欢，也非易事。我们普通人，在客厅里和在卧室里的样子就很不同，不是吗？接待外宾与同邻里争吵，人的仪态不大一样。现在正经提出"包装"，货可包装，人也可包装。包装不就是作秀吗？包装不能乱来，说是味精，实是毒品，当然不行。别人的作品，你抄，不行。造谣、造假、辱人，或犯了法，也不行。至于"显示勇武，显示智慧"，过了点，不好，可那也不算得什么道德不容的事。鲁迅说过，叫他自己说自己，也不能说得准准确确。评高评低，难得很准。从责备作秀以来，对人的道德批评较多，且归为作秀；而注意作家到底写得如何，并作出公正评论，倒是少了一点。好像一扣上个作秀罪名，这人就不值一提了。自赞过头是作秀，要是谦恭过头，那也该是作秀。他以为合适，你以为过头，如何得免罪名？我想起"文革"中，怎么干也算是"右"，都左的不能再左了，还叫"形左实右"呢。我们何必一定判"秀"？况且把很不相同的作家，入"作秀"汤中，一锅煮了，也不妥，有些同时入选的作家根本不能并论。就算是都作秀，排在一起，也不免鱼目混珠。

我从《太原日报》上《文化湘军点评作秀高手语录》和《高手们的"秀"》二文，得知零星材料。确有些公正中肯之论，也有些偏激之言。如关于余秋雨，有"一则坚持其不忏悔立场，二来反戈一击，矛头直指湖南的学人"。这算什么"秀"？谁能代表湖南学人，湖南学人为什么就不能"直指"？这是没有说服力的。又说余氏去长沙演讲事。那一定是长沙约请的，否则他能登台？讲得好不好，可评可批。如果他没学问，讲不好，那也是真实，不能说是作秀。演讲砸了，还能是作秀？关于王蒙，有一条是说他表扬王朔写得不错，又拍王朔的肩头，"俨然亲如父子状"。这也算不得秀。王朔的小说有些写得的确不错，一时颇有读者，也颇有影响，说一句，算什么秀？也许他们关系甚好，作冷淡状才是作秀。说"状如父子"，是别人的感觉，王蒙自己并未说。还有说李敖自称中国五百年来，他的白话文章第一。他这话是夸大，说吹牛也行。如果他自己就是这么认为的，实说，也不算作秀。湖南彭国梁先生说，李氏此言"丝毫不影响他的文章"，"谁都不会因此和他计较"，"谁能否定他在文坛上的地位"。这说得公允，是从大处着眼。不过这种立论也就消解了对作秀的讨伐，还有，我想补充一点趣闻。作家高估自己的事很多，如果是真正的大作家，读者对此并不讨厌，也许还欣赏。林纾说过："六百年中，震川外无一人敢当我者。"他只服一个归有光。其实六百年间，比他的古文做得好的，何止十人二十人？（见钱钟书《林纾的翻译》）王国维是大师，也难免乎此。《自序二》自述其词的创作，他说："余之于词，虽所作尚不足百阕，然自南宋以后，除一二人外，尚未有能及余者。"说话时他还较年轻。他的词虽好，也绝不能好到这种程度，他也过分夸张了。可我不以为王国维作秀。当然，要是指名道姓地谈别的作家，那也得有点分寸，甚至有点职业道德。王朔要"灭"这个，要"灭"那个，出言轻慢，是令人反感的。还有关于余秋雨作香港凤凰卫视嘉宾，作《千年一叹》，也有人说是作秀。其实那是好作品。以那种形式，写那种题材，他算一把好手，换一位来干，未必能更好。说到这里，我想，书中"硬伤"一定会有。一位散文作家周游列国写文，涉及多种文明，能无"硬伤"，太难。以前也有人指出他的硬伤，但文有硬伤，不是作秀。硬伤可以说明一位作家的功底不够深，不过也不一定。如是学术著作，硬伤严重，散文、小说，情况还不同。请翻《阿Q正传》，在那文采飞扬的开头一页就有硬伤。把《博徒别传》写为狄更新著，而其实是柯南道尔著。后来有人要译《阿Q正传》，问鲁迅如何处理。鲁迅说，译文可以加注，说作者写错了。可是鲁迅一生都未在小说上改正此错，现在还是当年那样。为什么？我想因为这不是写英国文学史，这不会误人子弟。这种事，外国大作家里也有，我们似乎不必将此事看得太严重。当然我不是说余秋雨比得了鲁迅，可以说："鲁迅错得，我就错不得？"

我不赞成把"作秀"一词泛化成文学批评词语，因为他没有确定含义，也没有明确内容。我更不赞成任何一个团体去选"作秀高手"。这不能消除文学界的不正之风。所以，这样做，不会有预想的好结果。然则，已成风气的互骂互捧，吵架骂大街以图出名，也确分散文学的力量。关键在于报刊不要为了销路而作秀。而且要多劳编辑先生，不把那些文章发出来为好，比如什么"悼词"之类。

二〇〇〇年七月

张岱文集的两篇好序

前两天从书店买回一部《陶庵梦忆·西湖梦寻》，是作家出版社一九九六年出的，印刷很好。往架上放书时才发现，原来《西湖梦寻》我已在几年前买了。足见我读书是多么随便，碰到便翻翻，一丢就忘记读了。这一册是单行的《西湖梦寻》，浙江文艺出版社一九八五年出版。再看架上，还有《夜航船》和《琅嬛文集》，这就是说，明末张岱的散文集子，差不多我都有了。夏日无事，就逐册翻翻，我是想找序文看看，以便阅读时作指导。我所谓序是既指今之学者所作的，也包括前人的。自序不在内，因为那本是全书的一部分。这么一看，就是新购的这册没有请学者专家写一篇，其他几本都有。就以《西湖梦寻》来说，它后面就附了五篇序文，或为作者同时的朋侪，或为后之学人。读一读，增长知识，助长兴味，帮助理解。比如祁彪佳序中，以其文比郦道元,比刘同人,比袁中郎,比王季重,就对人有启发。他又说,"寻其笔墨,又一无所有",这是解说一种空灵的艺术境界。我以为这很好。

我翻岳麓社出的《琅嬛文集》,见到以黄裳先生的《绝代的散文家张宗子》作代前言,还附了周作人的《再谈俳文》,也是分析张岱文风的,我以为编者这主意很妙。黄裳文大约是发表在一九八二年《读书》上的,当时读了就觉得它也是一篇"绝代"的散文、批评文。我眼界很窄,关于张岱的介绍和评议,我还没有读到比它写得更好的别的文章。黄裳自己也是高明的散文家,他以亲切的体会,把张岱的心态,把张岱散文精神和笔墨意趣,真是写透了。读者读了,就能心领神会,拍案叫绝。他主要分析了《陶庵梦忆》和《西湖梦寻》这两部散文,举例细说,细到一字一句。他说,张岱"最突出的特点还是写作上的才能",学问、文化都并不是太了不起。会写,是"出色的'新闻记者'"。文章长的几百字,短的几十字,够了。写出了,写活了。除才能外,当然是"对生活的深刻认识和反映现实的忠实态度"。正在不久前,我读了鲁迅的得意弟子(在台湾去世)台静农先生的散文集。台先生写得很少,在文集中却有《〈陶庵梦忆〉序》,我立即读了。我要说,这也是一篇"绝代"散文。要把此文同黄裳文比较,我分不出高低。我只能说,黄序重在分析文章,而台序则兼及张岱与其前人后人的关系。序里说,"宗子(张岱字)的诗文,是受徐文长的影响,而宗子来得深刻"。又说,"余谈心的《板桥杂记》,也有同样的手法,但清丽有余,而冷隽沉重不足"。这些见解,从纵的方面和横的方面谈影响,非同一般。我最欣赏他的这一议论:"大概一个人能将寂寞与繁华看作没有两样,才能耐寂寞而不热衷,处繁华而不没落,刘越石、文文山便是这等人,张宗子又何尝不是这等人?钱谦益、阮大成享受的生活,张宗子享受过,而张宗子的情操,钱阮辈却没有。"这段话讲得很深刻,文笔也好。在此序中,台先生对张岱生平关节处,也多有议论,也好。

总之,出版旧籍,找高手写篇好序是太重要了。要有好眼光,还要有好文章。

二〇〇〇年

又品晚明小品

　　人们都记得三十年代中国文坛关于晚明小品的争论。应当说，那是很有意义的、重大的争论。那首先是对于晚明小品的理解，如何阐明其意义。涉及的作家主要是公安派的主将袁中郎，还有明末清初的大家张岱。连当时还在大学读书的钱钟书也参加了进来。后来可是不见他再读。如果脱离当时的语境，现在说起那些明末小品作家，那都可以说是非常了不起的，其文也多是妙品。到九十年代，黄裳写了《绝代的散文家张宗子》，评价张岱，写得真好，写出张岱散文的妙不可言之处。我还读到台静农先生在一九五七年写的《〈陶庵梦忆〉序》，评张岱，也评得深切。文中说过，"至于《梦忆》文章的高处，是从无说出的，如看雪簋和瞎尊者的画，总觉水墨瀊郁中，有一种悲凉的意味，却又捉摸不着。"这也就是妙不可言吧。可是关于袁中郎这位当时名气更大的人物,却少有评论了。现在袁氏的书又出了,张岱的出得更多。我看了台静农和黄裳二位先生的文章,就找几篇张岱,找几篇袁中郎的,一起对比着读读,都好。可是还是张岱的更好。我找几篇两人都写的题材,对比读一下,有《狐山》、《龙井》、《灵隐寺》和《飞来峰》,似乎有个高下。比如《飞来峰》,那高下是立即可见的。袁氏说"湖上诸峰,当以飞来为第一。"但下面就没有真正生动的描写。比如只说"颠书吴画,不足为其变幻诘曲也",这样的排句连用三个,依然空疏,而张文第一句赞之之后,接着也用米颠(大书画家米芾)来形容,却好得多。他说,此峰"是米颠袖中物也"。他也说道杨秃凿山雕像之事,却又引高僧之言,说"慧理一叹,谓其何事飞来"。这就把飞来峰的不幸遭遇人格化也深化多了,实有不尽之意。袁氏的文章可以说是"清新流丽",但略浅,可玩味处不多。当然,达到这种清新流丽也很不易。比如《雨后游六桥记》一篇,才一百四十字,写得真出色,开头就不凡:"寒食后雨,余曰:'此雨为西湖洗红,当急与桃花作别,勿滞也。'午霁,偕诸友至第三桥,落花积地寸余,游人少,翻以为快。"但毕竟也只此而已。我想这原因是,袁氏当时在那一带为官,虽旷达,也毕竟是那热闹场中人,所见只是西湖美景。张岱不同。张岱在明朝过尽豪华生活,入清则穷到底,吃饭都成问题。国破家亡后,再回思以往景物,感受就大不相同,笔下有了悲凉和莫可言说的东西。此是小品中的最难得之物。同样嘲弄杭州人不懂游西湖的妙处，袁说："歌吹为风，粉汗为雨，罗纨之盛，多于堤畔之柳，艳冶极矣。然杭人游湖，止午、未、申三时，其实湖光染翠之工，山岚设色之妙，皆在朝日始出，夕舂未下，始极其浓媚。""安可为俗士道哉！"（《晚游六桥待月记》）张在《西湖七月半》中可是说得酣畅而且刻薄得多，且多有入骨的描写。他写道："杭人游湖，已出西归，避月如仇。是夕好名，逐队争出。""篙击篙，舟触舟，肩摩肩"。"官府席散，皂隶喝道去。"在文中，作者向读者说，在此情景中，请注意看四种"看月者"的神态，他写出来，煞是传神。只举一种来看吧："名妓闲僧，浅斟低唱，弱管轻丝，竹肉相发，亦在月下，亦看月，而欲人看其看月者。"这样的人，就大可以"看之"。很明显，张氏是看透了世态人情，才在不经意处给以针刺。这样的看月者们，我们不是在现在也还常常可以看见，且可以"看之"吗？

呜呼，写山山水水，岂是易事。虽然不要多少学问，可是一要胸怀，二要技法。差一丝，高下顿然分矣。

二〇〇〇年四月

狐狸型学者说

　　上海三联书店近来出了几本海外华裔学者的书，我正想了解一点海外华裔学者的生活和治学，就找到几本来读。有刘绍铭著《情到浓时》和他老师夏志清著《鸡窗集》，都是散文、论文杂集，生动活泼。接着就读到《徘徊在现代和后现代之间》，是对李欧梵的访谈录。初看书名，我原不想读。因为理论气味太浓，而且是当代外国理论，"后"个没完没了，我读不懂。但翻看开头，知道是讲作者一生求学治学经历的，他又是海外研究中国当代文学的重镇，我想一定有趣，就读了。书确实从作者中学时代记起。但后来就记到学问上的追求，当然不可免地涉及"结构"和"后"之类。但是由于是记李氏个人的求知过程，层递而入，我读得蛮有味道，不以为枯燥。我本是闲中乱读，只找趣味，也没料到竟读完了许多严肃的论证。有些地方，我竟想提出来同读者谈谈。

我想谈的是，海外华裔学者怎么对付那些当代风行的、难懂的理论。李欧梵不是专门研究那种理论的学者，他是搞史学的。他有一个看法和做法，很值得一说。他的总体看法是："基本上对理论采取不太积极的态度，很多人觉得理论就是鬼画符，用一些抽象的语言，没有什么意义。"而且他倡导"狐狸型"治学方法，就是随机应变，不拘于一格。那就是"为我所用"吧。所以他从不以某一西方理论套中国现实。而且他还说"我很反对现在大陆上有些文学评论家，把句子写的那么长，凭空造一大堆词汇，表示自己有学问"。我这个普通的读者以前也就常怀疑，那些卖弄洋词语的人，自己是否真懂得自己所说的所写的概念。不过我胆小，一直也不敢说出来，怕别人笑我无知。谁愿意被人讥笑？我可不愿意。现在有一个饱喝洋墨水的人都这么说了，我才表示有同感。其实这位李先生在海外大学里教书多年，对这些理论也颇可言"通"。但毕竟不是专搞这一套的，要去补这一课，"你要受两三年专门训练"，且得有老师指点，那才行。现在不行了，"没有时间作 retraining（再训练）了"。可见要真弄通这些，也不是现读两本新译过来的书就可以。而且他对中国传统文化批评又颇喜爱，才有如上这些说法。他也不是（并且不可能）全盘反对当代西方理论，只是择其可用者，用之。他说到俄国的巴赫金，说是一读就喜爱。现在的后殖民主义的基本论点，他也喜欢。他说这样才能把中国现代文学置于世界视野里观察。他的这些意见都颇可择取，借鉴。

陈子善是有眼光的编辑家。他在《编后小记》里说，"本书一九九六年二月初版本传入大陆学界之后，颇受重视，复旦大学教授贾植芳先生就多次向青年学子推荐"。贾教授是山西人，我见过，我也读过他的一些书。贾氏是更老一代的学人，专业也在现代文学方面作过探索。他特别推荐此书，我想也许他在治学中也有过与此相类的某种感受。总之，青年学者读一读，大有好处。我们普通读者读，也有趣。

二〇〇一年三月

北宋文人的大度

最近读两部宋人的传记，觉得北宋后期，实在是文化发达的时期。那不足一百年之间，出了那么多文学家，唐宋八大家的六个，大体都在这时出现。那个时期，文学界里互相宽容，且互作扶持，真是大度而风雅。文坛首领是身居高位的欧阳修。他称赞且寄厚望于年轻的王安石，赠诗云："翰林风月三千首，吏部文章二百年"，以之比李白、韩愈。王有诗谢之，都是名诗。后来有人谓王诗有不满之意，我看是穿凿，以后来的政见不同来解前诗。欧阳修实在是领袖风度，初遇苏轼，苏只有二十一岁，欧公就说，"读轼书，不觉汗出，快哉快哉。"他又说，"更三十年，无人道着我也。"这是说，三十年后，读者只识苏轼，不知欧阳老头了。他对此二人都看得很准。他决不忌贤，只为天降大才而喜。等到苏轼成了文坛领袖，他也这样。"苏门四学士"的第一名黄庭坚，苏轼读了他的诗便说，"数百年来未之见也。"这也是实话,后来黄庭坚就成为"江西诗派"的开山鼻祖,影响直至清末。这都是苏轼识人的结果。也就是这样,他们共同形成了一个文学时代。苏轼、黄庭坚、秦少游等,再加上司马光、欧阳修和王安石,多么壮观。

更可一说的是,后来王安石搞变法改革,与欧、苏形成不同朋党,此起彼伏,互相迫害,内政混乱,外敌入侵,导致北宋完结。但是就是苏轼受辱贬谪,死里逃生后,路过金陵,知道王安石已告老退休,他又去看望。两个老友谈得很好,也还抬杠。就是这时,苏还写信向王推荐秦少游,信中说:"愿公少借齿牙,使增重于世,其他无所望也。"因为这时王安石为秦少游说几句,总比他苏轼有力得多。这时苏还向王托情说话,足见苏还是尊重王的。而这时苏几度流放归来,还想着朋友兼学生的秦少游,更见他的风格了。王安石还是了不起的人物。他罢相去官以后,在金陵蒋山的半山上建一所房,四周无墙,也不愿筑,反正没有东西可偷可抢。这位孤苦老人,品格卓然,百代仰之。正因如此,苏轼才敢相求于他。也正因此,他那时读了苏轼游蒋山的诗句"峰多巧障日,江远欲浮天",就说:"老夫平生作诗,无此二句。"他钦佩他应当钦佩的人,不摆长者高位的架子(后来有人说宋代的苏、王,就是唐代的李、杜)那真是一群文雅风流的人物,一个文雅风流的时代。

二〇〇一年三月

传尽精神

伟大的人物有时也是小个子,而且长得丑陋。但是在大作家的笔下,这人物的精神境界却能展现,而且动人。我想到高尔基写托尔斯泰。巴金译他写的《回忆托尔斯泰》我很爱读。那里面写:"列夫·托尔斯泰死了。"一句一段,然后就是长长的回忆,往事如缕,细到毫发:"他走进来,他身材矮小,可是所有的人马上就变得比他更小了。"这是有力的一笔,托氏的精神力量和崇高感一下子全出来。近来读川端康成的《名人》,也有近似的感觉。这篇文章也是在名人去世之后的忆旧之作,所怀有和表达的感受,也同高尔基的近似。所谓"名人",是日本统治者在一五九〇年赠给一位围棋棋手的特别称号,后来此号世袭,直传至二十一世的秀哉名人。一九三八年秀哉名人决定放弃世袭制度。他要举行一次告别赛。那时他六十多岁,身体很坏,身高五

尺,体重只到七十斤,服药也只能用十三四岁孩子的量。六月
间开棋,那时当然不能说冷,他身旁却要放两个火盆取暖。他就
是"常胜名人"。"常胜"者,是指他后十几年没有败过。但一生的
最后一盘棋却败了。川端的文章就写这一败。这文章里就有这
样一句:"在棋盘前一坐,名人就显得很高大。"作者说,"这当然
全靠他的地位、修养和艺术的力量。"托尔斯泰样子不美,秀哉
名人也不美。相反,很丑。川端写他:"名人决不是美男子,也不
是富贵相。毋宁说是一副粗野的穷相。"他的脸部像鬼魂。对局
室里都有鬼气。一旦下棋,对手都"不敢正视自己的对手——名
人"。他就有这种力量。但他其实是一个病人,瘦弱不堪。这一
盘棋下了半年,中间有三个月休战,因为名人病得下不成。五天
才下一次,一次不过走三子五子,或十子八子。川端是观棋记
者,每局必到,而且与双方都是好友。他写了六七十篇报道连载
与报纸。他说,"只好描写棋手的风采和举止了。"他把注意的中
心放到人物身上。正因如此,普通读者才能看得懂这种文章。

川端的描写细到毫发。的确,他写名人的表情,直到他的呼
吸,直到他的一根白色的长眉,精细而传尽精神。我不是太喜读
川端的小说的,我总觉得它太冷艳、阴柔,美得叫人难以消受。
这次读《名人》,我读出其中的崇高。这里面有一种男子气,他说
是日本棋道精神。比如,名人为了下这盘棋,以六十五岁的高
龄,染黑了白发,后来又把黑发剃成光头。他是要来最后一搏,

把生命也拼上了。但是他输了。他输了,这成为一个历史事件。认输,放下棋,他向对手说的是:"吃点黏糕小豆汤怎样?"他不再看棋。所有的工作人员和对手都离开棋室,只有他留下来。他作何想,作家却没写。日本围棋的名人制度就这样结束了,又过两年,最后这一位名人——秀哉名人,去世。

喜欢围棋,或者喜欢写文章的人,读读此篇,也许会感到有趣。

二〇〇一年七月

车位·草坪·餐费

要善待知识分子。对有成就、有代表性的高层人物如教授，更加如此。除了薪金、奖金以外，还该有其他一点小小的"特权"，在我们看来，是趣事。

吴咏慧《哈佛琐记》中说到停车的车位。在哈佛，对诺贝尔奖得主的"礼遇"是：给他一个专用的车位，"车位前竖着绿色栏杆，顶端横挂着红色的牌子，上面写着他的名字，表示只供他专用。"这是给他方便，我想更是给他荣誉感。我还记得，在某大学里，教授可以穿过草坪，而副教授则不可以。但不记得在哪本书上见到的了。前天读黄仁宇自传《黄河青山》，有一段记他在英国剑桥同李约瑟合作书时的事。李约瑟，也只有李约瑟，总是从草坪上斜穿过去，旁若无人。黄氏记道，"草地像地毯一样，又厚又光滑，刚刚修整过，没有一丝杂草"。后来他随着李约瑟斜穿过去,校方也没有指责过。这也许是因为跟随李约瑟。但是又一次,校内来了一批观光客,他们看到,却指责起来,责问导游:"何谓不准践踏草坪?"外国人的认真劲也真可爱。这也是外国的教授比例少得多,要在中国高校,那样大群的教授们,是可以把不多的草地都践踏坏的。

在黄仁宇的书里还说到,李约瑟院长后来让黄到自助餐厅用餐。这是一种"特权"。学院的学监还为此"正式行文",就是下达文件,肯定这一特权。这还不说,文件还规定黄仁宇"每一学期还可以免费用餐一次"。我看了觉得好笑,吃一次免费的饭,算什么呢?再想,这大约也是一种特权,叫用餐者心里高兴。请看,黄仁宇不是写在自传上了吗?也就是说,他记忆一生。他当然不是在乎一餐饭钱,光彩嘛。细思外国的这些小名堂,也是有些用的。说到这里顺便再说,那学院食堂的"庶务长",却竟然是退休的空军副元帅。元帅还有副的,我们不懂。黄仁宇解释说,那就相当于美国的空军中将。一个大学学院的"庶务长"有多高的级别?就是我们的伙食科科长,或伙食处处长。讲究身份的英国人,到这里怎么就不讲究了?中国人真不易搞明白。

二〇〇一年九月

苦生活无益于学术

我在九月十九日的《中华读书报》上读到一篇题为《教授们，你们过得太舒服了》的文章。看了觉得不太舒服。我不是教授，也没接触过几位教授。我在山西，看到的几位教授，日子过得还好，但也并不是"太舒服"。在经济更发达的地方，也许"太舒服"的会多一点。那篇文章说，有的教授年纪轻轻的，已经"发福"，"住上了渴求已久的宽敞的房子"。这些现象并不只在教授群里才有。到新时期，人们的生活都有改善，或多或少。这也不能说是什么不好。文章说，教授们（他指文科的）的成果不理想，是事实，但让他们都苦一些就会更好吗？肯定说，不是。以前他们苦过，但在那种岁月里，成果甚微。只要一回忆就知道。这种日子过去并不久。

我想，学者的成果不多，或不理想，不能归于生活的好坏。

一般来说,生活好了总比坏了更有益于研究。

以前有人说"诗穷而后工",其穷固可说是物质生活的穷,其实也是指经历的不幸,那说法并不准确。人们都说,三十年代中国学术很有成果。细想那时教授们的生活,可是比现在的中年青年学者好得多。他们那时住宅也更"宽敞",这并不影响学术成就,也不影响大师的出现。现在我正读陈寅恪的《书信集》,见到他与傅斯年的信里就说到这一问题。他说:"古人谓著述穷而后工,徒欺人耳。"他说的不只是诗,而是著述,也就是研究成果。当然,话也能反过来说。他在抗战八年里,就够苦的,但他的成果也还是很多。他的几种大著就是在极艰苦的、甚至是难以吃饱的情况下写的。但他的成就可也不能说是因苦而写出的。"太舒服"能写出,"不舒服"也能写出。可见,关键不在教授们"舒服"到什么程度,还该考虑其他种种社会条件的制约。学术体制、学术积累、学术传统,等等。在改革的过程中,要多思考这种问题。

总的说来,教授们还是舒服一点好(每个人都这样),这有益于工作、研究。还说陈寅恪。他原先是不知柴米事务的,一心为学。请看他在香港、广西、云南流亡的那些年,为柴米、物价,愁成什么样。他说过,因用不起女工,亲自做家务劳动,大病一场,"用去千余元。仍须雇工。"他在很多信里老是谈钱,钱,钱,钱!米,米,米!他这些时间本可用到学术上。他曾为抄写七万字的《元白诗笺证》向友人索稿纸,那种难于出口的语气,令人难过。一九四〇年在与友人信里有一句:"米价秋来稍降否? 念念!"大教授"念念"于此,没有好处。在这种日子里,他还写这么多,真可敬佩。当然人不能都和陈老先生比,但理是一样的。愿世人都过好日子。

这是点铁成金

　　小说写作中,可否使用前人的书面材料;如果使用了,当作如何评价? 这是一个复杂而又有趣的问题。

　　我曾经读到钱钟书在四十年代发表的《小说识小》,其中就说到《儒林外史》。钱氏先从方法论上指出,"近世比较文学大盛,'渊源学'(chronology)更卓尔自成门类,虽每失之琐屑,而有裨于作者与评者皆不浅。""评者观古人依傍沿袭之多少,可以论定其才力之大小,意匠之为因为创。"后一句说的是观察作者创造力的大小。从这个意义上,他发现吴敬梓沿用古人旧材料不少,也就是说创造力不是最上乘的。原文有云:"中国旧小说巨构中,《儒林外史》蹈袭依傍处最多。"有多少? 据考,第七回有两处,第十三回一处,第十四回一处,第四十六回一处。沿袭的有情节,也有对话。另有袭用古人诗句处。举个例子。钱氏指出该书第七回里有一位不学无术的人当了学差大人，因别人的一句醉话，竟去查有无苏轼一人曾在四川考过秀才。没查到，他还说，"想是临场规避了"。而此一故事，首见于钱牧斋《列朝诗集》某卷。钱钟书对《儒林外史》的指证是确凿的。一一列举，一一对证，无可辩解。钱氏在这方面可说是特别精通。凡读过他的《谈艺录》的人会发现，不论多大名气的诗人，钱氏都能在他的诗里找出沿袭前人的句子。近人如黄遵宪，如王国维，诗句中都有。更大的诗家如陆放翁，也被他穷追得无地自容。他的这种本事超常，我想如果鲁迅读到他的辩难，也会心服的吧。

我记得我曾写短文谈到此事。我在文里说，似乎也可以有另一种思考，一部伟大的小说，是不是因为考出它的某些地方沿用了前人资料，这作品就不那么伟大，作者的"才力"就小了呢？也许还可以另有说法。新近，读英国评论家以赛亚·伯林的名著《刺猬与狐狸》，这位先生的博学也同钱钟书一样惊人。他指出，托尔斯泰的《战争与和平》使用前人的书面材料也不少。《战争与和平》写一八一二年前后俄国战胜拿破仑入侵的事。那时，有位法国人梅斯特，在俄作外交官。此人能文，写过许多有关俄国的生活、风气和政治的文件、信件，托氏称之为"梅斯特档案"，而且他读了。所以后世的研究者，就能明显看出《战争与和平》的情节、细节有不少来自"梅斯特档案"。伯林举出若干。有地方，"照录梅斯特一封书信、几乎只字不易"；另一地方，是据另一封信,连其中的法文语句也"可以一一索得"。还有,"老波尔康斯基公爵逐房移床而眠的习惯",也出于梅斯特札记。这一情节我记得清。我年轻时爱读《战争与和平》,那位老公爵,严肃、严厉,已到晚年,夜夜失眠,他总让一位老仆人扛着行军床,在那庞大的公爵邸宅里的每个角落,寻找可以安眠的地方。这儿不行,再换一处,直到可以睡着。我当时真的以为这是生活中的细节,因为据说那老公爵是以托氏外祖父为原型的,他当然熟悉细节。现在看来,也不是那样,而是据前人的资料。但是知道了这一点,我也并不认为这小说,这艺术人物,就不够伟大。我也并不以为托氏的创造才力就不伟大,前人书面材料也靠作者使用。能用到这种程度,必然是天才。我又想,也许这同我过分喜爱托尔斯泰有关。这看法移到《儒林外史》上是不是可以等同,则仍可商量。在艺术上,没有什么一成不变的规范。是不是呢?

二〇〇二年十二月

《好棋》好文章

　　《万象》月刊上常有好文章发表。先说最近读过的一篇。今年第二期上有严锋的《好棋》。我读过以后，可以说是很受震动。他写的是下围棋，小事情，但是把围棋写得那样动人，简直可以说是惊心动魄，我在散文里还没有读到过。我同一位朋友闲谈，谈到这篇《好棋》，他也说："是的，我读完以后，合上书本，静静坐了半点钟。"我想，他这也是受到了震动，可见有感受于此文的不只是我一人。《好棋》写的是一九三八年日本的最后一代围棋"名人"即秀哉名人，一生中下的最后一盘棋。本来在他晚年的十几年里也只下过三盘棋，包括对吴清源的那一盘名棋。现在的一盘是最后一盘了，对手是日本的木谷。下了六个月，有三个月秀哉在病中度过，"停牌"，最后输了。"名人"输一盘棋，这对日本、对棋界，是大事，对秀哉个人也是大事。从此再没有所

谓的"名人"了,一个时代结束了、改变了。连下棋的规则都要改
了。当时秀哉年高,多病,体重不足七十斤,身高不满五尺,他满
头白发,为了最后一盘棋,他染黑头发。这是拼搏,是敬业,是尊
道。对弈双方的心理,精神,棋道里的文化精神,写得清淡而沉
重。令人深悟之处,令人深悟之语,多多。我就想,这位严锋是
谁? 以前似没见过。我去查以往的《万象》,才发现作者还发过
《好书》(二〇〇〇年九期)和《好琴》(二〇〇〇年十一期)。我又
翻读,果然也是好文章。这一翻才知道,作者就是音乐评论家辛
丰年的公子。这是在《好琴》里说出的。《好琴》是说钢琴中的名
琴(一万八千个部件,四十八道工序),更是谈数码音响合成的
钢琴声。作者的乐感细腻,令人倾倒,并想到乃父辛丰年先生。
《好书》是谈美国作家怀特的小说《小史丢瓦》的,从转述小说故
事的能力,很见出作者的笔锋和文采。但此篇章其实是在谈这
部小说近来被改成电脑动画片的情况。作者说,书好极,动画片
也好极。但是在动画里的那位主角小老鼠,他太像老鼠了,反而
不那么可爱。作者的艺术感觉和他对现代艺术研究成果的理解
在以上两文里有机地结合,使读者如本人,甚为钦佩,甚为欣
赏,乃赞之曰:《好书》、《好琴》、《好棋》,好文章!

　　说到这里,我该再说另一位作者刘大仁所写的《老虎五连
胜》。那是记一场高尔夫球比赛,一位外号"老虎"的选手获胜。
那场球在美国夏威夷马尾岛举行。球场在一个种植园里,风光

先就夺人。高尔夫球我不懂;虽然也在电视上看过。作者说,这是"一种揖让而升的君子之争,未入门的观众往往看不见优雅敦厚,表层暗藏凶悍"。我就是这样的观众,也是这样的读者。但是在文章上,我可以看出意趣。它那样有声有色,也可称惊心动魄。我以为,此文同《好棋》一样有一种摄人心魄的力量。是的,它们都只写一种"小技",但是确有"可观者"。而且如《庄子》所言,这个技是"进乎也"。可以说是写技术写到了文化层面,而且使读者也进入了文化层面。这样的文章不多见,或可曰难得,因作此文为之宣扬。不过,我这也是外行话太多,见笑了。

二〇〇一年十一月三十日

补白也能传世

　　孙犁晚年的笔记我最爱读。真诚坦率，一语中的。他的《题〈纪晓岚文集〉》说："纪氏文集，读者需要的东西，实在太少了。在清代文集中，也是一个特殊的例子。"这很尖锐。但是全面评定，很公允。大作家、大学者，尤其是那些著述丰富、诸体皆备如纪氏的，流传于后世的到底是哪一些，很难预知。当然纪氏一生做大的成就就在编定《四库全书目录提要》，这谁都承认。在个人撰述方面，他诗文笔记，无一不备，也都精。但只有《阅微草堂笔记》这种闲中所写，写皆闲事的作品最著。《纪文达公遗集》是最正经的大著，似乎没大看头。看到孙犁这样说，我查《辞海·文学分册》，说法类似。看他们一些诗，"赋得"一体颇多，都是陪皇帝玩的。文章也大体如此。所以我想，孙犁老人的意见对。

　　我近来翻看郑逸梅先生的几个集子。据说他一生写了近一千万字，都是报刊文章。有研究文章说，这位才人写作八十春秋，成集六十余部。我读过的极少。他当年在苏州、上海办报，写得多。我读《鸳鸯蝴蝶派散文大系》里的一个集子《尘封的风景》，就见收他的散文十一篇。读一读，大都是白话文，写苏、沪一带市民生活，内容有趣，文字也有趣。不过，收入这些作品的集子现已不见再印。而郑老先生当年为各种报纸写的一些文坛掌故一类的文章，现在却一再出版，大受欢迎。这就是我前面说的，何种文章传世，是难以预见的事。不过，郑氏之作里的这一类，当年也就是叫座。这一类是用浅近文言写的，或有题目，或无。因为都是报刊补白，三五百字的颇多，三行两行的也不少，当然也有上千字的。当年郑氏被称为"补白大王"、"补白大师"，或干脆叫"郑补白"。这也算是实至名归。由此可见，特色是重要的。一招鲜，吃遍天，此之谓也。要说散文的功力，郑老先生可是很深，写饮酒，写游泳，写家居生活，风趣盎然，是上乘之作。但是，当时写到这个份儿上的也太多，所以他也就难得以此成名并传世。而以文坛掌故作补白的，以他的文笔，以他的交游见闻，可谓独树一帜，传于后世。我不是喜欢买书的人，手头却有他的三四个集子，我听说有不少人喜欢搜集他的集子。凡是喜欢知道上世纪前三四十年文坛人物和风习的（左翼作家较少），他的《艺林散叶荟编》一类的书，都可以看一看。他是据见闻而写，并没有注明出处，当然难以引作严格的史料。如，康有为谓：

"古今书法家,以苏东坡为最劣,不知用笔,若从我学书,当先责手心四十下。"康氏狂态可见。又,"徐世章为徐世昌弟,藏有纪晓岚手撰《四库提要目录》原稿。"这些记事,说没用,只可供一笑,说有用,或竟是踏破铁鞋无觅处的东西。

二〇〇一年六月

第二辑

书外与书

栗树与糖炒栗子

　　我没去过巴黎。我读小说时好像见过对巴黎栗树的描写，不过一时记不起来了。记得的是莫洛亚一篇小说题目《栗树下的晚餐》，其中写到："克里斯蒂就中意巴黎的随意小酌，席间几位知己，三两讲故事的能手……"这一篇写的就是晚餐上的几个故事，在巴黎，栗树下。我想巴黎该是有栗树的了？最近我在《万象》（二〇〇五年八期）上读到董桥《巴黎栗子树的迷惑》，十分喜爱。董桥写的是巴黎的栗子树。他引了一些作家的描写，很美。他引的，好像多是英美文学中的描写。在春天，在雨中，栗树开花时。尤其是引毛姆的那两句，真的使人心动。但是文中说，"大陆的朋友告诉我说，巴黎栗子树上长出来的坚果不是栗子，不能吃，是橡子，那些漂亮的树应该是橡树。"这倒引起我的一点兴趣：难道许多翻译都译错了？我记得在五十年代，读过法国诗人《艾吕雅诗选》的诗,有一句写德国占领巴黎以后,诗句说:巴黎街上再没有炒栗子的香味了。我的那本《艾吕雅诗选》早已丢失,一时也找不到,但大意不会错。那就是说,巴黎没有栗树,但是却有卖炒栗子的,而且说明巴黎人也爱吃炒栗子。也许栗子由外省运到巴黎? 说不清。我也说不清法国的炒栗子是不是也如中国的一样,是"糖炒栗子"。我想,栗子非用糖炒,就没有那种香味。秋冬之际,中国北方的街头,老是有这种味,很温暖,很甜。你走过炒锅,有时还听到一声沉闷的爆声,那是一个栗子硬皮裂开了。炒锅里升起淡淡的蒸汽,香味浓起来。"糖炒栗子,热的!"摊主大叫。在那炒锅的一旁照例立着一块牌子,上写"良乡栗子",良乡是河北某地,那里栗子品种特别好,个大,绵,甜。那是多么诱人的声音和气味。其实,良乡一地,哪里会有那么多的栗子供应全国呢?说说罢了。但也叫人喜欢。我还记得山西的有品位的杂志《名作欣赏》,在二〇〇〇年第二期的内封上,有一幅美国当代画家安德鲁斯·怀斯的名画,题为《炒栗子》。这是二十世纪中叶的画。画面上的炒栗子者,是一位少妇或少女,修长直立,穿毛衣,戴帽,下身是牛仔裤。那大约是秋天。她身边支一个汽油桶改成的炉子,上面一个铁锅,都很简陋。她握的铁铲,也没有我们的那种木长柄,戴帆布手套的手握着它。再细看锅里,不是黑色的油亮的鹅卵石和黑砂,而是一锅浅灰色砂,其中露出一两个栗子。莫非美国人炒栗子真是不加糖,干炒?美国

人的口味也难说，可能干炒。奇怪的是，炒锅支在荒凉的路边，路从她脚下，伸向遥远。路上有汽车轮印，就在她脚边。她的栗子要卖给谁呢？又没有香味传出信号，招来顾客怕是不易。怀斯的画，讲究光的效果，很动人，使我为画中人担心且伤心了。我一面看一面想，一面替画中人担忧，她太傻。那时，看手边有一堆糖炒栗子，是家人刚买来的，还热，就捏起一个，吃起来。心想，这多好呢。

栗子是一种奇妙的果实。在城市长大的人，也许没见过栗子的原生状态。成熟落地以后，它像一个碧绿的刺猬，拳头大小，很好看，但是不能摸，它扎人。如果你穿的是硬底鞋，就踩它一脚，再用鞋底揉搓几下。刺猬裂开了，露出一窝果实来，四五个，六七个，光洁，色如新烤出的面包。栗子的吃法很多，最方便而又惹人喜爱的，当然是糖炒栗子。中国北方人谁没吃过糖炒栗子呢？糖炒栗子也不是把栗子上加糖，然后炒制。它是用大小如豆粒的鹅卵石及粗砂炒成的，这鹅卵石和粗砂似乎都蘸过糖水，炒而又炒，变成墨黑，且油亮，是不是加过油，我就不知道了。写这小文前，我还查了两本书。宋代孟元老《东京梦华录》中记有当年北宋京都中："有托小盘卖干果子，乃旋炒银杏、栗子……"这是现炒热卖。可见炒栗子自宋代已有。顺便说，银杏，我没见过炒的，我的老家江苏徐州这可是离开封很近，应能保存古风———带以前都是烤，即用一个细铁丝编成的勺状容器,内盛银杏,摇动着在木炭火上烤,待其爆开,即可;露出绿色柔软又劲道的果肉,色味俱佳。清代光绪年间富察敦崇写的《燕京岁时记》这本书,上面倒是说到北京炒栗子,说"栗子来时用黑砂炒熟,甘甜异常"。这已是近代,炒栗子用的是黑砂,可是,是否用糖,他没说。而现在的炒栗子都用糖的,这没有疑问。糖炒栗子男女老少都爱吃,甜又绵,还有难得的香,老百姓赞某类食品"栗子瓣儿似的",指其绵,而其香,则不可名状。我觉得它的香,大半来自那黑亮的鹅卵石子,浸了糖,又吸了栗子的气息,成为不可名状的味。支起一个糖炒栗子的锅,能香半条街。这话不夸张。

二〇〇五年九月八日

顾炎武诗中山西景点

　　明末遗民，大学者、大诗人顾炎武五十岁以后游踪遍山西，咏题很多。五台、大同、霍山、永济，他都游过，都有诗纪其行踪。这位诗人写诗总也严格按照历史学家、地理学家的标准，把时间地点源流都交代清晰，所以现在读他的诗，常能有所会心。不过读者也需较多的史、地知识，像我这样孤陋，所能印证的自然不很多。偶有所得，也是喜欢的。

　　我读到他写于1663年（康熙二年）的一首《蒲州西门外铁牛唐时所造以系浮桥者今河西徙十余里矣》，这个题目就说明，在那时，永济县的那四个铁牛还在，不过已远离黄河十几里了。我记起前两年，我到过永济市，也就是当时的蒲州。在这里我看到唐代的人当时如何在黄河上建桥。我觉得工程真大，我们的先人真聪明，真能干。原来在九十年代，永济有关部门根据《蒲州府志》测定唐代建桥的位置，发掘出沉埋的四个铁牛。现在读顾诗，似乎他当时还看到。那么真正沉埋的时间，也超不过四百年。据说此牛铸于唐开元十二年，距今一千三百年了。那时有一个蒲津渡，渡口有桥，是跨黄河通向首都长安的唯一通道，所以不惜工本。那桥是浮桥，由多道铁链组成的，下铺木板。铁链要固定在能吃重的地方。这里是平川，无山石可用。最后想出一个办法，铸八个铁牛，东西两岸各四个。现在挖出的四个铁牛，都是在原地被吊上来的，我想离河道一定比顾炎武时更远得多吧。铁牛都按原来的距离固定位置。那真是晋南有名的大黄牛呵，肥硕有力，造型极美。据称，每只牛七十五吨重。据说，这八个铁牛及铁柱，用了当时全国一年铁产量的一半。铁牛沉于土下，挖出来时，还闪闪发光。出土两年就锈迹斑驳，只好涂油漆保护。因此对面四个铁牛暂不敢再挖了。难得的是，在这首诗里还提到鹳雀楼。鹳雀名气很高，因为有王之涣的那首诗，现在又修起此楼，我也去看过。现在顾炎武这首诗里有一句"依城鹳雀楼"，意谓铁牛与此楼为邻，顾氏的自注倒是更有意思："旧有鹳雀楼在城西南黄河中高阜处，时有鹳雀楼其上，遂名。后为河流冲没，即城角楼名之，以存其迹。"我想，那时候这楼已无踪影。

我知道山西盂县有一个藏山，那里曾藏过赵武，至今有庙在。有名的戏剧《赵氏孤儿》的史事就发生在那里。我久想去看看，一直也没有机会。作家张石山是盂县人，他说，藏山的小环境的确不错,树木葱茏,山也秀丽。而且那里还有茶树生长,只可惜本地人不会炮制。我想既能产茶,那么气温一定也不会太低。但那里又明明比太原要冷,不知是怎么回事。顾炎武有诗写藏山,其题为《盂县北有藏山云是程婴公孙杵臼藏赵孤处》,五言律诗,我引出来:"空山三尺雪,匹马向荒榛。窈洞看冰柱,危峰遅日轮。水边寒啄鹳,松下晚樵人。恐有孤儿在,寻幽一问津。"顾炎武的诗自然露出遗民的情感,我们且不说。

我还读到他的《后土祠》一首,那地方我也去过,在万荣县。在那一带,好像尧、舜、禹都还活在当地人们的生活中。这还不算,还有更古老的历史遗迹。现在祭祖,最古祭到黄帝,那就是我们最老的祖宗。可是,还有一位更古的,是女性,在现在的黄河东岸的万荣县境内。她是后土娘娘,当地有一个后土祠。我才知道古语所谓"皇天后土"可以指实在这个地方。顾诗有序,是值得引下来的。其文曰:"汉孝武所作后土祠,再今荣河县北十里……庙祝云:据此十五年,为黄河所啮,神宇圮焉。乃徙像于东南二里坡下,今所谓行宫者。而古柏千章,尽伐之以充改造之用,庙未成而木尽矣……怆然有感,乃作是诗。"不过那地方,在清同治年间早已被冲毁。读顾诗此序,可知道它大体的命运。"庙未成而木尽矣"一句,尤其令人感慨。

汪曾祺先生

　　去年年底在北京参加作代会时，见到了汪曾祺先生。问候几句，自然就谈到他的写作情况。他说，"你看，我的小说越写越短了。"我一想，也是。不过倒也不是越写越短，他的小说本来就不长。以前写的，还有比现在写得更短的呢。他的近作我看过《小姑娘》和《百蝶图》，大约都三两千字一篇，比起他早年的《职业》、《尾巴》等篇并不短，也许还长，不过，像以前的《大淖记事》、《受戒》那样万字左右的小说则诚然是没有了。汪氏的短篇，写到现在，虽短，仍然丰腴清润，意趣盎然。瞧那《百蝶图》，写一个刺绣少女，其技艺的高妙，使读者目不暇接，惊叹于作家的青春感受力。会上没有来得及再看望他，因为他参加会较多，客人也多，我不便去打扰。谁知这就成为我同汪先生的最后一面。

　　汪先生遽然作古，人们便不能不想到他的成就。在小说方面我想说，新时期以来他最早亲身示范，告诉人们：小说还可以这么写。他使小说恢复美学的面目。以后，对他的评价会高过他生前所得到的，虽然他生前的荣誉已经不低。我和汪先生并无深交，只见过几面，通过几次信。我以前细细地读过汪先生的小说，极推崇。那时喜欢写评论，一九八七年就写了一篇，在《文学评论》上发表了。后来得到汪先生的一封长信，颇有鼓励之言。大约到九十年代初，我又写了一篇评论汪先生《职业》的短文在《名作欣赏》上发表。我请编辑部给汪先生寄去一本刊物。汪先生一定是看了。一九九四年第八期的《文友》杂志发表了汪先生的《〈职业〉自赏》，其中有云："一般都以为《受戒》、《大淖记事》是我的'代表作'，似乎已有定论，但我的回答出乎一些人的意外：《职业》。"他接着说，"山西的评论家兼小说家李国涛，说我最好的小说是《职业》。"我自己评汪氏散文小说多次，但我这么说，当时有谬于众论，可是汪先生倒是首肯了我的意见，我很高兴。一九九五年长江文艺出版社为汪先生出版《矮纸集》，要我给此集写了一个类似说明的后记。书出版以后，我又写了一篇小文，谈此集的取名。汪先生是喜欢陆游"矮纸斜行闲作草"的悠然自得。我说，陆游名句还有"此身合是诗人未？细雨骑驴入剑门。"以汪先生的气质和成就未尝不可以将此集名为《此身集》。谈笑而已。我将这小文也寄给汪先生看了。不久，我请汪先生写一条幅。汪先生为我写了,寄来。我一看,条幅上写的正是这句陆游的诗。条幅的墨色极浅,似乎笔也小了一些。后来我才知道汪先生身体已很不好,条幅大约是勉励而为的吧。不过在北京见到时,也还未看出十分衰弱。

汪先生是位仁厚的长者。我同他的一点文字交往是我永难忘怀的。

一九九七年八月

雨淋铃

　　山西作家协会的办公地,解放前原是一个商家的私宅。很
讲究的材料,很讲究的建筑,六十年的风雨没有使它显出多么
苍老。门窗依然旧物,据说都是南洋运来的木料做成。这楼前有
两棵梧桐树,直径各约一尺,树皮已不似一般梧桐的光洁,它粗
糙多皱,呈深灰。知情人讲,这树龄也在六十年了。按太原的气
温,这小院每年有八个月都在它的绿荫里。我在它的浓浓阴凉
下徘徊过的脚步,总有千里之上了。听说,这种梧桐树的品种已
很少,在太原,仅此两棵了。而且,有一树上,树桐很大,有成群
的蚂蚁结穴其中,于是有人就用水泥堵上。它老了,我才仔细打
量它。我不知梧桐在我国有多少种,我见到过的只有三种。在我
的印象里,它们的叶子都差不多。大,三五个尖角。我当然不懂,
也没有仔细察过。我见得多的是所谓法国梧桐,街上和公园里

都有。它的皮最有特色，一年四季老在变；又不是一次褪净，再生新皮；而是忽而这一片脱下，忽而另一片脱下。因此，那树干上总是一片青青，又一条浅灰，中间夹着淡黄或近于纯白，有点像现代派画的着色，倒也淡雅有趣，此外就没有特色了。泡桐我见过。有一种紫花泡桐，我在晋南下乡，住在一户人家，他院里就有两棵。在春末夏初的时候，好像叶子还没长起，忽地花先开了。那花又大又密，一树浓紫，映得小院全紫透，真美。法国梧桐当然来自法国，不知有中国户口已多少年。泡桐古老些，我记得是在"大跃进"前后宣传"要脱穷，种泡桐"。作家协会院里的这两棵，树种一定更古老，是古老得日渐稀少的那一种，因此我想，也许李白写"秋色老梧桐"，王维写"疏雨滴梧桐"，李清照写"梧桐更兼细雨"，就都是写的它们。这可真引人遐想。它们现在在作家协会的院里伴着作家，也算有情有缘。这树的花并不引人。一丛丛极细小的淡黄色的小花，挺招虫子的。虫子又是包在一团团白絮似的网里，怪讨厌的。但时间不久，花谢则虫去。这时种子露出来了。这可是很有意思的东西。只见一串串豆荚大小的荚，挂在树梢上。后来那荚张开了，可是种子并不落下。种子是几颗圆圆的青珠，长在荚的边上，像缝在上面的一样，很牢固。而荚在张开之后却又变形，长得厚了，硬了，略近三角形，有弧度，像一个钟或铃正好护住下面的种子。而原先的每一串豆荚，现在似乎合围成一个特大的钟或一群铃。这很好看，也显示出物种是怎样周到地保护下一代。元代白朴写杂剧《梧桐雨》说唐明皇入蜀,想念杨贵妃,夜闻雨滴梧桐而不得入眠。又有人说,唐明皇那夜听到雨打铃声,叫乐人作《雨霖铃》。有一个雨天,我站在这梧桐下,望雨淋着那铃铛样的种子和壳,心想,会不会唐明皇看到的就是这个东西? 它就是《雨霖铃》的原型吧。《雨霖铃》本来又写作《雨淋铃》。这铃,可能是铁的,也可能就是这东西。

二○○○年九月

街头叫卖声

　　牛年已尽，还有几天就要立春了。我忽然想到，要在江南，人们已能感到春天的消息。可是在太原，还早呢。所以就更羡慕"小楼一夜听春雨，深巷明朝卖杏花"的情景。古人笔记有"卖花担上看花"之类的话，可见街上卖花的事。还有词云："春在卖花声里。"那就更传神。可惜只有江南才得有此情调。卖花声，真喜人。记得还有这么一个词牌：《卖花声》。多么好听的名字，但我自己却很少听到过。在四十年代后期，好像听到过叫卖白兰花的，那是在夏天，在南京，当时没有留意，似乎也并不特别好听。只记得那花香浓烈，卖花的大多是少女，当然不担担子。她们是挎着竹篮的，花在篮里。花上还盖着白布，布上有三两朵作样品。那姿态倒给我留下较深的印象。

　　在现在的生活中，叫卖声已渐渐少了。在我所居住的楼丛间,偶有所闻,不过是这样的声音:"收烂货!""清洗油烟机煤气灶!"卖东西的叫声少,我仅知道两种,一是"卖蜂蜜!"一是"醪糟!"都是外地人进城来卖货,叫声里没有什么风俗特色,也没有什么感情,真是所谓无情的商品交易。走到巷头,却有一种叫卖声,一位老太原告诉我说,那食品是当地最地道的地方小吃,那叫声也几十年没变。他说,他听过卖货人两代人的叫声了。我看到的是一位六十多岁的老者,推车卖糕。他的叫声我不大听得清,只听出最后三个字:"豆沙糕——!"这糕叫豌豆黄,做得很细。豆沙里加一层柿饼泥,我觉得不如通常用的枣泥更合口味。但老太原说,这正是特点,豌豆和柿饼都是败火之物。太原的其他传统的叫卖声,我就不知道什么了。灌肠倒是太原的传统食品,我偶闻叫卖声,引不起注意。

知堂的文章有两篇谈及《一岁货声》这本专记叫卖声的书,很有趣。其中引《一岁货声》里的这样的话:"往事凄凉,他年瘏寐,声犹在耳,留赠后人。"这是在说,多年之后,夜半未眠,人们会回忆起当年听到的卖货声。确也如此。一说及此,我也就想到童年时代听到的这种声音。我家门前,每早都有一位挑担卖菜的老人在叫:"小葱呵芫荽,卖辣椒子!卖茄子,卖黄瓜!"记得当年我能把这叫卖声模拟得惟肖惟妙,很得意。现在想起,一个尚不知愁的少年,怎体会得出声音里那无限的疲惫和辛苦。我也曾听到有趣的叫卖声。学校门前有一个卖薄荷糖的,他真会招揽小主雇,叫道:"薄荷糖呀薄荷糖,特别的酸呀特别的凉!薄荷有味,消食化痰!"他赚过我不少零花钱。到了现在,我有时还想再弄一块来尝尝。

《一岁货声》所记都是清中叶北京的叫卖声,记录得真好。有叫声曰:"樱桃嘴的桃呕嗷噎啊……"有曰:"硬面唵,饽呵饽……"前句的词儿俏,后句的调儿苦。知堂说,当年在东京时,章太炎先生问他的弟子道:"这是卖什么的? natto,natto,叫得那么凄凉?"原来是女人卖一种鲜豆豉,营生很寒苦,背上往往还背一个小儿。太炎先生的感觉很正确。知堂说,"北京叫卖声中有卖硬面饽饽的约略可以相比。"北京的那种叫卖声,已记之如上。如果有人想了解一点民情民风,那么从叫卖声里也真是能体会到一点的。鲁迅有一文《弄堂生意古今谈》,就是讲日军在上海发动"一二八"战事之后,小贩们生意萧条,难以为生。以前,"薏米杏仁莲心粥!"和"虾肉馄饨面!"那诱人的叫声没有了,换成简单的物品,也还是卖不出去。文曰:"偶然也有高雅的货色:果物和花。不过这是并不打算卖给中国人,所以他用洋话 : 'Ringo,Banana,Appulu—u,Appulu—u—u! ' 'Hana 呀 Hana—a—a! Ha—an—a—a! '也不大有洋人买。"

这几句叫卖声真是叫命声,有多少凄凉和悲哀,愤怒和绝望。以上拉丁字母,是日语的拼音,意各是林檎、香蕉、苹果和花的语音。

　　我记得，汪曾祺的小说有两次写到叫卖声，都很动人。《晚饭后的故事》写到主人公的童年生活，解放前在北京街头卖西瓜，叫卖声是："唉，闹块来！脆沙瓤唉，赛冰糖唉，唉，闹块来。"有一天，大兵的军用卡车撞翻了他的摊子，他又不可能找人说理索赔。于是流下泪，叫声就变成这样："唉，闹块来！我操你妈！闹块来！我操你臭大兵的妈！闹块来！"有韵有调的，变成了无韵无调的了，欢快变成了愤怒。汪曾祺有一篇《职业》，更是以叫卖声为题材了。他是写一个小男孩，十一二岁，在昆明街头卖一种地方小食品，叫做"椒盐饼子西洋糕"的东西。"他吆喝得很好听，有腔有调。"（作者甚至把这种腔调用简谱写了出来，可见是十分欣赏的了）与他同龄的小学生，都爱学着他的调，却改了他的词儿唱道："捏着鼻子吹洋号！"学生们叫得很高兴，其实也有点调侃之意。这孩子不理他们。有一日，是孩子的生日，孩子穿了新衣服去外婆家。走入深巷，无人看见时，这孩子独自一人，竟也大叫了一声："捏着鼻子吹洋号！"这算是他也体验一次学生们非职业呼叫的愉快。小说题名为《职业》，有深意焉。我曾在一篇小文里说，此作该算是汪氏小说的代表作，后来汪氏在一篇文章里也说他同意我的说法。

　　街头叫卖声引起文人的注意，这恐怕是中外皆然的。最近从书目广告上看到有一本《伦敦的叫卖声》出版。这书是三联版"文化生活丛书"的一种。译者刘炳善曾译过《伊利亚随笔》，很好。我正想买一部来读一读。前几天读知堂谈《一岁货声》的文章，才知道六十年前知堂也想读此书（原版）而未得到。他把书名译为《伦敦呼声》，似乎不如目前的译名好。他读到另一些英国作家谈伦敦叫卖声的文章。这些文章里说，"据说没有东西比那伦敦的呼声更会使得外国人听了诧异，使得乡下绅士出惊的了。"那么这书一定更有趣，等到买来再细读罢。

一九九八年二月

不敢写西湖

　　今年秋末到杭州，岂有不游西湖之理？跑了两天，回来想写篇游记，又仔细一想：使不得。西湖从唐以后千多年来，有多少大家写过？那天游灵隐寺，见大雄宝殿上的对联，就有"白傅留诗，苏公判牍"的话，苏是苏东坡，白是白居易，他们写西湖，造西湖，后来的人又写他们与西湖。这叫文化积累，实在太深厚。小子何人，敢再去写？有名的故事是，宋代的词人柳永填一首《望海潮》来描摹西湖，说"有三秋桂子，十里荷花"。据说当时金国的首领完颜亮，一读此词，"遂起投鞭渡江之思。"也就是说，这词引起他兴兵南下，占据杭州，去看看实景。夸张了吧，但你说那词写得好到什么程度？类似的作品太多了。再说一位"绝代的散文家张宗子"（张岱，黄裳先生这样称呼他），他写《西湖梦寻》和《陶庵梦忆》，也就足以使后人搁笔了。张岱是明末清初人。我读了他的这些散文，都是千字文。我真是佩服得五体投地。我是一个眼界很狭的人，我大大吃惊：人怎么能把文章写得这么好呢？只说后世评家所举《湖心亭看雪》那五百字的一篇，"惟长堤一痕，湖心亭一点，与余舟一芥，舟中人两三粒而已"。这就是千古名句。而且，西湖的全貌和一景一物，大体也都曾被他写到，写绝。谁还敢多嘴多舌来写游记？

不但不敢写，要是早看他的书，你甚至于也就不敢游了。《西湖总记》中就说，善游西湖者要懂得"三余"。"冬者岁之余也；夜者日之余也；雨者月之余也"。这就是说，当在冬天，在夜里，在雨中，去游西湖。谁有这种机遇，谁又有他那万贯家财（在明代，入清他就穷得吃不上饭）去用于游乐？而且这还要欣赏能力。他连白居易的游湖能力都不赞赏。他说，也有过豪奢无比的官僚，"虽在西湖数十年，用钱数十万，其于西湖之风味，实有未曾梦见者在也"。按他说，游湖实在也太难。"深情领略，是在解人"。这是说，游湖所得，由个人的审美能力决定的，也不无道理。这些我都没有。他教训道："世间措大，何得易言游湖！"这倒真像是我说的。措大，就是穷小子的意思。从财产上，从审美上，我算是双重措大，张岱的文章好，审视自然的能力也强，这我服。比如写湖心亭一岛在西湖中的地位，他说："盖西湖止一湖心亭为眼中黑子"。设喻甚妙，写出湖心亭一岛的精神，也写出西湖的态势。但是那天我到了湖心亭岛上，一看，在不远处，

也就是一里以外，还有一个差不多大小的岛，叫阮公墩。那么，这里就不是一个"黑子"，而是有两个了。于是我以为张岱的描写有误。幸亏回来又多想了一次，才发现还是自己错了。似记得导游人说，阮公墩是阮元所建。一查阮元年谱，果然，阮元在清嘉庆年间任浙江巡抚时，曾大修西湖，并以疏湖之泥建岛，名阮公墩。张岱写文章，还在阮公墩建成百年之前。当然是张岱写得好，写得对，而我读错了。我于是想，游湖不易，写湖更难，甚至读写湖的文章也要小心呢。我算又长了不少学问。

二○○○年一月

公园·私园和沈园

　　青年时代读过陆游的《钗头凤》,后来还看过这个戏。陆游的这首词里,那"错、错、错!"和"莫、莫、莫!"叫人难以忘怀。恩爱却不得不离异的夫妻,又重相见,真是百感交集。前妻唐婉也有词作答,"难、难、难!"和"瞒、瞒、瞒!"是肺腑之痛。这大约是陆游三十五岁时的事。又过四十四年,陆游旧地重游,有更多的感慨,写了名诗《沈园》二首。原来那个沈园就是他们相会的地方。我那时就想,他们怎么能到沈家的园子里去相会呢?也许是公园?可是那时候是没有公园的。公园大约是近代城市化的产物,宋代不会有的。去年我到绍兴,去看了沈园,果然一直是私人园子。我就弄不明白私园怎么成了公园。于是就留心这事。后来读到明末清初作家张岱的大作《陶庵梦忆》,其中有《越俗扫墓》,就记着这种事。张岱也是绍兴人,正是陆游的老乡,文中说是越俗春天扫墓，实际上成为一种郊游。"自二月朔至夏至，填城溢国，日日如之"，那可真够盛大的。扫墓在上午。"下午必就其路之所近，游庵堂寺院及士大夫家之花园。"这就对了。原来浙江一带早有这种风俗，就是有钱人家的大花园可供游人玩赏。所以陆、唐二人（其实还有唐的丈夫也在）可以在沈园相晤，后来陆游一人又多次去游沈园，凭吊旧迹。有诗为证。我这才算明白了十几年没弄清楚的问题。再后来又翻《世说新语》，有一则记王子敬从绍兴到苏州一带去，听说顾家有一个园子，他并不认识顾家的主人，也就到了他的家里去看。一边游，一边指点评论，说好说歹，引得主人不大高兴（见《简傲》第二十四）。这就是说，在江南一带，进私人园子，都不受阻挡。当然，这大约也分季节，也看身份吧。我又想，是不是当年的园子大，没有围墙，所以可以较随便地进入？但是在上一则记载的下一则，就记着另一事。那是记王子猷经过苏州一带，知道某家的竹子生得很好，便要去看。他是名人，主人原想请他见个面，以抬高身价。王子猷可是看完就要走，主人急了，就关上门不让他走。结果两人谈得很好。有门可关，当然也就有墙可围，或有河可围，总之是可以管得住的，不是可以随便来去的地方。那样的园子可以让人游玩，而且不收费，真是个好风俗。

好像北方的私人园子就不那么大方，大约是染了皇家和官府气派。请想，贾府的大观园能让游人进入吗？其他贵府大宅也决无不让游人进入的道理。不过这种事情要请专家来考定。不是笔者所能说清。如果有人能来说说，那一定是很有趣的。

二〇〇〇年三月

卿是院中第几株?

九月末的《文汇读书周报·书人茶话》上刊登小仲马著《茶花女》的封面,那是一九二六年出版的,刘半农译。藏书者姜德明说,可能是域外原本封面。一位美女脸庞,旁边大约是茶花和茶花树叶。看上去很美。我于山茶花,全无知识,早年就是从这书名上知道。近来有报刊介绍说,其品种达八百四十七个,贵重品种也多,传向世界,使茶花有"中国玫瑰"之誉。我生活于北方,后来又从鲁迅的文章中看到它。鲁迅的文章也真写得好。鲁迅《在酒楼上》的一段,我年轻时几乎能背下来。"倒塌的亭子边有一株山茶树,从暗绿的密叶里显出十朵红花来,赫赫的在雪中明得如火,愤怒而且傲慢,如蔑视游人的甘心于远行。"《野草·雪》里也有描写:"雪野中有血红的宝珠山茶。"可以见出山茶的确在冬季开放,而且很美。"明得如火","血红",在雪里,在暗绿的叶丛中。江北何曾见过此物？我只知道"宝珠山茶"之名，没见过，更不知它的名贵。后来在吴梅村的诗集中读到有名的《咏拙政园山茶花》，诗前有序说此园为陈相国所得，其中"有宝珠山茶三四株，交柯合理，得势争高"，甚至说"为江南所仅见"。但在鲁迅的文章里，却并未说它怎么贵重。也许在绍兴一带，它还不算稀罕，到了苏州，就了不起；或者是同为宝珠山茶，又有品类的不同。这我就不知道了。

去年春天到青岛。到青岛不能不去崂山。既到崂山，自然要去上清宫。此宫经多年修建，风景果然不错。那些参天古木就非尘寰所能有。单是上清宫里外的几棵白果树和一株特大的古槐，就令人仰望冥想不尽。

又到太清宫大殿前，见到古槐之外还有一树曰耐冬。时在四月，暗绿明亮的叶间开着红花。导游说，它这花是从冬季一直开着的，一直到夏天，所以叫耐冬。走进东房，有关于蒲松龄的介绍。其中说到《聊斋》里的《崂山道士》是写这个观里的故事。这我知道。又说，《香玉》一篇也是写这个观里的故事。而且篇中那可爱的"绛雪"姑娘（花精），就是那棵耐冬树。有这一说，我又到院里把它仔细看了一番。很难说是当年蒲松龄所见的原树原花，但也够引人遐思了。《聊斋》写得多好呵。一开头就写得引人："耐冬高二丈，大数十围，牡丹高丈余，花时璀璨似锦。膠州黄生，舍读其中。一日，自窗中见女郎，素衣掩映花间。心疑观中焉得此。趋出，已遁去。"以下就是一男恋二女的故事。妙的是，后来黄生知道她们是花精，还爱、还恋。他还问："卿是院中第几株？"很有情趣。我想，在北方，耐冬花能够生长的地方也许只能在青岛，尤其在崂山这样伸入海域的地方。这里冬日有温暖的海风保护它，夏日也湿润，宜于生长。似乎在济南一带都不易见到耐冬。我在那一带生活过三年，就没见。令我惊奇的是，这里的人说，耐冬就是南方所称的山茶，要到冬天才显示出它的傲雪姿。在山东其他的地方是不易见到的。也许正因此，当年激起蒲松龄先生的创作激情。我回来查了《简明不列颠百科全书》，山茶却是产于东亚，乔木灌木都有，以美丽的花而闻名。但是山茶花并没有"耐冬"一名。再查《辞源》，耐冬是有的，也不是山茶，而是一种叫"络石"的蔓茎植物的别名。我当时在太清宫看山茶时，还特别记了一笔，不错，我还记下标出的拉丁文名字Camellia，与《百科全书》是一致的。但蒲氏就是这么写的。也许山东一带一直就这么叫它吧。不管《百科全书》怎么说，在这里，以《聊斋》为准，耐冬就是山茶。文学胜过科学。耐冬，很好听。可惜时候不对，看不到它在雪中的风姿了。

二〇〇〇年十月

飞来石·飞来峰

　　在黄山上,我住在白鹅岭。白鹅岭是第二高峰光明顶的一部分,已是很高。那天晚餐后,西天霞红,落日在一片暮霭中,还有清晰的轮廓。我向西看,远峰尽收眼底。而几个黑色的山峰,看不出远近,一一呈现在红色的背景上,如剪纸一般。这时我忽然发现,有一个平顶的石峰上驮着另一个石峰,按大小来说,它倒称不上石峰,只是一块巨大无比的石头。这石和那真正的山峰之间,有明显的痕迹,形成一道更浓黑的线,而在两端,也有不小的豁口,显示它们的并不十分吻合。这太奇了! 我立即想,这是有名的飞来石。问别人,果然是。奇,奇,奇到没有道理的程度。我忽然想起明末散文大家张岱在一文中说到,某人游黄山时,见一怪石,瞪起眼睛大叫:"岂有此理! 岂有此理!"好像只有这个"岂有此理"能说明他的感受。我不是也如此吗?《世说新语》记某人,听到好歌,只管叫"奈何,奈何",也是同一道理。古人把这一景称为"飞来石",用飞来二字形容,倒也传神。

下黄山去杭州,两天后我又看到一个"飞来峰"。这峰又是以"飞来"形容。它却不是飞到山顶,而是飞在平地上。在秀丽又世俗的名胜之地,在有名的灵隐寺外,落下这一峰。我看它也实在像是飞来的。在这样一块平地上,无端的起了一个石头山,没有坡,没有岗,就这么突然起来了。而且是纯石形成,石又玲珑多空洞。我真疑心它是特大型的假山,我怀疑这山下无"根",挖下去,也许就都是土了。当然,实际却是真山,是袖珍式的娇小玲珑的石头山,真也是老天专为杭州设置的合乎它的风格的山。那位绍兴人,又游熟了杭州的张岱,他有《飞来峰》一文。其中形容此峰"是米颠袖中一块奇石。"这又形容得好。米颠者,指宋代大书画家米芾。米芾是太原人,为官各地。他为人率真,有些疯疯癫癫,人称"米颠"。他喜爱怪石,见了就作揖下拜,称呼"石丈"。所以张岱说这飞来峰是米颠袖中之物。这飞来峰的洞穴里雕满了神像,善男信女不绝于路,张岱那时就是如此了。他说不好,破坏了自然之美。他说好端端一个美山,遭了人的灾难。他问这山道:"何事飞来?"你为什么要飞到人间来呢?这样一说,倒还是黄山的飞来石幸运,它千万年来孤独地立在那里,不受任何人间烟火和膜拜。

都是飞来之物,它们的命运为何这般不同?谁幸,谁不幸?

无人为它们评说。我于是就想起唐人的七绝名句"不胜清怨却
飞来",诗题是《归雁》。好像说,你(雁)受不了天外的孤寂,才又
飞回来。以"飞来"言,倒像是说这一石一峰,它们也是"不胜清
怨却飞来"的吧?当年,它们是一先一后呢,还是携手而来?没人
能说得清了。飞来石,在两千米的高度上,一定也常看到世俗的
飞来峰吧?有何感想呢?

二〇〇〇年一月二十九日

泊龙山庄

　　可惜我当时就没有问一声它为什么取名为"泊龙山庄"。现在执笔为文时一想,倒也容易推测。那地方叫黄崖洞,有邓小平同志题写的石刻大字悬在石门楼上。但是这地方又名黄烟洞,传说半山腰上一个自然形成的石洞——它就是抗日战争时八路军在华北的最大军火仓库——里面有两条龙。龙口喷出黄烟,遮天蔽日。有龙,那么"泊龙"二字自然是因此而出。何况这一道山沟里有冷泉漱石,盘旋而出,这"泊"字也就下得极有道理了。

　　那天我们参加丁玲学术讨论会的人员由长治市到黎城县来参观当年兵工厂的旧址。当然,厂也好,仓库也好,都早已没有任何遗迹,现在只余下自然景观。自然景观实在壮丽,可以说动人心魄。这是宁静博大的太行山特意为八路军造成的一个奇险莫名的地方。一路几十里开阔的山路都极平常,突然之间开阔的山路就缩为一个小小的圆形广场,两边对称,都是约有三十层高楼一般的陡崖,没有任何一点坡度或缝隙,直上直下。中间裂开三二米的一股道,这就是当地人称之为"瓮圪廊"的地方。小广场立体如瓮,而由此前行则是廊。两侧峭壁依然,如此直,如此高,仰头张望,偶见一丝天光。有时逢着山廊转折,或者陡壁上的岩石若一排士兵俯瞰下面的行人,向外突出二尺成檐状,那么,就连一丝天光也没有了,正午的太阳也不能射入。山崖一路滴着水,有几处像小形的飞瀑,散珠飞雾,令人衣潮鞋湿,虽在炎夏也觉得冷气迫人。这廊之长约有三四华里,可称鬼斧神工。再向前就阔展起来,直到黄崖洞。据说当年黄崖洞的保卫战,日军从正面始终无法得手,是从后山翻过来的。

黄崖洞下不远就新修了这个泊龙山庄。按今天的习惯,我称它为什么才好呢?宾馆?显然太豪华了一些。它不够,更谈不上星级。旅店?又太陈旧寒酸,它是崭新的。倒是招待所这名称合适。不过招待所又太有官气,住宿凭介绍,来往为公事。这里不是。它供游人暂憩,叫假日旅店合适。它只是一周平房,有走廊庭院,黑瓦白墙水泥地,极其整洁。它有点像什么,对,像军营。在八路军军工厂旧址的旅游点,暂憩之所修得如军营,这于气氛,于历史感是极谐和的。在目前崇尚奢靡和物欲的风气中,这构想也新颖、大胆得令人欣赏。

果然，泊龙山庄的服务员小姐和导游小姐都一律戎装，灰色军衣，腰间的皮带和腿上的绑腿都合规格，短发在军帽下露出寸许。我问一位老八路出身的作家看，他点头，后来笑道，只是比当年的战士更整洁，布的质量也更细。墙上有标语，写着"来当一天八路吧"。

怎么当呢？

我进入房间。四张床，白床单，白被子，一尘不染。被子被折成四方形，像一块刚切好的豆腐，棱棱角角都可以用尺子量。我只在电视电影上才见过这种格局，心里犯了难！用过之后我怎么才能折成原样呢？终于因为太累，拉开被子睡下了。我想，这需让那些小八路姑娘受累去折被子了。

食堂有特色。一盆大烩菜。里面有茄子、白菜和粉条。有肉，切成硬币一样薄的小片。每一碗菜里大约有三四片。我又问当年山西的老八路，以前就这么吃吗？他说，大体如此。过节时，肉比这碗里的还多些，但平常的日子是一片也没有的。他又指着桌上的辣椒、芫荽、姜末、蒜瓣四小碟说，以前可没有这些。白面馒头也是平常没有的。

饭菜就是如此。但是外加一盘凉拌苦菜。苦菜这种东西现在市场上已有卖的了，五角钱一斤。这里的苦菜做得另有风味。有醋和蒜调味，这不算稀罕的，稀罕的是它是如此之嫩，在盘里碧绿，显得那几星蒜末都白得可爱。味道自然好。我在家里调拌过,大差其远。吃完一盘,问可以加吗?可以。又吃一盘。然后又要。我们那一桌一共吃掉三盘,人人称赞。后来有人说,这野菜是另加的,而且是上午刚从山上挑回来的。也许最鲜嫩的苦菜就是如此滋味吧?城里市场上卖的都既老且陈。

饭后我们告别泊龙山庄。大家登上三辆旅游车时,忽听到哨声。在车上见到女兵们列队报数,然后她们向我们的前路跑过去。等我们的车队开动,见马路两边,大约每隔十米站立一对,她们举手敬礼。这应当是很隆重的礼遇吧?

再见了,泊龙山庄。

标语上没有种种花哨的广告,却有"当一天八路吧"。可惜,我们只当了半天。环顾同伴们,那些学者都露出满意且感动的神色。

一九九七年九月

遥对烽火台

烽火台毕竟是太古老了。对现在的人来说，它也许都有点古怪。然而谁都知道在古代它曾多么显赫，它传达出多么惊心动魄的消息。这样的消息使万千人家立即离散，金戈铁马立即狂走。它甚至使朝臣惊恐，将帅失色，君王不眠。但是到了这个电脑联网的时代，世界不过是一个地球村，谁还需要它呢。于是我在山西北部来往经过时，见到古老的夕阳照着它古老的身影，便免不了产生一种怅惘。

我不知道在中国什么地方，残留的烽火台还比这个地区更多。你走在那些环山绕沟的公路上，可以说只要抬头四顾，几乎总能发现一两个烽火台。当然，在远远的山头上，也许你这次看到的和下一次看到的会是同一个，因为路的回环太多，你在山左看了，绕到山右看的还是它。然而总的来说，烽火台实在是不稀罕。不过你要问一问同行的山西人，才会知道那就是闻名于史书的烽火台。我最初就看到了多少次，并不知道。后来别人一说，我才大吃一惊，心里暗道一声惭愧："失敬，失敬。"它是什么样子？原来是一个黄土堆。我要声明，我从来没有走近过它，更没有爬上去过。因为它总是建在高高的山头上。长城是蜿蜒的，它有时会从山头走到平地。烽火台却永远孤独地立在山头。我看到许多。它当年的规格好像就是一个四棱台体，下大上小。我估计它的底面积约二十平方米，高约四米。如此而已，要说有什么不同于一般的土堆，我想到的就是它的坚固。在那个水土流失极其严重的地方，山头都被冲刷得沟沟壑壑。它不。它们大多数都是明代的东西，也许更早。它们身上不生一草，裸露着，承受几百上千年风风雨雨，现在依然屹立。几何学上的四棱台体仍然保持得完好，有棱有角，从十里八里远的地方可以看得清清楚楚，这就是一个证明。我没见过烽火台四周用砖包砌的，都是纯粹的黄土建筑。它为什么能经五百年以上的风化而存在？在用料上，在施工上，必有些什么特色。这就不是我们这些不懂古建筑的人所可知的了。烽火台在古代未必只在长城一线存在，中原地带甚至更南一些的地方也该有。这是当年军事上的需要。不过长城一线的战争更频繁，烽火台也相应地要多。而且，这一带人口少，不能耕种使用的土地多。这也就没有人去毁台造田。如果在江浙湖广川一带，也早就保不住了吧。

一九九八年六月

围棋发源于此

　　在山西,尤其在太原以南各地,要找到秦汉以前的古迹或传说,那是极易的。我们去游陵川王莽岭,路过一处,有游览标志,上写"棋子山"。问友人,答曰:"中国围棋是在这里发源的。"我们说,那要先看一看。就上了这个棋子上。此山在这太行山上,实在是不能称作山。高出路面二十来米,还算山吗?这里已是海拔一千四百米,二十米算什么,上几级台阶就到。有一洞,极浅。洞门前有三个雕像老人在下围棋。问之,说是新近雕的,没有看头。我不懂棋,看那棋枰上摆出的两子也不大对路数。三人里的一人,就是箕子。箕子是商纣王的叔父,周武王灭商,箕子隐于太行山深处,就在这里。他老人家观天象,而制成围棋。他是围棋之祖,自然这里也就成了围棋的发源地。听说其他省还有两处也争这个发源地的所有权。山西有学者写长文论证,我不懂。但我以为,这里的故事更有趣。

　　要说起来,《左传》已有"弈棋"出现,汉墓实有石制围棋棋盘出土,这都有据可考。这箕子洞可是真的?那自然难说。但是,传说箕子与人对弈时发生争执,愤然掀起棋枰。他老人家火气大,手劲也大。现在那洞口上方,一片青石板执,竟然保留了十几个白点,难得的是大小如现代围棋子,范围大小也如散落于棋枰上的棋子。这还不算。几十几米以外,又有一小丘,叫"谋棋岭"。相传箕子在此谋棋,也就是研究棋道。何以为证?证是不敢说的,有故事,有实物。这岭也奇。太行山上到处是石,偶有土。这小丘却是由沙夹小石子构成。据说那小石子有黑白,正好作围棋棋子。我们上去,细看,原来这里的土质绝似鹅卵石河滩。不知怎么一来,河滩翻上来,并经过挤压,那些鹅卵石与沙结成牢固的一体。地上散落许多小石,我也拣几个。但圆的长的都有,褐色黄色都有,并不一律黑白如棋子。可是这也就有"说服力"了。再远处,据说是当年箕子发怒,棋枰落地之处,现在修建起一个"象天枰"。在山坡上,棋枰大四百四十一平方米,呈三十度角,斜面。陈祖德来揭幕,并题此三字作碑。当时聂卫平也来了,甚是热闹。两位棋圣既到,似乎就说明他们也认定此地是围棋发源地。是耶否耶,我没有资格说。但是有趣,我敢说。

　　　　　　　　　　　　二〇〇一年九月十四日

没有细看屯溪

在《中国方域》(二〇〇一年三期)中读到《从"丘建东状告黄山地名混乱"说起》，很觉有趣。其文说，有位福建省龙岩市的丘建东，到黄山旅游。他到黄山市下火车，却找不到黄山。他东询西问之后，又乘车一百二十公里，找到黄山区。然后才找到黄山风景区。丘先生告的是："损害游客的知悉真情权。"作者说，这个状告得好。实际情况是，为了吸引游客，黄山市两度改名。现在的黄山市，下有黄山区，再下才是真正的黄山游览区。一个黄山市，有几个县和区，总面积有近万平方公里，而黄山这座山，面积二百五十平方公里，真正的风景区只有一百五十平方公里，现在的黄山市所在地，就是以前徽州所属的屯溪县。我读到这里，也觉丘先生这状告的有理。我为什么也义形于色？因为我前年去游黄山，遇到的情况也有点相类。我倒没有跑冤枉路，因为有人指导。这篇文章说,当地的地名混乱,是"只想着黄山,丢失了徽州"。是的,我下了火车就上了汽车,直奔黄山。我不知道都走在何处。可是,这是在徽州呀。徽州可是处处皆可看的地方。只是在游了黄山,又回到黄山市,见到黄山市文联主席,从他的介绍中我才知道,此地就是徽州重要的一县——屯溪。

我曾连续五六年,喝屯溪的绿茶,叫"屯绿",味道真是好。我该仔细看看途径的茶园呀,可是没有。说起来呢,看,也就是同任何茶园一样吧。但是没有存心细看,使我懊恼。这时已是傍晚,后悔也来不及。那时,我站在新安江边,在一条马路上看着江水流过。主人不在意,我却满有味地看着这有名的江水,静静地流动。"这里没有什么污染。"我说。主人说,"是的,这县里就没有什么工业——所以,也没有什么下岗和就业的困境。就是穷。"他请我们吃饭,我们就步行过去。他说,"带你们去看看老街。"多亏他这么细心,不然,我后来一定更为懊恼。

老街,当年是不是叫这名,我不知。现在可已是"徽州学"里的名词。那时街灯已上,有的店家正端着碗吃饭。十一月的天气,正是好的时候,暮霭与灯光相混。我们走进老街上的一家家店面。多是旧式平房,也有中式楼房的下层。卖什么呢?几乎全是文房四宝,古书也有,似乎不多。最可惊叹的自然是砚石,还有就是石头。难道产歙砚的地方,一般的石头也好吗?我不懂。但看石头,真是好。多青灰色的,也间有红、绿、紫、褐、黄、镶以

硬木架;陈设起来,很美。以之刻成佛像或人像的也不少,圆润而光洁,价也不算贵。不过,我还要去另一些地方,总不能扛着石头。奇怪的是,还有成扇的木窗桱木隔扇,那是真正从古屋上取下来的。成百米长的一道街,店面一家挨着一家,全是这。我在别处还没见过。我简直驻足不想离去。我在灯光下看各店面的门窗,发现那也大体是这种样子。出来走到街头,抬头看附近旧式楼房,窗扇的精巧竟也差不多。这都足见当年徽州地方,文风之盛,文化之深。天黑了,实在也来不及看。心想着,也许还有顿徽菜可尝呢,就向饭店走去。

后来我读到王振忠著《徽州》(《乡土中国》之一种),看到许多精美的照片,更后悔那次没细看屯溪。清代大儒戴震的故居就在城里,失之交臂。那书上还记有叶浅予先生来游屯溪的诗句:"舟车奔驰三百里,身临长街日已斜。"他来时已傍晚,但他是专门来看这老街的,第二天一定看个够,我却在第二天一早就离去。至今思之,仍觉惘然。

二〇〇一年七月

小米粥

　　也许是"一方水土养一方人"，也许是"十里不同俗"的作用，我记得我们家乡徐州就有一种极其可笑的偏见，徐州人认为小米是使人上火的食品。如果有谁咽喉肿痛，最重要的食忌就是小米。小米粥自然是不许吃。徐州有一种早点叫做"热粥"的，是在豆浆里加些小米粉勾兑而成，徐州人很爱喝。那里面的小米成分其实不多。如有咽痛，那么，热粥也是不许喝的。据说一沾那点小米的成分，火气就将大盛，不得了。我到山西后，听说小米汤是下火的。山西人之所谓米汤者，正是小米汤或小米稀粥也。

　　我到山西几十年，已算半个山西人，我相信小米是下火的，至少山西的小米是下火的。其实我是喝惯了山西的小米粥。更准确地说，是自从新时期以来，在街上买得到当年产的新米以后,我才爱上了小米稀粥。这时我也才明白了山西人为什么这么爱喝它。以往,凭购粮本从粮店买的小米,都不知存放了多少年(据说小米是最不易坏的粮食,如不脱壳,可存数百年),怎么煮也不能煮得黏黏糊糊,更无香味可言,小米沉淀如沙,入口也觉得出颗颗粒粒满布齿舌,那当然不好吃。新小米却不然。一煮即炼,"炼"就是米水交融,黏黏糊糊也。而且香,香气扑鼻。

于是我几乎每天喝小米粥了。近两年年老食减,晚餐便往往以稍稠的小米粥为主了,早忘记故乡的古训。近日翻书忽遇一文曰:宋代陶谷清《清异录》中记载,后唐的明宗就爱喝这东西,而且给它取了一个神圣的名字叫法乳。所谓法乳者,本是指以佛法哺育弟子犹以母乳育幼儿。现在这位皇上却把小米粥称作法乳。那么,是不是小米粥呢?是的。书中明明说"盖罂中粟所煎者"。罂,是小口砂锅;粟,是小米。砂锅煮小米,不是小米粥还能是什么?

现在人们仍然以为砂锅煮的粥最香。我用的却不是这种古法。我用铝锅煮。大火,煮半小时即可。我用高压锅煮过,不好,但是,好与不好,关键在于米。当然,首先要新米。新米的产地甚关重要,天下的小米以山西为最好,山西小米以晋东南所产为最佳。而晋东南小米当推沁县,世称"沁州黄"者即是。据说也不是凡沁县所产皆为沁州黄,所谓沁州黄也只产于沁县之某村,且是某村十亩左右的一块地里。这种小米可是了不得。它在清

代是贡品,只供应皇帝,凡俗之人看一眼也是难的。据称,解放
以后,人们作主,上面下来个像样子的干部,县招待所也只给他
喝一顿沁州黄稀粥,再多可是没有了。然而新时期以来,太原自
由市场摊点上摆的都是"沁州黄"了。哪有真的?不过,明知是
假,买来一喝,仍然是个香。都说凡晋东南的小米都好。那里的
水土就宜于种小米。而且我从市场上买小米的时候也就不多。
我在晋东南有位朋友,他每年总给我带来不少小米。所以我这
几年喝的,其实都是晋东南的小米,那当然好。一个月前,那位
朋友来太原,又带来一些。这可怎么是好?给钱他是万万不收
的。于是闲聊。后来他忽然说到,他这两年送给我的小米,其实
是一位朋友送给他的。他这位朋友在一个点上扶贫,这个扶贫
点离那个产真正的"沁州黄"的村子只有三五里路。"你吃这小
米好吃吧?"他问我。我说,好吃!他告辞以后我才想,我真也算
福大命大,虽然不敢说每日吃的都是贡品,但也有一样小米同
皇上享用的贡品差不了多少了。能差多少呢?也不过就是三里
路。想到这里,我不禁一阵心喜,急忙取笔把这一点写下。我想
告诉我的朋友们,想得一点皇上的享受吗?来山西,弄点真正的
沁州黄回去煮粥喝去,那也算帝王的享受。

五月三十一日

露从今夜白

今夏苦热,总算过去。立秋以后,转眼即将到白露。我很喜欢白露这个节名气。它给人一种秋凉之感,似乎天高水清。但是露怎么会白呢？为什么这样说？我也弄不明白。

《诗经》有云:"蒹葭苍苍,白露为霜。"这是秋深景象,变为霜以前的露,称为白露。这大约是最早见到的"白露"一词。也就是这么个意思。《礼记》一书《月令》中提到秋天的节气时说过"凉风至,白露降,寒蝉鸣"。这月令的命名难道是从《诗经》来的吗？难怪那么有诗意。后来见的就多了。曹丕的诗有云:"彷徨忽已久,白露沾我裳。"这是写秋夜。我记得杜甫诗有"露从今夜白,月是故乡明"。这更把一个"白"字用得突出。李白有《玉阶怨》一首,全诗无一字提到"怨",而幽怨满纸。诗句是:"玉阶生白露,夜久侵罗袜。却下水精帘,玲珑望秋月。"此时是秋月,当然也是秋露。这样的例子,我想每一位念过一些古诗的人,都能举出许多。问题是,我知道这"白"字极妙,却不知为什么露可以"白"。

读吴经雄著《唐诗四季》(收《新世纪万有文库》)见到一解,颇能解惑。在谈张籍诗时,有论述云:其诗中有"白"字特别多,白沙、白水、白草、白气等等,"假使他没有抓住秋季的灵魂的话,他至少抓住了秋季的颜色。照我们古时传下的一则故事说来,春季的颜色是绿的,夏季是红的,冬季是黑的,秋季是白的。"这样一说,倒也清楚。但是典出何书呢?他没说,我也不再去追究。总之,我知道了秋的本色,是白。这也就可以了。

一九九七年九月五日

王莽岭上见寒柳

这些年,对许多读者来说,"寒柳"一词已不陌生。大家知道,陈寅恪先生有《寒柳堂集》。他的大著《柳如是别传》考订叙写柳如是特详,而且充满感情。柳如是有一首词也受陈氏推重,就是《寒柳词》。学者姜伯勤在一篇文章中说,陈氏以寒柳为自己的集名,虽别有寓意,但不无对柳如是那首词的激赏有关。柳如是的《寒柳词》里的寒柳,是指寒风中之柳,也是一代才女柳如是的自喻。后来,我见有一部小说,写柳如是的,就命名为《寒柳》。寒柳,寒柳,这些年,一些读者都熟知"寒柳"及其故事了。

我要说一件事。这事虽与以上的诗文史实都毫无关系,但有点巧合的趣味。今年六月我到陵川县境内的王莽岭去玩。王莽岭是太行山南部的最高处,海拔一千七百六十米。百里林海,气象万千,实在太美了。松柏和杨槐都多。在漫游中,我见到一株树,树干上用红漆写着"寒柳"二字。我急忙问当地的一位领导,为什么单单给这树上写上名字。他说,咱们这片太行山上,只这一棵,所以标出,请游人注意。我又问,这个名字是专家定的吗? 他说,是的,是学名。他就向我说这树的特点。当地人发现这棵树,在正月十五前后,树上厚厚的雪还没化净,树芽就出来了。树芽是红红的颜色,挺好看。王莽岭冬天是很冷的,怎能出树芽? 这才引起他们的注意,并请教专家。我看这时的树,直径约十公分,枝叶如柳,只是叶比一般柳树叶要宽。其他也看不出什么特点。不过我还是掐下几片叶子带回来。这次我见到一株真正的"寒柳",一下子想到许多,到写文章时还高兴。我希望读者能与我一起高兴,增加一点点知识。

二〇〇一年八月七日

太行第一岭

　　早想去看陵川的百里林海,据说,虽然那里的原始森林为数已微,但也还可见。多少年在柏油路和水泥大楼之间挤得透不过气来,真想去亲近森林。我们几个人就决定去。到陵川,先在附近看看,听听。这才知道这地方虽然历来是一个穷困的县,但在以前,尤其是在金、元时代,文化高度发达,曾有进士几十名,状元七名。现在保存的金、元寺庙,就很多,而且精美,在全国居前列。我也才知道,大诗人元好问,年十四,随父来此地就学于陵川大儒郝天挺。父去,他留下,一直学了六年,元好问关于陵川写过许多诗,与陵川人交往也多。这都由陵川的学者一一考清。可见这里不但有可贵的林木植被,而且有丰富的文化积淀。

　　不说这些。我们是来看山的。我们要看的,是太行山南端的王莽岭，被人称为太行山上第一峰，在县东南边境上。出了陵川城，先往北行驶。这一路也不见十分出色。东转，再走二十里，风光不同了，森林的气味浓起来。然后是一直南行，奔王莽岭。陵川城本来就高（海拔一千三百米），据说夏季无蚊，气温只在三十度。元好问在某诗的序里曾说，"陵川在太行之巅，盖天壤间清凉境界也。"他是山西忻州人，靠近五台山，他当然知道佛经称五台山为"清凉山"。这里又是一个清凉境界，此言不虚。行进间，就觉得出风凉了，空气也渐清爽湿润，有说不出的林木之香。陵川城的空气就很好，但这里的又自不同。要说无污染，这"无"字就可下。没有爬过大山的朋友，切莫以为仰头看见山峰，爬上去就到顶，不是，一路走，路是立体的。怎么叫立体？你往下看，能看见来路，往上看，偶或见之。向前却看不见路，绕上，绕下。没有，或极少一百米的直路。路也不好，不能同黄山、庐山相比。这里总有一侧是悬崖，车贴着悬崖走。其实，另一侧也是悬崖，不过在下面，你在车里看不到。司机可是分外小心。有的地方有方形的水泥块摆在路边遮护，有时没有。好心的松柏树，从崖下探出头，紧挨路边，密密地挺身而立，像是要保护游者。这样就上去了。起初，你会见到河谷，河谷旁有小村，村近旁是农田；再向上，是丛林；再向上，就是树林和悬崖，一层一层，层次很规律。这时你向侧面稍远处望去（请记住，你无法向四周望，总有更高处，遮你的望眼），会看到苍山如海。真的，如海，也就

是望不到头的青黛和碧绿。也有浅些的，或那里有一阵雨也说不定，关键之处是层次，最美的也在层次间。山色是如此富于变化，明明、暗暗、深深、浅浅。远近，侧斜，阳光的角度，林木的疏密，都是原因，说不清楚。但是一层一层是那么清晰可见。古人说山，有说万重，有说千里，有说百重。我看都对。要用一个准数来说，说是百重，并不算夸大。比如向南看，一重一重，有十重；稍一偏西，又是十重。再一偏，又十重；车子转一个弯，又是如此，一重一重。它真像海浪，数不清。这都是平望过去，至于远山比你站立处，是高是低，那很难说准。那天天气晴好，无雾，你只觉绿色的空气要把你浮起，浸透。

　　一路行来，就到了王莽岭。单只一个王莽岭也有百里方圆。山西有名的錫崖沟就在王莽岭下三十里处，是王莽岭的一部分。大山上是没有什么明确界线的。我忘记说近处。一入此岭，如刀劈斧砍的悬崖处处可见。简直是刀切豆腐，上下一齐五十米，八十米。有一处，说是可见"北方之雄"者，就是这般。还有一处，说是可见"南方之秀"者，我去看，却看不出，只是石崖上生了许多白色的野花，对比苍崖，十分引人而已。据说真有南方之秀的地方，不在此处，那是飞瀑百丈；还有清流一碧的大河，我们没有来得及去看。突有一峰，如塔，如笔，如巨人，就那么陡然而立的风景，颇不少见。王莽岭上有许多称为"台"的地方，是风景点。有一台，四周以铁栏密护。有人叫我，"来看来看！河南！"

什么河南？我走过去，一看，这是我上山以来眼界大开的地方。远处不再有遮眼的青山。目力所及，你可以一直望过去。大概可以看到一百里以外。原来那就是河南省地界了。从哪里分界？"下面，下面！"他们说。向下看，据说是千米深的崖谷。我看，没有。但三百米、五百米是足有的，胆小者不敢伸出头。也是刀切豆腐的陡。吓人崖下就是河南的辉县。有人好奇，扔出一瓶矿泉水，叫别人计时。计到六秒时，碰到一棵树，计时无效。其实，人也看不到瓶何时落到崖底，因为有草树遮住视线。这里海拔一千七百六十米，是太行最高处，也是太行山南部（都在晋东南地区）的最高处。太行山是个山系，各处的山势都是渐升渐落，不知怎么在这里来一刀切。下面是一个村子，还有水库，真是另一番景象。

在这王莽岭几百平方公里的山上，景点很多。县里的人告诉我们，曾请旅游专家来此勘察。专家说，旅游资源丰富得很。他们还提出具体的开发意见。据规划说，要耗资三亿五千万。他笑了，说，省里也没这么多的钱吧。怎么办？暂时只好捧着这个金碗看，讨饭也没处讨。

二〇〇一年八月十日

您登过五台山顶吗？

古今的游客游览山川，所要看的东西常有不同，甚至连旅游路线也大大不同。比如游五台山，现在的人，由南来的经太原，由北来的经大同，都是再到忻州，由忻州乘汽车往东，两个小时就到。旅客的集中点是台怀镇。这里是五台山的五个峰顶的中心，是坡地，也算平地。这里的寺庙建筑集中，最有观赏价值。以此为中心，自然还有许多游览路线。三日游或五日游都可，要是当天返回，那可就太迫促，看不到什么，因为这里可观之景很多。反正都是车进车出，走到哪里都有车。五台山风景看了，五台山上了没有？其实没有。那五台山的五个山峰是没人要去的。太高，也没个看头。据说有一个山顶上有气象站。一天到晚，雨雾不定，风雪交加，很苦。所以，我们所谓游五台，只是游台怀一带。以前的人可不这样。明朝末年有位大旅行家徐霞客，写了部《徐霞客游记》，写得太美太迷人了。他游过五台山。他的路线是怎么样的呢？且说那年他四十八岁，由北京出来，到了河北阜平县，阴历八月初五从阜平县进入山西。那已是"风怒起，滴水皆冰"。初六，先登了"南台绝顶"。初七，"登西台之顶"，当天又登中台，并宿于北台。日记上轻松地写着，十里到某地，又四十里到某地，又五十里至某地，玩儿一样。其实都是崎岖山经，更不要说爬山。这是什么样的体力和精神？他看到万年冰，记曰："从台北直下者四里，阴崖悬冰百丈，曰万年冰。其坞中亦有结庐者。"就是说，山坞里，也有人结庐而居，那大约是佛门弟子。我没见他记载登东台。初八，他下山。下山时，北台寺院里的老僧告诉他："北台之下，东台西，中台中，南台北，有坞曰台湾。"这几句，我对照着地图，怎么读都觉得这里的"台湾"，就是现在所谓的"台怀"。徐霞客是江苏江阴人，会不会是他听不准老僧的读音，或者是后来本地读者渐变的结果，就难说了。不过他没有游现在我们游览的这个热点地方。他由北台下去，经华岩岭，转向恒山悬空寺去了。他最后说了一句：悬空寺"为北台外护山"，这是从整个山形作出判断。他还说："不由此出几不得台山神理"。也就是说，游五台，一定要这么个游法。不然就不能得其精神。现在的人，谁还这么游？没人，也难怪。各人要看的东西不同，要得到的东西不同。又不是所有的人都要当做旅游家。

说到这里我还要再说几句。徐霞客从北台下来,到悬空寺的路上,从白头庵到野子场(这都是当时的地名)这十几里的地方,见到一种叫"天花菜"的植物,其他地方就没有了。他为什么记这一笔? 一定是早先闻名。我记起在清代的笔记里也曾有人记过这种菜。一定是山西的妙品。这给我的印象很深,因为我也想尝一尝。现在的当地人,或山西美食研究者,一定有所闻见,如果这菜还有,不妨发展起来,大家都尝一尝,也是旅游产品嘛。

二〇〇一年八月七日

山西小吃两种

近几年山西面食时有人谈,电视上也常以此作点缀。比如
《雍正王朝》演到山西省境内的事,则出现一个饭店大师傅作刀
削面的场景。《晋昌源票号》里有票号主人吃红面擦尖的场景。
时晋菜则少有人谈,因为实在也乏善可陈。而我以为,山西的几
种小吃颇有特色,甚可一说。

"头脑"

太原的一种早点名"头脑"者,是明末遗民傅山先生首创并
命名的。其实它同任何"脑"都无关系,据云他先是以此奉养老
母。他是大医学家,就于其中放了中药八味,即世传的汤药"八
珍汤"。五十年代,我初来太原就去尝这个名吃,不大习惯。后来

渐入佳境，以为其香其味都不一般。凡卖这种早点的，生意都相当不错。

它以羊肉制成。对羊肉的要求却是较严，太原一带产的不行，要雁北或内蒙古的羊肉，因为肥嫩，一咬一口齐。羊肉要煮得恰到好处。汤更讲究。这是真正的药膳，确是有党参、白术、当归、枸杞等等。剂量的大小说不清，不过入口有明显的药味，微苦，但苦中有香。您会闻到酒香。不是汾酒味，也不是用的酒。其中有山西雁北产的黄酒酒酿，量不小，所以发散出黄酒味。黄酒和羊肉，再有药物，味极美。汤里调入适量的面粉。调面粉有讲究。调法是先将上好的白面干蒸，然后以清水搅拌做成一种稀糊，所以汤里的面匀，不起疙瘩。然后再加入八珍汤。老太原人有在家里做头脑的，我就不会做，就是这面蒸不好。老作家马烽家和西戎家每年都自己做。不过，他们家并不在汤里加那八味中药，一味也没有。按饭店师傅的做法，羊肉是不在这面汤里煮的。羊肉先切成鸡蛋大小，清水煮好。但头脑汤里不用这肉汤，只用肉。吃时，先把羊肉两三块放入碗，同时放入煮好的藕和长山药各两片，再盛入热汤。由于有中药，不能加盐，汤是淡的。正因如此，外地人一时喝不惯。其实它的妙处正在于此。嚼一口肉，的确微甜而淡香。汤又微苦，也被酒香肉美压住。嫌淡，有专门为头脑而腌制的一寸长的韭菜，可佐味。喝几次您就会知道，没有比这更好的佐味之物了。老太原去吃，总要个"双碗"。夫双碗者,不是两份,这是一碗头脑以外,再加一碗纯汤,就是连两片藕和山药也没有,只有面粉糊。老太原说,不再加这一碗,不过瘾。前十几年在山西作协附近有家永庆园饭店,我在里面多次遇到过马烽和孙谦。孙谦有一年买了月票,每天都去。我见他坐在一个固定的位子上,他在头脑以外还要二两黄酒。孙谦的习惯是把那烫得挺热的黄酒浇到头脑里,约半两。这也是老太原常有的吃法。配头脑而吃的东西,有一种特殊的烤饼,叫"帽盒子",中空,微盐,稍有香料。为什么叫这名?大概是其形像清代装官帽的一种扁圆形盒子。帽盒子的缺点是:往往是凉的,不好咬了。永庆园的头脑做得一般,但帽盒子很好。因为那店里设置一个烤炉,现烤,脆的。我想,傅山当年吃的帽盒子原就是这样的。头脑本是冬天的早点。北地天寒,早晨喝一碗或两碗,一天不觉风寒。现在,除夏天不喝,我看连春秋两季都有此物上市,都说还养颜润肤呢。前几年山西作协的评论家董大中先生招待北京来客,请他去吃这种早点。那位老兄以为羊油必多,富于胆固醇,没敢喝,弄得老董挺不好意思。其实头脑里面可以说全没有羊油。肉,是瘦嫩的。汤,是纯面粉做成。一点羊油也没有。要说"一点",也有,端汤上桌时,加上两粒黄豆大小的羊油小块,作点缀。不喜欢者可以用筷子挑出。

如此说来,我喝头脑多不多呢?不多。有人嘲无酒量之人说:"喝碗醪糟也醉。"在下之不胜酒力尤甚于此,喝了头脑回家,脸红心跳,不舒服。年岁渐长,家人阻之劝之,只好不去。呜呼,吾空闻香垂涎有年矣。

荞面腕托　苦荞面皮

我生长在苏北,那里产少量荞麦,不过我没吃过。只记得一句俏皮话,"近视眼看荞麦,一沭好水。"大约是说荞麦色碧而花白。后来读到傅山对荞面制品的赞美,说什么"滑嫩难胜箸,晶莹不忍挑"(《无聊杂诗》),他引民谚作注:"语云,绿袄红裙带白花",这是形容荞麦在田中的风姿。它在高寒地区生长,我没见过。等到我见到时,荞麦已磨成面粉,叫荞面了。太原人就爱荞麦面食。傅山是太原人,所以那么喜爱。太原有一种名小吃,叫"荞面灌肠"。你如在太原街头走过,闻到一种香味,侧头一看,路旁支一小炉,有人正在炒什么,那必是灌肠。猪油、葱花,佐以绿豆芽,再加上一点太原老陈醋,香气出来了。夏天,可就是凉拌荞面灌肠了。这里必须向外地人讲清楚,名叫灌肠,可是同任何肠都不搭界。它是纯粹荞面制品。为什么叫这名,我问过多少人,都不知道。另一个名字倒合实际:荞面碗托。这也说明它的做法。荞面以清水搅成糊,浇到浅碗的碗底一层,厚约半寸,上笼蒸熟,所以叫碗托。它的浇汁儿,一定要挂一点芡,使之黏稠。吃时,除浇汁儿,还要加上油炒红辣椒和蒜泥、醋、香油。荞面清热下火,朝鲜冷面也是以此为原料的。太原有一家晋阳饭店,是专做山西饭菜的大饭店。近年它也经营各种菜系了。到那里吃饭,在各种凉菜里,必有一盘凉拌荞面灌肠。那里做得是最地道的。很大一盘,居于许多凉盘的中间。许多小凉盘没有吃下去,这一大盘就风卷残云,一扫而空。食者(也是各地人都有)必定说:"再来一盘!"那里的荞面灌肠本身就做得好。怎么才叫好?你用筷子夹起切成三五寸长、筷子粗细的一条,呈浅灰色,颤颤地两头下垂,柔而劲。这就叫好。南方口味的人要吃,可以在浇汁上做些变化,但辣椒是少不得的,对,还有山西老陈醋。这我吃过。

近年讲究食品的营养价值,故而又推出了苦荞麦面,说是比荞面更胜一筹,排除胆固醇更有力。街上也有买卖苦荞挂面的,面粉我没见过。只是那挂面,是淡绿色,微苦;或者说是颇有苦味。也老实说,不好吃。我听雁北地区一位作家说,他的山区家乡以此为主食,也好吃。他向我说一种吃法,我极向往,但是其做法我没有条件一试。夏天,在农家的那种四尺高的大水缸里储满水,将苦荞面做成稀稠适中的糊,用锅铲将面糊薄薄涂抹上去。不要多久,那面糊就变成粉皮,柔而筋。用刀切开,轻轻揭下,是一张张淡绿色半透明的凉皮。他说,这可是比街上卖的各种凉皮、面皮要美得多。你调起来吧,盐,自家酿造的醋,多加胡麻油炸出的辣椒面。只是农村不像城里方便,有南方来的新

蒜,这里往往新蒜尚未成熟,只能用山间的野蒜了。野蒜也好,挺合味。如果有芝麻油或麻酱,再有芥末油,那就太好了。总之,吃下一大碗,一下午不觉热了。他说,其实这是苦荞面最好的吃法。弄成挂面,他问,能好吃吗? 果然挂面不畅销。而这种凉皮呢,我们又没法做。每想起,只有空叹。什么时候我去他家讨一碗吃吧? 但跑五六百里路,去吃一碗苦荞面面皮,也太麻烦。

二〇〇一年

"并醋"与"并刀"

　　《金瓶梅词话》第二十回,写到西门庆一顿平常的早餐。文曰:只见迎春后边拿将来四小碟甜酱瓜茄,细巧菜蔬,一瓯顿烂鸽子雏儿,一瓯黄韭乳饼,并醋烧白菜,一碟火熏肉,一碟红糟鲥鱼,两银厢瓯儿白先生软香稻粳米,两双牙箸。这一桌菜,看了让人眼馋。由此可见,明代后期(大约在十六世纪中),市民富裕阶层生活的讲究和当时中国物质文明的发展程度。我最感兴趣的是,发现了以"并"命名的醋。"并醋烧白菜",大约是现在的醋炝白菜吧。这是平常的菜,而用"并醋"炝之,当另具香味。我早就想找一找太原醋的历史源头。我猜想它或以"并"命名,或以"晋阳"命名。现在看到根据了,以"并"命名,出现在《金瓶梅词话》里。《金瓶梅词话》成书在明代嘉靖、万历之间,那么太原醋在全国以"并醋"闻名的时间,大约在此时或更早。我久居太

原，能领会太原醋的美妙。现在太原人称他为"宁化府醋"。所谓宁化府，乃朱元璋的孙子朱济焕的王府，现在早已不存，而宁化王府当年的醋作坊却留在一个深港里。店中大玻璃柜里陈列着早年间用过的造醋的铁甄，上面铸着嘉庆二十二年造，到现在也二百多年了。现在可以推算，"并醋"的命名，大约还要早二百多年。因为明代嘉靖年是一五二二～一五六七。《金瓶梅词话》写的大体是那时的事。据说当年每日可造醋三百斤，也是那时太原醋的消费总量了。

山西太原古称并州，这个"并"字当读阴平，如"冰"之音。太原周边产铁，而且冶炼技术发达，春秋时晋国就曾以铁铸刑鼎，这也是文化史上的一件不小的事。北齐时，曾在太原城里设一个管理冶铁的机构，叫"晋阳冶"，如现在的"铸造局"。并州的刀、剪，几百年间，闻名天下。在唐朝诗词中多处提到。宋代周邦彦《少年游·感旧》开句云：并刀如水，吴盐胜雪，纤指破新橙。词人也真会想象吃橙子时的艳福：用并州快刀（切开橙子），用两淮产的雪花盐（盐化为水，蘸新剖之橙，以消其微酸），由一位美人的玉指剖开橙子。这不是"红袖添香吃新橙"吗？并刀在唐宋时代真是名牌，后来由别地所产"王麻子"取代。

二〇〇七年

山西醋

二〇〇〇年十月初,我提着一个六斤装的塑料桶,去买春节以前所需的醋。朋友说,近处设一家醋店,是老陈醋的专卖店。我说:"我知道。可是我要去宁化府。"吃醋要到宁化府,在太原,那是能品出真正醋味的人。这是老太原的标志。我是江苏人,来太原四十年了,分不大清"宁化府醋"和"老陈醋"的味道。我是凑趣而已。太原人说笑话:如今在中国没什么东西还缺货,要有,就是宁化府的醋。那里一年四季都排队。只是到了年节,小队变成大队,小桶变成大桶而已。可是谁也不能再造一个宁化府呀,言下其实是在炫耀这醋。

中国爱食醋的地面似乎不大,也就是山西。不过山西食醋最甚的地方也只有以太原为中心,往南二百里,往北三百里,覆盖不了全省。在这个范围里,只说人人爱吃,恐怕未必能表达其爱醋的习性。举个例吧。一个地道的太原人，在餐桌就座等候上菜，先从醋壶里倒出一匙或一碟醋喝，这是常有的事。菜上来，先浇半两醋才去尝咸淡，说不浇醋尝不出味道来。如果这醋不是本地所产，这太原客人立刻就会发问：怎么这股怪味？

　　山西中部各县的农家都会做醋，那是每家过日子的一项大事。这种醋自然不能同太原醋相比。到山西南部，已不大爱食醋，并且不产高粱，就用柿子做出一点。不过这种醋是为晋中人所看不上的。而晋中各县的醋厂，所产的醋，标明"老陈醋"，虽然行销外省很旺，但是老太原人是不爱吃它的。太原人可说都是品醋的行家，他们爱的是散装零卖的一种，叫"宁化府醋"。老太原说，那才叫真正的好醋。太原人永远坚持："宁化府醋"世界第一！

　　所谓宁化府乃明代的一个王府，早已不存，只留下一个地名，在一个弯曲破败的深巷里，周围都是居民。醋香从巷口老远就能闻到。醋厂的前面就是醋店，叫做"益源庆"。大约太原人觉得这名不如宁化府叫得顺口，人人都叫"宁化府的醋"，"益源庆"反倒不大为人所知。直到现在依然如此，可见他们的商标观念不是很强，不知道打出自己的品牌。我想，如果有人在太原又开一个"宁化府醋厂"来同它抢生意，它是不好打这个商标官司的。走进店里，大玻璃框里陈列着绿锈斑驳的造酒铁甑，据说是从一八一七年就用起。那是清代嘉庆年间。用那甑每日可造醋三百斤,这三百斤的产量一直维持到一九五三年。似乎百余年来太原对醋的消费总量增长不多。

好像太原人把最可口的醋都留给自己吃了,行销到外地去的不多。我到外地去的不多。我问您,您吃过真正的太原醋吗,就是说,宁化府的? 您可以品一品。开头也许不习惯,但日子久了,您会跑到太原来买。

二〇〇〇年十二月十七日

摆谱

　　以前在傅山的随笔上读到一则记事。说有一人，是位山西的山汉吧，抓起一个柑桔，连皮就咬，一嚼即吐，连说"不能吃不能吃。"傅山说，此人确是直率，不能吃就是不能吃。他要是"作秀"，假作见过世面，连说"味道好极了"，那才真可笑。在过去，北方的山汉有几个人见过桔子？他可能以为是南方柿子。当然，讲究一些的人，吃柿子也有削皮再吃的。不过一般来说，用手擦一擦就吃，那也不算失态。要把香蕉交给一位没吃过香蕉的人，他也是不知如何下口。也许他也会像对付萝卜一样，连皮咬。现在大家都知道先剥皮了。可是也不要骄傲。要是您面前有盘子和一副刀叉，盘子里有香蕉一个，你怎么动手才合礼仪？我是下不了手的。我见一篇文章说，这要先用刀切下两端，再横着在皮上来一刀，于是一截香蕉出现矣。再切而食之。这才是英国绅士派头。我们说,这是"摆谱"。夫仪礼过分,就成了摆谱。普通人是摆不起的。您真要这么吃,大家说您是神经病。

以上这香蕉吃法,是英国《绅士》杂志主编、英国礼仪专家、《泰晤士报》专栏作家约翰·莫根说的。这件事只是他写的九牛一毛。一位真正绅士(英国的)的一言一行,他都有说法。比如,衣帽和皮鞋,高价买名牌成品,这就令人羡煞。但他说,这有失风度。必须在有名商店定做,如此等等。他都这么办了,连说话的口音都是标准贵族阶层的。可惜他自己不是贵族,也不是有钱人家出身。他后来成了这方面的权威。再后来,弄假成真,不,只能说弄假像真。他自以为自己"贵"起来,爹妈也不认了,亲友也不再来往,因为他要对自己的身世讳莫如深。于是他绝对孤独,只有酒宴应酬和公事往来。他自己不是富翁,偏要住到贵族住的公寓大楼里,永远无人来访。现在,英国的真正贵族爵爷们都少有摆谱的了,因为他们慢慢穷了,只是说话的口音自小养成,还有贵族味儿。这位莫根先生却对绅士派头一往情深。用咱们现代的话说,就是他作秀"秀"上了瘾,非摆那谱就活不下去。后来,悲剧来了。他从他家三楼的窗口跳下来,自杀了。

那篇文章的作者说,想不到中国的某些人倒喜欢摆绅士谱。我想,作秀罢了。而这莫根先生太认真。能作假贵族,又已经爬到那么高的地位,就这么混着呗。在中国要是有人爬到这种高处,他肯定不苦恼。前些年,说出身穷苦、苦大仇深的人,这些年又说是名门世家、金枝玉叶，没有人在意，他自己也不会认真。他如鱼得水，兴着呢。只要时髦得意，他才不会苦恼。如果混砸了，最多专车坐不成，他也不会从三楼窗口往下跳，他多半乘电梯下来，一身"名牌"，光彩照人，出门招手，打"的"，到某处去开什么会。还是这样好，跳楼太惨。

山东苦老酒

　　在山东胶州湾一带，以前曾出产一种酒。这酒至少在清代就有了，似乎没有很大名气，就称为苦老酒。其所以有此名，因为它苦。我见到较早记载此酒的作品，是清初的一位浙江大文人朱彝尊。朱在北京时，有山东高密县友人任坪，送他一瓶。"家酿我颜赭，再酌我身酣。"第一句言其焦苦，第二句是说其色之黑。他还以此酒与故乡浙江的百花露相比，同扬州的五加皮相比，说还是这苦酒更好。他这一位南方人，又走遍南北，阅历甚多，竟爱上此酒。这已是三百年前的事。

　　不过这苦老酒却在三十年代的文学作品中见到过，是台静农之作。台静农（一九○二～一九九○）可以说是鲁迅先生最喜欢的学生之一。一九四六年台氏去台湾，任教台湾大学多年。近来我读到《台静农散文选》，真是好。其中就有一篇《谈酒》。此文

记一九四七年有人把两瓶青岛产的苦老酒带到台湾，他喝后，忆及三十年代在青岛工作时所喝的，味道没变。他说，"我仅能藉此怀想昔年在青岛作客时的光景。不见汽车的街上，已经开设了不止一代的小酒楼。虽然一切设备简陋，却不是一点名气都没有，楼是灯火明蒙，水气昏然，照着各人面前的酒碗裹浓墨的酒……"他也说，本来山东有的是好酒，"济南有种兰陵酒，号称中国的白兰地，济宁又有一种金波酒"，这都是名酒。"但是不如苦老酒，十足的代表它的乡土风。"台先生善饮，饮起来不拘高低，谈起来也娓娓动听，感情也就如苦老酒一样深了。台先生是安徽人，也钟情于苦老酒。去年夏初我去青岛，自己没喝过，也没见过有人喝过这种黑色的苦老酒。莫非现在没人再做了？或已不合现代人口味？说不清。不过我也没详细的考查。

二〇〇〇年十月十八日

黄豆芽,绿豆芽

豆芽菜在中国全境中是最普通的菜,无人不吃。你要是问一个中国人是不是吃过豆芽菜,那只能是不高明的玩笑。谁没吃过呢? 穷人吃,富人也吃。《红楼梦》六十一回,柳家嫂子在厨房里说:"前日三姑娘和宝姑娘偶然商量了要吃个油盐炒豆芽儿来,"可见大富大贵之家也吃。豆芽儿有黄豆芽和绿豆芽之分。黄豆芽像个胖娃娃,张开嘴儿,老是笑着;绿豆芽一身雪白如玉,娇嫩欲滴,而头总是青青地仰起来,显得比黄豆芽老几成。宝姑娘要吃的炒豆芽,大约是绿豆芽。那东西炒成实在嫩得可以。在我的故乡,黄豆芽一般不炒着吃,而是熬了吃,因为那头不易熟。不过,黄豆芽煮过之后,汤是极鲜的。素斋全靠黄豆芽的老汤呢,说那是假鸡汤。

这就说到饮食文化了。那么普通的豆芽菜,欧美人是不吃的，也许他们就从未见过。我曾在《光明日报》读到《莫斯科人爱上豆芽菜》的长篇报道。说是中国丹东小姐妹在莫斯科做豆芽，取得很大成功。莫斯科市有一百五十家菜场，销售这种菜了。"两年前，这些商场还不知豆芽为何物。"文章说，"从一定程度上来说，豆芽菜对俄罗斯人的意义可以与十七世纪中国的茶叶传入俄国相比。"这是不是说得玄了一点？可能。因为豆芽菜在生活中的作用毕竟不能同茶叶相比。但是介绍一种重要的蔬菜，又毕竟是了不起的事。我想起著名的美国学者，也是中国专家，费正清的那本《自传》（天津人民出版社出版，一九九三）。其中说到他初见豆芽时的感觉。三十年代，他到北京读书。他在学校里初见豆芽产生的联想，说来令人吃惊。他说，"初见时使我联想起刚出生的蛔虫的蠕动。"外国人怎么能有这种奇怪联想？初听此说，中国人会感到这是恶作剧。其实是真的。这就是饮食文化的不同。他们从未见过嘛。不过听留居美国的人们说，现在在美国的华人居住区，豆芽倒也不稀罕了，就是在其他地方，豆芽也偶可见到。

二○○○年九月二十五日

人生七十

在中国的诗人里，我最喜爱杜甫，而且我崇拜他。我有时想，杜甫的诗句，几乎句句千古。那么，哪一句是流传最广的呢？我想了好几句，都被我自己否定了。后来我想到"人生七十古来稀"。对，没有哪一句比这一句更广为人知了，没念过什么古诗的人也常把这句挂在嘴边。"古稀"成为一个典故，一个词，表示人的寿命的七十岁。这是《曲江二首》里的句子。您以为诗人写此诗时已过七十大寿，表示自幸和骄傲吗？或是他年过六十，希望能活到七十吗？都不是。写此诗时，杜甫才四十五岁。我想不出为什么他年轻轻的，就想到七十之难得。那时候的人大约是把七十年看成是一个生命的极限，以为"古来稀"。可怜他老人家只活了五十八岁，六十还不到，离七十远着呢。想到这一点，我就难过，惋惜。他死前两年有句云"年过半百不称意，明日看云还杖藜"，"年过半百"倒是写实，不过也就到了生命的终点。我们很幸运，现在活过七十，已甚平常。不过人们还是把七十作为一界线，但只是一个及格的界线。

到了七十岁还能跑能跳，能冬泳，能爬山的人很不少。不过就一般而言，也就我个人的体会而言，过了七十可是有点老的感觉了。我老伴有时问我，哪儿不舒服了，我说没有。其实，哪儿都不舒服呢。我想这情况大约也是中外皆然。近来读到英国作家毛姆写于七十岁生日的长文，本来此文另有题，译者译为《七十述怀》。文中说到，在英国（当然也不止于英国），七十岁被称为"三个二十加十"，译者注云此说法来自《圣经》。可见他们也很把七十岁当一回事。毛姆说得令人感动。他说，"在所有的生日中，我觉得七十岁生日意义最为重大。人已到古稀之年。这一向被认为是人生派定的年限（即上引《圣经》的说法），多余的岁月只是在时间老人执着镰刀转身向别处刈割时偷活到的属于不定之数的余生。"我读着，我几乎流泪了。在这篇文章里，毛姆谈老年心态，令我有惊奇之感：怎么这都是我心中所有的呢？老人之心相通，恐怕很有点道理吧。我以前也听到中国农村的高寿老人说过"该了"。问他什么时候该了，他说"该收割了，这一茬，该了"。这也是把自己比作一茬庄稼，这同毛姆的比喻一样。农民说，"熟到了。"是的，人到老年，一切都不大一样了。就说读书吧，毛姆说，"老年使人失去了最初读到这些世界名著时的强烈感受,这永远无可挽回。"正是如此。这是不是悲观?不是。我不是正在读书而且写成此文吗?我很平静,坦然。而且可以说,对生命更多了几分珍惜。如果悲观,就不写什么了。

毛姆在七十岁是细数自己还有多少牙。还有二十六颗。很不少了。其实所有的老人,都关心这一点。还能活多久?不能不算算了。记得《相约星期二》一书说过,人人都知道人必有死,但都不相信自己会死。我觉得人也会相信自己会死,但不知道死在什么时候而已。这只在说不定的某一天某一刻,您眼前一黑,或舌一麻,或腿一软,或心一痛,或一阵气短。那就是。您问:"是你吗?"Yes,sir,他说。

二〇〇〇年五月六日

砚和石

前二十年,由于有人为我寄茶,我曾经连续五六年喝过安徽的屯绿,也就是屯溪县产的绿茶。这次有机会来到屯溪,怎么能不去看一看呢? 黄山市文联的朋友带我去逛老街。现在地名就叫"老街",因为它是明清时的旧貌,而且是宋代的旧式。看了,真好。那种文化氛围叫人难以言说。百来米的一条街,一家挨一家的老门面里,几乎全是卖文房四宝的,主要是砚石。这里的砚石当然是歙砚,歙县与屯溪相邻,我也喝过几年那里的茶。每店都摆满了砚,大的长达一米,小的只在掌上。其数可以说成千上万。店家为我们讲歙砚的种种讲究和妙处,我们也不甚了了。我倒也知道,在中国砚里,端砚第一,歙砚第二。当然,古来也有说歙砚胜过端砚的,不过持此说的人较少。我记得唐代大诗人李贺的诗有《青花紫石砚歌》,句中有"踏天磨刀割紫云",

可见那种砚以紫色为贵。就这么"割"了千多年，山上割，水里割，割到现在，已没有好的石质了。所以，旧砚更贵重。歙砚也采了千多年，据说一紫青色的细润之石为上品。有罗纹，生金晕者更妙。苏东坡就为这种砚写了不只一首诗，有位宋代诗人在诗里说："一砚价值千金璧，"可见其贵重。但是，明清以来就以旧坑的砚为重了。原因相同，就是好石采完了，资源已尽，十几年或百年前，用砚藏砚玩砚的人还不少，到如今，采量如此之大，哪里还会有好质的砚？那天我看一看，摸一摸，凭感觉说没什么真正的好砚，都只以雕饰取胜。我知道这是没有法子的事。煤可以采完，石油可以用光，森林可以伐尽，好石也可以采完的。于是我又想到屯溪以前的两天，我到南京，在夫子庙一带，看到卖雨花石的摊子和店铺，门口就有标价：一元一把。论把卖雨花石，这是我第一次见到。以前雨花石不是什么贵重的东西，但也不是一元（按现在的币值）一把的东西。我家在徐州，往前说五六十年，家中人有从南京回来的，有时带来一包雨花石。当然不一定都是好石。那时很少有人卖这种东西，都是自己在假日，带一把铲，到雨花台的沙滩上去找，也是自得其乐。到八十年代，我想买点雨花石子，正好去开会，我专门到了雨花台。我记不准当时的价钱，反正已不便宜，十粒，当时大约是三元或五元钱。所以我只买了十粒。那一定是真货，也还好看。现在一元一把的是些什么呢？红红绿绿的是一种，当然是染了色的石子。但也像是真正的一样，很可把玩。我早从报上读到，那是把普通石板放到打磨机器里，磨成，然后着色，加油。你用水泡几天也泡不出它的真面目的。据说，雨花石的资源也已采尽，不得不如此。所以，我那几块普通的雨花石子，也是不易得到的了。前年我的小孙子一定要玩它，我想尽办法用其他的玩具从他手里换回来，从此再也不敢让他看见这东西。

二○○○年三月八日

眉的化妆

预测是挺有趣的事情。你完全可以海阔天空，一测就测几十年，就是不准，到时候谁还来找你不成？现在是新旧世纪交替之时，人们对许多事情都喜欢做个预测。预测战争，预测气候，预测科学进步，近来还见到有预测未来百年美容方向的，就是要"返回自然"。

什么预测我都能相信三分，只有这一条，我根本不信。要女人不抹口红、不上脂粉、不修眉，那不可能。我倒预测，男士们会梳起虎妞那样的长辫，而女子们则是剃了祥子式光头，且画上各种彩色图案。反正人们在妆扮自己的五官体形方面标新立异的强烈意愿，不会弱于高科技方面的永恒探求。至于是不是越来越美，那可说不定。现在不是有人把唇抹成黑色或紫色？我只觉得像供血不足的病人；把头染成五颜六色，不能不说像鸡毛掸子。这话有些不恭，不过任何打扮也不会使所有人欣赏，更不会说永远欣赏。

不说未来，说过去，就说眉。蛾眉，秀眉也，美。黛眉，黑眉也，也美。有人形容妇人的眉说"眉如远山"，这两层意思都有了。如果有一位，她的眉不黑也不长，怎么办？就要美容，过去就说是打扮。唐诗有云："剪得灯花自扫眉。"我很欣赏这情景。这是贫家女子吧？化妆品太简单了一些。然而，那时一般的妇人，大约也只是如此了。画了，一定更美些的。所以唐诗有"画眉深浅入时无？"我想深一点浅一点，直一点湾一点，都有不少讲究。眉要细，画的太宽总是不太好。杜甫家穷，他叹息自己的女儿"狼藉画眉阔"，讲究不起。但是，在唐代，同时就有一种"血晕妆"（听这名称就可怕）。这是怎么个妆法呢？《辞源》上说："妇人去眉，以丹紫三四横，约于目上下，谓之血晕妆。"现在的妇女没人愿意作这种化妆吧？但当时是时髦。时髦就是这么一种力量，让人觉得并不美的化妆很美。李义山诗有句云："寿阳公主嫁时妆，八子宫眉捧额黄。"额黄是更古的化妆，就是在额上染一种黄色的涂饰，它的下面就是一对八字眉，多丑呀。现在您如说某女士长的是八字眉，她一定同您吵一架，而且记恨您一辈子。但那时是宫妆，也就是宫廷的妆扮，那是最高级的时髦，最权威的流行。大家都想要八字眉，没有也要画出来。

从画眉，可以转到剃掉眉。那么从烫发转到剃掉头发怎说没有可能呢？这是我的预测。不过我也不坚信这一点。在这种事情上才真有一个"测不准定律"呢。

黑紫的唇

在年龄稍长的人们看来，所谓化妆，应当是把妇女已有的美点，更加突出出来。比如皮肤涂抹脂粉，是可以使肤色润泽、细白。洗发，是使头发更加黑、柔、亮。上唇膏的意图也是如此，使嘴唇红润。所以唇膏以前叫口红也许那是老名称了。现在一看唇膏的颜色，吓你一跳。你不大相信，到街头细考，发现果然有些妇女的嘴唇就是涂成淡紫、浅黑或灰白。老人们（也许不光是老人们）觉得不好看。人们进医院，大夫说，冠心病，您瞧您的嘴唇就知道，发紫，供血不足呀。有时家人也说，"嘴唇灰白，没有血色，您多歇两天吧。"上述的那些唇膏，为什么要涂它？不知道。时髦是没有道理，没有商量的事，它是一种很大的社会心理力量，它常是唯新奇时尚。不过，就说这黑嘴唇，以前也有。我读日本作家谷崎润一郎的散文《阴翳礼赞》，作者说，他小时，也就是在十九世纪末，他的母亲一代人就有染黑牙，抹白脸，剃眉毛，抹黑紫色嘴唇的习俗。他说到了二十世纪的前半叶，他在一个旅店里见过这种场面。那就是："当我进入这宽敞的客房时，一个剃掉眉毛、染黑牙齿的大年纪女侍，手持烛台迎候在屏风之前。"他似乎还颇欣赏。要是换个中国人，不吓得一屁股坐在地上，也得撒腿就跑。其实，我看黑嘴唇、白嘴唇也同这差不多，许多人说这很美，它也就美了。

由黑牙、剃眉，我可是又想到小时候读屈原《招魂》里的一句："雕题黑齿。"那是说恶魔凶神呢。题，就是人的额头。上面画上了画，叫雕。雕题黑齿，我想屈原一定有生活的蓝本。中国古代妇女也有剃眉的，而后在眉的上下画几道红紫色。那是宫妆，是高级时髦。由此我又想，中国戏曲人物的脸谱，也许不光是夸张，还有点写实呢。中国古代的唇如何化妆，我没见记载。但是日本是这样的。记下这一点事，供读者一笑。

二〇〇〇年七月八日

当年泳衣

夏天到了。夏天最吸引人的莫过于游泳了。游泳男女咸宜。泳装倒是有点区别,男式上身全裸,女式也只是上身如背心而已。这种泳衣,人人熟知,可不必谈。只说那身穿泳衣的女子,一跃入水,如蛙如鱼,自得天趣。观者欣赏泳姿,也不能说不在欣赏她们身体的健美曲线,赞叹造化的伟力。但是如果没有紧身的泳衣,这一切就会无法欣赏。泳衣做得露出长腿长臂和大部分胸背,并非是一直如此的。早年不是这样。那时女子泳衣总还是要包包掩掩,把身体的某些部分遮起来。您不信吗?这才是半个世纪前的事情。一九三五年郑逸梅老先生(那时他可并不老)写一短文《到虹口游泳池去》,记下当时上海女子泳衣的式样。他写到一女郎,"因为她这种衣儿没有短裙的,又加着窄紧了一些,直把曲线之美,很显豁地表露出来"。下面还有两句颇为文

雅,但又相当夸张且略涉轻薄的描写,此处不再引出。作者说,
"顿时几十道眼光直射过来",羞得那女郎立即下水去。现在看
来,这不值得大惊小怪;而且,有人要看又有何妨? 现在没人在
乎。后来郑先生告诫女士曰:"没有短裙的游泳衣不及有短裙的
好,浅色的更没有深色的好。"不说别的,我们由此可知,当时上
海的女式泳衣确是有短裙的。上海在当时还是最开放的地方,
有最开放的风俗和眼光。外国如何? 外国也不是一开始就有"三
点式"之类。我引一段德国作家、诺贝尔奖获得者托马斯·曼的
回忆来做佐证:"游泳衣全身用许多褶皱遮掩起来,无论怎么浸
湿依旧能保持它那绝对庄重的式样。漂亮的妇女们在一八八
〇年就是穿着这样的浴衣纵身入水的!"后面的一个惊叹号像
是特别为今天的读者用的。在这里还要提醒读者,据托马斯·曼
的介绍,那时的女式泳衣可都是长袖长裤腿,除手脸,肌肤不能
外露。话说回来,我记得当年上海的女子游泳好手,曾被誉为
"美人鱼"之类。但是,穿成那样儿,还有鱼的自在活泼否? 可疑。
请看今天的泳衣多美! 有些女士,一到夏日,走在马路上也能充
分显示出自己健美的体肤。

二〇〇〇年七月二十四日

君子近庖厨

"君子远庖厨"的古训,如今是越来越淡化了。人们越来越喜欢亲眼看到自己要入口的生猛鲜活的小生命,在自己的眼皮下变成一道道的美味。蛇,厨师取出来在餐桌旁剖杀,沥血,滴血入杯,送上来。然后取胆,捏破,把深绿近黑的汁液注入杯中,呈上,都让你兑酒而饮。这是时髦,当然也有营养的用意吧。杀一只王八也沥血给你看,给你喝。

我有一次陪几位年轻的君子去餐馆。吃的是公款还是私款,我不知道。记得一位君子要吃糖酱虾。一百六十元一盘。"有吗?"他问。"有,有。鲜着哪!"小姐回答。一会儿,大师傅郑重其事地端来一盘鲜虾来请过目。那虾的个头匀匀的,青色半透明,简直像是刚从齐白石大师的画上抖下来的。长须摆动,跳动不已,好像急着要下油锅。"这一盘合意吗?"大师傅不无得意地问。"好,就是它!"那位君子一言九鼎。大师傅端起盘子欲回厨房,我们的君子突然说:"放下,我们就这么吃。"大师傅不解其意,说:"不是要糖酱虾吗?"君子说:"变主意了,吃生的。"大师傅和小姐都没了主意,去叫经理。这时候我们的君子才向我们说,这店里大约就是这么一盘活虾作幌子,咱们治治他们。经理来了说,生的怕不好吃。君子坚持说,我们爱吃,你不用管。经理问,那钱怎么算呢。我们的君子答道:"自然按糖酱虾的价钱算"。经理只好苦笑点头。我们的君子说:"这下你省下了作料和手工了,便宜你了,老板。"

经理走后,年轻的君子们互问:"怎么个吃法?"抓起来往嘴里送?怕不卫生,也有点不敢下手。结果还是发难的那位想出办法。他把虾盘里的水控干净,然后把六十度的烧酒浇上大约三两,用打火机一点,轰地着了,上面的虾居然变了色。这时再胡乱把酱油和醋浇上,就这么吃。味道如何?自然也不错,鲜蹦活跳的虾嘛。不过比起大师傅做的似乎差点。

究竟那盘虾是不是老板骗顾客的幌子?也难说。互不信任,或被人宰怕了,都会有一特别的心理,想报复一下。这时我忽然想起小时候在家乡,在早市上或从渔人那里,买到这种鲜虾(当然不如这盘里的个儿大)也方便,价也不太贵。倒是有生吃一法。先洗净,剪去虾须虾脚,这时,也要加白酒一小杯,不知是为了消毒,还是为了使虾醉了,约十分钟后再加调料,即酱油、醋、

麻油和大量的胡椒面,立即吃,味绝鲜。这一味鲜肴不是常用之物,但也不是贵的可怕。哪里能引出这么多麻烦呢?

一九九八年五月

藤萝架

江南初有凉意的时候，这里已经深秋。一进十月，按节令是寒露了，接着就是霜降。霜降，在江南只说说而已，而这里真是要降霜的。你在院里小立，听到叭的一声，转头看去，一个大大的梧桐叶落在你的身后。用脚踏，就散碎在地上。曾几何时，它还像小蒲扇似的扇风遮阳。至于榆槐之类的树，是黄叶一把一把地随风撒下，使扫院的工人都嫌它们小气，不肯一两天就撒完了事。院子里可以说是一片萧瑟了。爬墙虎红着脸抓住高墙，露出为难的神色，它也将支持不住。只有深黄的灯盏花和浓艳的串儿红，平民出身，一向泼辣，还涌出最后的色彩，并不示弱。这是我们机关小院里的几分秋景。年年如此，也不稀罕。

那天我走过一株枯萎发黄的柏树，移植来已两年，不服水土，看样子是活不下去，没有人再关心它了。它高约三米，我不大有工夫看它的顶部。那天我偶一抬头，见到它简直是"老夫聊发少年狂"，弄得满头珠翠，红红黄黄。"老人簪花不自羞，花应羞上老人头"呀。它从哪儿来的花？细看，原来在它的近处生长着一两棵牵牛花，牵牛花默默地以它的蔓茎爬满树顶，炫耀地开放它的花朵。那花还是真好，就像喇叭花（汪曾祺称它为"晚饭花"，并出《晚饭花集》），长出朵朵的喇叭。不同处在于，喇叭花是深杯状，而这却是浅盏。好的，都像是为了长者祝寿。这种花的下部是浅色近白，到杯口急变为深黄、深蓝和深红，最好看的一种是深紫，紫如茄皮。总之，色是一律的深。它向深秋挑战，借助于一个枯老的载体。我抬头向一株丁香看去。丁香原是绿的，也健壮。什么时候它已"白发似雪"了呢？这简直使我吃惊。而那一头的白发又明丽无比。细看，又是蔓茎植物的装饰。原来有几枝藤萝，不知它们从何处抓到一枝丁香，就沿着爬了过来，把整棵丁香的树冠全部覆满。而这时又到了藤萝开花的季节。这是一种小叶的藤萝，我不知它的属种。只见它的花开得那么密，一枝花茎挺出来约有二寸，从每一茎上就生出三十朵或二十朵小花，碎而密。如果说白色也是一种色，那么它们也可称鲜艳。于是那株丁香就变得白发苍然了。而下面则是绿颜依旧。我明白这藤萝来自何处。原来在不远处有一藤萝架，它绿了一个夏天，俯瞰了不知多少场扑克和棋局的胜负。现在它要向丁香树头去发展。它自己呢，呵，像是用芦花搭成的蓬庵，或是落了初雪的草房。

　　藤萝有架,虽然每日可见,但只是看重它在架上的绿色,以为它只是如此。而牵牛花则是我从来没注意的,简直不知道它的存在。不料这些细弱的蔓茎,在秋深时竟然有如此的能耐,造出奇幻的景象,展示它们的能量。不会结实的品类,这也是它们丰富的收获了。万物呵,各有其展示的方式。

拔牙悟道

　　一九九五年秋天，我去拔除左后面的臼齿。年底算账的时候我才统计出这一生已拔除牙齿四颗，约占一个人牙齿总数的八分之一至七分之一。人生的旅程已走了多少，现在难说，但牙的牺牲已很不轻。古人作诗常有《齿落》之题，好像齿落颇能使人慨叹。自己虽无诗人的敏感，可是身上小零件的损毁总不能无动于衷，于是乃埋头作文。

　　自思拔第一颗牙时自己才二十多岁，正富于春秋，且富于牙齿，不以为意。记得当时大夫一边拔牙一边同我聊天，说："怎么搞的？你这颗牙……是一颗乳牙。该换牙的时候它没掉，你看……"当时我坐在牙科椅上，哪儿能看到呢？他说，"你看，挤得一口牙都长得不齐！"

　　既然是乳牙，即奶牙，早就该掉，拔去有何感叹？那不是自作多情吗？所以，第一次拔牙，没什么好说的。那已是近四十年前的事了。

下面谈今天的感慨。

"明眸皓齿"，古人两者并重。

有人说，眼睛是灵魂的窗口。这话有点玄。我就见过生着漂亮眼睛的人，灵魂不那么好的。也许那窗口开得太大，好灵魂都从那里破窗而去了吧。我觉得说一个人的牙齿是他精神的门面，这也还算较为可靠。而且这是可以检验的。开门迎客，向人启齿，露出两排整齐洁白的牙齿，古人云"向人微露丁香颗"，叫人精神为之一振，然后便觉得此人十分可近。由不得你就觉得想听他说点什么，便想听他说点什么。你说一个人生了一口好牙齿，一生要得到多少方便与自由呢？真令人羡慕。

我为自己的一口坏牙而丧气。我倒也不是嫉妒，埋怨别人不那么爱听我说话，那还是次要的事。主要的是，人要生口好牙，一生要少受多少罪呀。

我年轻的时候就失去一颗门牙。当然不是它自己脱落的。也怨我自己。在餐桌上与同龄人说笑，一面咬着馒头，鬼使神差，那天我在菜还未端上来时用一根筷子插着馒头大口吃。正在谈笑风生，我的门牙忽然咬到筷子上。我感到剧痛，大叫一声，把有趣的笑话留在嘴里，却把半个牙吐了出来。我不知道与我同龄的人都是否以咬筷子作过试验，看看竹筷子能否咯坏牙齿,反正我的门牙经受不住这种突然袭击,坏了。掉下半个还不可怕,从此牙根动摇,又经一两年,它掉了。

年轻轻的豁牙露舌,说话走风,怎么好呢? 配上假牙。我那时配的假牙是镶死在近旁一颗牙上的,用一个金属套子套在那牙上,套中有粘结剂,套牢;而假牙就预先焊牢在那套子的一边。什么书上说过,"笑人齿缺,曰狗窦大开"。说得刻薄,却也逼真。我现在堵上那"窦"了,从此得意好多年。

不料后来由于粘结剂不好,它的套子从真牙上脱落下来。

脱落下来,再镶一次不就行了吗? 唉,它落的不是时候,正在那十年可怕岁月里我最不自由的那一年。那一年据说有山西的八千干部都在石家庄集训。铁的纪律。由军宣队执行。幸好我不是派性头头,不是右派不是反革命而且也没做过坏事或说过"恶攻"的话,所以经几次申请之后,被允许在每两周一次的休息日上街镶牙。但是有一个条件。因为我是单独行动,这是纪律所不容的,所以一位好心的排长(他在部队里也是排级)就随着我去做监护人。我想他一定感到极其无聊。镶牙有什么好看的呢? 听,也听不到什么。镶牙的过程中我大张着嘴,听钻头吱吱地磨我的真牙和假牙,闻到一种莫可言传的焦糊味。我不能说话,医生也无话可说。我看那位排长两次(镶牙最少要去牙馆两次)都坐在旁边一具病人躺坐的软椅上睡着了。我很抱歉。

我不知道是石家庄牙医的技术好还是材料好,或者竟是他们把我当成什么首长（我当时也不像呀），或者他们看到解放军在侧，把我的假牙按军工标准去做，那假牙套子做得真叫牢固。它牢固得使我后来——直到现在——一直受苦，保持一个"半豁牙"的状态。说来话长，假牙的下部只能做得很薄。几年以后米饭里的一粒较大的砂粒一硌，把假牙硌掉。这一次不怪我自己粗心，米里的砂子是不能预知的灾难。这一次也不疼，假牙无论在口里多久，终也不会有血肉联系。掉了，吐出就是。"打掉牙往肚子里咽"，那必须是自己的牙才行。

问题出来了。那牙套却十分牢固，仍然套在真牙上，焊接假牙的一片金属也就仍然坚守自己的岗位而不管自己是否仍有价值。所以现在我的假牙虽落却不能讽刺为"狗窦大开"，因为上面仍有金属片在，只能说是"半开"，这也就不美观了。我的家人和朋友，在前十年，也还劝我去医院另镶一个。我说，不必不必。自己嘴里的事情只有自己知道得清楚。我已明白，要去另镶，先要拆除旧建筑，这就是说先要去除那个牙套，那就必须用钻头钻，磨，然后用钩子钩下。我的牙是很糟的，我怕我的那颗真牙会跟着牙套一起被拉下来，那样我就会失去另一颗牙。这账好算，我清清楚楚。就这样吧，"半开"就"半开"，总比无遮拦还强些。因此这门面维持到今天。我谢绝了多次好意的劝说，实有不得已处，并非装出不修边幅的样子。

不方便还不是真正的肉体上的痛苦。近十年，后牙开始松动,疼。右面拔除一个,再镶。三年前左面最后面的上牙痛了起来,苦不堪言。关于牙痛的苦味还要在文章中细说吗?总之已闹到饮食不便的程度。它也有好的时候,我便想,不拔也罢。一痛,又想立即去拔除。身边带着几种牙签,木的、竹的、金属的,木的取其软,舒服。竹的取其软锐,剔得痛快,一抉而出。金属的呢,有弯度,可以揭发隐曲。稍吃一点东西,立即要剔,蛀,钩,然后漱口。偶与外人聚会,实觉有苦难言。

拔!我下决心。

在最权威的医院,挂了最权威的专家门诊号。

"拔了吧?"大夫说。

"拔!"我说。

等到我仰躺在手术椅上张开嘴巴时,就只能听那位专家说话了,下面是他一面拔牙一面向我说的。这话有趣极了。

"你这个牙,是二十岁长出来的。"他怎么看出一颗牙是什么时候长出来的呢?牙科的学问真大!

"平常老塞牙吧?……是的。"我心想,是的是的,确实。

"其实你这颗牙呀,本来就没有用处。"这话我就不懂了。就算是三十多岁时长出来的,也该三十多年了呀。不过我无法提问。

"人要长三十二颗牙,或三十颗。你这颗呢,下面没有牙同它咬合。"

原来如此!它根本没用。我为它吃了那么多苦,忍了那么多疼,呻吟,发急,骂人,怨天。它竟然没用,而且根本没用。世界上这种根本没用而且专给人痛苦的东西还有什么?盲肠……还有……

"你这牙好。"我又吃一惊。怎么好呢?

"你这牙拔了以后,也不用镶了。"

噢,它的好处就在于此!

拔牙以后,脸也不肿,头也不痛,神清气爽。我自己也若有所悟,我想,我不该为一个根本没用的牙去痛苦好多年呀。

一九九六年三月

对酒当歌

一

一九九八年二月下旬,丁丑年的老牛,出尽力气,已迈着缓步走得很远了。戊寅年的老虎,风头正健地吞吐绣球。这时我忽然接到研究所一位老弟兄的电话,说是老弟兄中有四个属牛的要集体过生日,在 H 家,叫我立刻去。我走到路上感到有些怪。只听说过有举行集体婚礼的,那可以凑在同一天。生日可是不好凑。而且,这一群老弟兄相处三十多年,没听说有四个人的生日这么靠近。再想,就想到上面说的,牛年已过,生日难道也可以追过吗?

到了 H 家,只见生日蛋糕已摆好,纯白的奶油上,耀眼地写着"四牛同寿"四个红字。真有其事。有十位弟兄已到。准确说,其中三位是夫人。夫人原不是研究所的人员，但也是党校的，原先都在一个大院里。研究所干部和党校教员原先也就分不太清，只是编制上的区分。这里，同往常聚会时一样，谈笑谐谑之声不绝于耳，我也就不再想什么为何集体过生日。不过我也明白了，只是大家又想聚会，找个由头罢了。人越老越想找旧朋友相聚。开宴时，这四个寿星的代表站起来说，"感谢大哥哥、大姐姐们来给我们祝寿！"我举目四顾，才注意到，果然这四人是我们里面最年轻的了。当年风度翩翩且有"公子"雅号的L，也是牙长发稀、满面皱纹的退休教授了。于是我更深有感慨。我知道我们这帮人，一个个都已退下来，一个都不剩了。席间只有一位小燕，她属于下一代，生于七十年代，是随其父母来招呼我们这些伯叔的，在末座叨陪，静静地看着老人的傻相。我想起自己年轻的时候，静观流涎水的长者一面说话一面吃力地嚼着花生的形象。时光就这么快吗？我有点感伤了，虽然我是一个不大敏感的人。我思绪万千。

回思我们的（我想强调这个词）研究所，诚然是个亲切的单位。它解散已经二十多年了，原有的人员还都很依恋它。什么原因呢？每有聚会，这常是一个话题。大家说，当年相聚时，大家都年轻、天真，别后又分散各处，互无利害关系。这都是。我还想过，另有一原因，就是当年过的是准军事化生活，集体性很强。二人一室，集体就餐，早上学习，晚上还要读书两小时。一天到

晚在一起。大约同现在的大学生之间的关系差不多。所以，大家互相了解较深，感情也深。新时期以来成立了研究所，所里个别人员留在院里，绝大部分都分散。分散的人里，专做学问的，几乎就没有。当教授的，当编辑的，当各种官员的，都有。这些人，每年必有一次聚会，在每年的正月初三，二十多年不变。参加的人也大体是在太原的那么一些，向不参加的极少。最早发起这种聚会的正是王正才，一位热心、正直、厚道的好人，南开大学经济系的毕业生。他主持此事几年。我和他，还有老顾、老洪，是《学术通讯》的正式编辑人员，老虎偶尔参加编辑。当年我们几人接触更多，八十年代初，正才因病弃世。一有聚会，老弟兄们不能不想到他。我记起在他去世五六年以后的一次聚会上的事，在此说一说吧。

那一年在老顾家相聚。到席的人不少，总有十三四位。酒到半醺时忽然有一位提到了他，哭起来。一个哭，跟着就有人哭。三四个哭出了声，五六个饮泣。醉的哭，不醉的也哭。我是滴酒不喝的，还有三两个和我一样清醒的没哭。不哭的人帮助收拾盘盏，走到厨房，听餐室里一片唏嘘。我们怕主人家怪罪：大年下跑到这里来哭哪一门子呢？幸好老顾自己正哭得忘乎所以，而他的夫人又随和的很，只看着那群人的丑态而笑。我们这才放心。回忆逝者，满座掩泣，这是我所经过的唯一一次。可见王正才在大家心中的地位。也可知每年春节相聚一次，在研究所人们心里的位置。现在大家对相聚一次似乎不满足了，常想再来一次。"四牛同寿"便是一次。

二

研究所是趁"大跃进"的余威，在一九五九年成立的。要说那批成员的素质还算不错，都是应届大学毕业生，以南开大学为主，还有北京大学的、南京大学的和人民大学的。三四年以后才有山西大学的进来。那时他们才都二十三四岁、二十五六岁。可惜，领导、图书都跟不上。有位老弟说，"我比所长的资格还老，我报道了，他还没来呢！"他说的是真话。这批年轻人（他们也曾年轻过！）精力充沛，雄心勃勃，又有一定的业务实力。曾同我共居一室的老虎，在南开时就跟着名师搞过关于义和团的调查。我看他积累的卡片真也不少，而且论文在全国性报刊上也发了一些。这位老弟烟瘾大，钱每月只挣48元，还得顾家。所以只能抽"一毛钱"，就是说，花一毛钱买烟还要找回二分。那就是八分钱一包的"经济牌"，白皮。他虽年轻，也抽得咳个不停。到了新时期，说起这件事，他还说，"不要说一毛钱，味道还不赖！"我想他是带着感情回忆那段生活，而不单纯在评烟。可是，就是在这种拮据的经济条件下，他还攒下钱来，买了一部尚未出齐的《马恩全集》，读呵读呵。到了新时期，不知怎么，大约还是缺钱，而且他又远离学术界，不必苦读，就托我把那部书卖给了作协资料室，作协的人，如果翻到那书，见到有朱墨灿然之处，那就是这位当年的年轻学者的辛劳。老顾搞近代史有一些名堂，他和老虎合作研究过容闳，发表过文章。老顾的脑瓜更灵，笔杆更硬，大不受教条约束。后来专攻宋史，到新时期发表不少研究文章。他点子多，视角新，引起过注意。我记得有一年《新华文摘》上发一篇幅，谈到老顾的文章。这颇不易，我很佩服。可是我一见他总嘲笑他的不拘小节。我说的这两位，是属于编辑部里的人，我知道得略多一点。住在我隔壁的老T，德语英语都相当可以，醉心于西方古典哲学，可惜洋文一直没派上用场，从大学副校长的位子上退下来以后，倒是为出版社出的外文书搞一点校对，这真是牛刀宰鸡，可惜了大学者。不久前我去他家闲坐，到他书房里，只见满桌外文书。他说离休以后，就找出一些外文藏书来读。我记起"文革"之中，我从他那里借到一本原文的莎士比亚《凯撒传》，抱着字典读了。那是我第一次欣赏到莎翁之美。

当时的弟兄们里，才子颇不少。苦学之士犹多。他们被分配到研究所里，其实根本没有作过什么研究，在无尽的运动中耗尽青春。他们好像青春的果子，在大旱的年月，青青的就落在地上。当然，后来各有所成，所成也不算小。我只是从学术角度回顾，为那一时代的人略感遗憾。那些人，自称是研究所的元老。

这也不错。不过这些元老并没有后继者，一代而终，成为山西的一个小小的历史景点。

三

艰苦、简单，是那个年月的特点。

现在有一个厅一级的机构叫"社联"。那时候，这方面的工作附设在研究所里。这部分工作的名称也叫得好听，叫做"跑学会"。有一个人主管，偶尔要别的人帮助一下。跑者，是骑自行车同历史学会、经济学会、哲学学会去联系，同时也同著名学者联系。那时的著名老学者还真是同这个机构很有感情。一九六〇年前后，骑着自行车从省党校出发，满太原跑，这可不是一件容易的事。为什么？因为饿，饿得没力气。据说有位老弟，名牌大学毕业，到所后就负此一责。那年头有困难得自己克服。他去工学院时，怕腿软骑不上去，就带上一两个生的胡萝卜，带一个铁罐头盒，准备经过汾河桥时煮一罐胡萝卜吃，加些力气，才好跑路。从党校骑到汾河桥，出虚汗了。他推车下桥，顺手抓一些干草烂木柴，架上三块石头，就取水煮起来。谁知道桥头有岗哨，以为他要点火炸桥呢，就下来好一顿盘查审问。最后自然没有事。我不知道他煮的胡萝卜是否吃成，至少要生半天气吧。但是爬上河岸，还得蹬自行车，去"跑学会。"

　　那时候研究所办的《学术通讯》，虽也算有点学术性，却不是公开的刊物。那时还不像现在有申请刊号的种种困难，只不过怕出政治麻烦，不敢公开而已。刊物的发行量小，靠自己从邮局寄往各处。编辑们要把新出的刊物卷成筒，贴上地址，寄出。这是很琐碎烦人的事。有一次，我、老顾和老虎，三个人忙了一下午，卷好了，还要自己找平车拉到邮局。邮局在坞城路，有五华里远。忘记为什么事了，我们三人争吵起来。好像主要是他们两人吵。是一个夏天的下午，天很热。走在空旷的马路上，争吵还不止。老顾平常爱逗，一生气，还真受不了一点委屈，动了真感情，哭得泪人儿似的。老虎平常很随和，这次也坚持自家理由，一句不让。老顾拉着平车，我和老虎在后面推。老顾絮絮叨叨，哭诉委曲。他偶然回头，我看那张脸已抹得如同小丑。等我们到了邮局，办完手续以后，都觉得一身轻松。大家情绪好起来，好像什么事都过去了。老虎轻松地拉起空车，老顾也找水管洗去脸上的汗痕泪迹，赶快去吃食堂的晚餐。我不记得那以后我们彼此之间有任何隔阂，直到如今。

　　有趣的事，少不了要说一说老Q。湖南涟源人。那地方似乎是小说《围城》三闾大学的所在地。我不知道其他涟源人说话是否也这么难懂，反正老Q的话实在懂不得。他费尽力气也说不好一句凑付能听的北方话（也不谈什么普通话了）。他有一种慢性眼炎，眼常发红，不舒服。有一天，党校内放电影。他眼痛，没去。躺在床上闭目久了也发闷，便起来，坐在桌边。桌上有书，那是每一位党校干部室内的固定陈设。他这时当然不会去看。恰恰在这时，校长同志高兴出来作夜间巡视。他看到这间屋里有灯光，便走进来。那时，党校校长是很大的干部，小干部不敢仰视的。老Q慌了神。校长垂询有加，老Q谨答无误。校长哪里会听懂他的古怪口音呢？后来校长几次在会议上表扬老Q，说有一位Q同志，别人都去看电影，只有他留在房里苦读马列。老Q说，哪里是这样的呢？我向校长说了，我眼睛痛呵，也没读书呵。弟兄们说，老Q，你快提拔了。可惜老Q的好运也还没有走到这一步。不过总占了点便宜。但是，为了他那一口土话，还是吃亏的时候多。年轻人在一起，哪有不互逗互骂的呢。别人用山西土话骂他，他都听得懂。他用"不像话"的话去回骂，或是说句俏皮话（这人幽默感很强），谁也听不懂。没效果。除非他的湖南老乡过来为他翻译一下。俏皮话一翻译，还有什么趣味？还是没效果。

老Q家乡僻远。妻子第一次来探亲，面对着党校食堂那照例的一大碗分量十足的红面擦尖，惊呆了。不会吃。后来一个假期里，哭了一次又一次。老Q说，他们那里的人，没见过这东西。那里连白面也是不会吃的。"不过，"老Q无奈地说："我也就吃惯了嘛。谁知女人们这么娇气呢？"次年他妻子再来探亲时，便扛来二三十斤大米。弟兄们说，老Q双丰收了。

顺便再说一下,到了新时期,老Q回到故乡,好像在县里当党校校长。我们的两位弟兄曾绕道千里去看望他。说他过上县城的小康生活,大家都很高兴。可见大家都想念他。

四

从饭店吃完寿宴以后,又回H家。小燕为大家准备了一桌麻将,一台卡拉OK。我疲倦了,就躺到H的床上休息。脑子没闲下来,就想到以上这些往事。

这时从客厅里传来一群人的男女大合唱。麻将似乎没有开始。只听他们唱了好多歌,我能记起名字的有《莫斯科郊外的晚上》。时有笑声传来,他们玩得一定很好,也都很清醒。以往有这种聚会,总有人喝醉。现在不然了,在席间不再有豪饮过量的。为什么?老了,知道身体已非昔比。席间老D夫妇提出,想到长沙岳麓山下买个二室一厅,迁过去。他们说,那里空气太好了。问老T去不去。老T是长沙人,他说,久居太原,惯了,到长沙,那夏天的热和冬天的冷,都受不了了。H夫妇准备作港、澳、新、马、泰之旅,问老J去否。老J刚离官位,轻松得要升到空中,溶入空气。他说:"我去过十个国家啦。跑够啦,不跑啦。"H夫妇说,东南亚金融危机之后,这趟旅游线从一万五千元降到八九千,不可失此机会。他们下月就成行,弟兄们晚年的日子大都可以。一群老牛,悠闲地嚼嚼草,看看野景吧。我有点睡意。这时H过来,说小燕约的一位摄影家已经来了去合影吧。以前这些人相聚,很少想到照相,都是高谈尽兴之后,握别而去。现在却是把合影当做一回事了。我想,这也是岁月催人,大家想到留些纪念。我本来想早点回家休息,就为了合影,才躺在这里等候。于是揉揉眼,整整衣服,就跟着H走出去。

一九九八年五月

小动物的感情

　　曾在中央台的"社会调查"节目里,看到一个报道毒杀珍稀动物的案件。

　　那是河南三门峡市两个农民在河里下毒,毒死野鸭几十只,同时就毒死了濒临灭绝的珍稀动物白天鹅二十七只。因为案情并不复杂,三天就破了案。

　　嫌疑犯带着去寻找那些受毒的白天鹅。在风景如画的芦苇丛中,提出来已死的、僵直的白天鹅,然后又去救那些受毒的几十只。在营救时,芦荡深处传来大群天鹅的叫声。那是天鹅们在围着受伤同伴发出"哀鸣"。那声音如此凄惨、哀痛而深沉。听着,我理解了动物的"人性"的一面,它们是这样地恋群,这样地热爱伙伴。

　　我记起前几天的电视节目 "人与自然",关于秦岭金丝猴的。秦岭金丝猴只存几十只了。新生的小猴,就同所有猴类一样,由母猴抱在怀里,小猴紧紧抓住妈妈的长毛。这样,母猴跳跃攀登,都不受影响。但是,有一只母猴,她的孩子死了。这个母猴仍然抱着这个死去的孩子过了两三天。她少吃,孤独地坐在一边,她攀上攀下,跟着猴群行动。但是,这时小猴不能抓住她的毛了,她只好一只臂揽着死去的小猴。小猴的长腿长臂无力地垂下,悠悠地甩动。我知道,任何动物都能分辨出自己同伴的死活。母猴如何能不知小猴已死呢? 唯一的解释只能是:母爱。我不知道她能抱着这个小猴过多久,最后又怎样放下了他……

第三辑

书评·文评

《耻》之耻,在何处?

南非作家库切是诺贝尔奖的得主,而小说《耻》又是他的代表作,所以就找来读了。我觉得小说震撼人心。对这样的书,普通人是无法再多说什么的了。好像所有的话都让专家说完了。但是,恰是作为一个普通读者,我还想说几句:不是我的思考多,是作家留给读者的思考多。都说这书的内容很简单,易复述。复述也是一种理解。要叫我复述,我要这么说,如下:南非白人女人露茜在经营一个小农场,种花卖花,卖菜,养狗。邻居佩特鲁斯也有农产,同时做她的帮工。这个佩特鲁斯想得到露茜的土地,他唆使两个黑人再加上他的内弟波勒克斯去强奸露茜(当时带着枪),抢光她的财产,目的是逼她让出土地。让出的方式是,带着土地嫁过来,当他的第二个小老婆。至于是否同她睡觉,则可以按露茜的意思办。值得一提的细节是,那个波勒克斯还是个孩子，未成年，大约十五六岁，挨了打还哭呢。轮奸时，三个轮奸者同时在场，互相鼓劲——包括这孩子。佩特鲁斯还向露茜说过，她也可以嫁给那个波勒克斯，但要再过几年。而露茜后来怀上的孩子，当然也可能就是波勒克斯的。这事发生在黑人占大多数的南非，当局无人会认真处理此事。露茜说她自己，也是说当前的白人："没有汽车，没有武器，没有房产，没有权利，没有尊严。像一条狗一样。"

我在《万象》（二〇〇三年十二期）上读到过恺蒂谈库切的文章中说的话："这就是新南非生活的现实。"恺蒂还说，只要"看到南非北省许多农场的栅栏上为抗议白人农场主被谋杀而插满了白色的十字架，你就能意识到《耻辱》中的预言。"不过《耻》预言了什么，小说写的并不清楚。当然新南非从九十年代以来，经济发展很快。这是人所共见，小说也这样写到。但人压迫人，新统治者代替旧统治者，残酷并没有减少，社会问题并没有减少。恺蒂在南非生活几年了，最近在《文汇报》上读到她的《一个普普通通的约堡黄昏》，就写南非大城市约翰内斯堡城里的抢汽车案件，当然是黑人抢白人，白人白领。真是普通、平常，那事就像街头邂逅一样，很有点人情味儿呢。据说劫车已是"自动流程"，很快。抢车，换车牌，重新油漆，脱手，直到车子开出国境，三个小时完成。所以，在这时，劫者与被劫者等待结果，没事干，可以聊天。劫匪说，我们不是坏人，抢劫你们也是我们不得已而为之的事,等等。但是,手枪是顶着人的脑袋或胸脯的呀。这样的普通事,真可怕。这还是在城市,在乡村可想而知。《耻》里那位露茜的处境也可想而知。恺蒂这篇文章里说:"同时代的白人朋友们中,长大成人的子女还有留在南非的,真是所剩无几了。"难道这也是预言的一部分?小说里那位白人,露茜的父亲卢里教授,是一直劝露茜离开南非的。

卢里教授五十二岁,是一位在生活中无所成就,一生都在寻花问柳的人。这小说是从他的眼睛看世界的。他,他的女儿露茜,还有那位黑人农民佩特鲁斯,一般都是从卢里说起,因为他是叙事人。小说从第三人称"他"的角度说话。但小说重点不是写他。从他说起,就有点远了。要把佩特鲁斯作为焦点访谈的对象。佩特鲁斯是真正的、诚实的农民。他"诚实地做苦工,诚实地狡猾"。他的狡猾就到了完成那种阴谋,可以说是最可耻的阴谋。就在那时,他也还以为他是为露茜找一个归宿,找一个保护——不然一个白人女人就必须会遭遇那种事,一次,再一次。我想,小说以"耻"为题,就在佩特鲁斯身上点明。小说里多次提到耻、耻辱,但各个地方都不能较清晰地说明耻在何处。当然,库切的小说不会主题先行,它有多个层面,不能一"点"就透。我所见不广,只读过这小说译者的序言解释;读过专家恺蒂的解释。我的认识不同。我以为,耻就在佩特鲁斯之所为、所思。那位卢里诱奸女学生,当然也是耻。那是他个人的耻。而佩特鲁斯所为，是一个国家一种制度的耻。库切勇敢地写出这一切。他自己是南非人，南非白人。他谴责过白人的殖民主义，现在他看到南非的现实，他谴责黑人了。所以一九九九年这部小说出版以后，在南非，作者成为众矢之的。连南非总统都对他不满。库切后来只好移居澳大利亚，直到如今。我欣赏恺蒂文章里的话："读库切，最让我先想到的是中国的鲁迅，一样勇敢地直面人生，一样地不向任何人妥协，一样地不会讨好任何一个当权政府。"

二〇〇四年六月一日

重新发现狼的智慧

这几年,好像那个杀之唯恐不尽、除之唯恐不绝的狼,又引起人们的喜爱。这种凶猛、残忍的动物,关于它的生命力,关于它的智慧,又被重新发现,或者是被重新认识。逛书店,看到一本《狼道》(二○○四年八月,哈尔滨出版社),细看,却是美国的管理大师泰曼·特尔瑞所著,是一本谈企业管理的书。但这书真是从狼谈起,不只是比喻。作者说,多少年以来。"人们对狼的误解如此之深",他惋惜。这也正是当前的新见解。我认为,这书名译得不大好。原文书名是《狼的智慧》,用的是 Wisdom,极明确的"智慧",完全不必用"道"来译它。作者说的是:善用策略,坚忍不拔,遵守纪律,富有团队精神。这书是教育企业员工的,举出狼的种种智慧,说人应该学狼的这种智慧。其实这位专家教育员工学狼的智慧,这事在我国内蒙古草原上早已如此。我在书店同一个架上看到一本小说《狼图腾》(姜戎著,长江文艺出版社,二○○四年八月)就是。

《狼图腾》这部小说出版以来,可以说是好评如潮。我,我想也是大多数读者,最欣赏的是作家提供的关于蒙古草原的画卷,主要是关于内蒙古动物的世界。这使读者大开眼界,大受启蒙。当然,关于额伦草原的狼描写最多。关于马和狗,关于黄羊、旱獭、羊、牛、天鹅以至蚊子,描写也极细。作者曾在那里过知青生活十一年,生活的丰富、充实,是一眼——读两页书的样子——就看得出,感受得出的,这不能作假。我不谈小说艺术,我只说得到的启发。比如,"狼烟",有文化的人读到过,没有文化的人在说唱戏曲里也听说过。古时人打仗,要传递军情,主要是说北方长城一带,有敌人入侵时,就在烽火台上点起"狼烟",一台一台传过去,直到最高军事长官。直到现在,在《辞源》关于"狼烟",还这样注释着:用狼粪点起的烟,它的特点是直而不散,远处可见,故称"狼烟"。作者在书里记述描写说,知青在内蒙古试过,根本没有这种现象,狼粪冒不出什么烟,至少与柴禾点火一样,没有什么直而不散的烟。我奇怪为什么,成千年就没有读书人去点一点,试试看。大概也没有人去拣一堆狼粪点火,读书人更没有机会到野狼成群的地方去。据我所知,是这位作家第一次做出这个试验。

以前我听说过一句骂人的话:"你怎么吃进去,我叫你怎么吐出来。"吃进去容易,但吐出来,要没有催化剂的帮助,可是难事。这事儿呀,狼行。书里写到,猎人以极惋惜又极愤怒的心情看着一只狼扎进羊群,叼到一只羊,羊还没死,半分钟里,狼吃下一条羊腿。这就是所谓"狼吞虎咽"——危机四伏,时间就是生命。狼总是这样进食。这时那位知青要追,一位猎人却说,你一动狼就跑了,马是追不上狼的,那就让它白吃一条羊。你等,等到何时? 等到那狼的肚子鼓起来,两分钟,半只羊下肚,连皮毛一起下肚。猎人说,那狼有点傻,它愣吃,吃到肚胀。聪明的老狼绝不会这么吃,它要留下逃跑的余地——速度。狼的肚胀之时,猎人的马就策动起来。狼的逃跑方向多变,屡走险步:它甚至向羊群奔,想冲散羊群,拦住马匹。但都不行。最后它站下。它弯腰,猎人大叫:"不好,它要吐!"趁机,赶上去,狼再奔。吐出来已是一大摊血肉。但狼的肚子还大,跑不快,而它已没有再吐的机会了。就这样,狼被套住。我看书里写到狼猎去黄羊,也是等到黄羊吃得肚子圆的时候才扑上去。可惜黄羊没有吐出草来的本领。而狼有时是等到黄羊吃足而睡,睡而醒来,正好舒畅地撒尿而未撒出之时,再扑上去,逼着黄羊跑,跑,跑,直到尿泡憋破,卧地而死,一肚子尿。狼够狠的,也够精明的。"恶狼扑食"不是乱来,是有计划的。内蒙古的老猎人崇拜狼,他们说狼最聪明,人是向狼学"打围"的。但是人学会打狼以后,又用这办法打击许多敌人。比如贪官和毒贩,捉拿时也要等他们销赃毁证都来不及的时候,也就是说,吐都吐不出来的时候。用影视上公安人员的话说,那时才"收网",或"行动"。狼能吞,还能在必要时吐,人可是不行,人又不如狼:不信,试以贪官为例。

我读这书时还有一种很难过的感觉。就是在那只狼窜进羊群,活吃一条羊时,周围的成百只绵羊竟没有一只会发出一点声音。尤其可怜的是,许多羊还走到狼身边,看着狼津津有味的进餐的样子,这是一。还有,在草原遭受雪灾时,上千或几千马匹踩出道,跟着羊群,到草丰的草场去吃草。马和羊,用蹄刨几下,就看到雪下有草,吃起来,牛大哥可是只会跟着马和羊,吃它们吃剩的草。要是只有牛大哥,它们是饿死也不知道用蹄子刨一刨,去找草吃。动物的本能是生成的。但也可能是被迫而后养成的。我想,不然的话,野牛是怎么活下来的呢? 狼为何这么聪明呢? 这是我瞎想罢了。

二〇〇四年十一月六日

请现代文学史家关注此书

今年上半年我在偶然机会读到云南人民出版社《旧版书系》丛书里的《血路》,(二○○三),它收有《建筑滇缅公路纪实》一文。我为这十二万字的修路血泪史所感染,为这部报告文学的飞扬文字所激动,为它所触及的广大生活面所吸引。我大胆断言这是一部应入现代文学史的大著,这是弥补后来少有人言及的抗日大后方人民的苦斗的大著,这也是细写大西南山川之美的大著。我的文章曾在一些报纸上发表过。不过,我深知自己人微言轻,写的也不是大块文章,不会引起学界的注意。我想也只好如此。但是,二○○三年的年底,中央电视台的经济频道,连续几晚都播出一个节目叫《滇缅公路》,我留心看了。这个报告文学当然与现在的电视节目是没有关联,没有关系的。但是,电视节目翻制出以前的纪录片,却使我大开眼界了。我看到当时高空摄影拍下的滇缅公路工地的照片，大山中，公路的盘旋曲折像锯齿一样，而修路者以原始的工具在荒野中拼命。据说，这张照片感动了美国人，他们决定增加对中国的军事援助。一年修成这样一条路，它也震动了世界。看那片子，修路的大都是男女老人，还有七八岁的孩童；青壮年极少，他们都上前线了。着少数民族服装的多，衣不蔽体的人多。说明词说，死于疟疾的上万，大体是他们。工程人员牺牲的也多。我看到老人孩子在用铁锤砸碎石块，以便铺路。怎么砸呢？为了免于伤手，用一片竹片，弯折过来，裹住石粒，砸，砸，砸，砸到合格的大小。电视上展现了当年轧路的石磙，展现了上百的人拉动石磙的样子。但是没有记录下在下坡时石磙轧死人的场面。现在的资料片也无法表现出人们饥饿，更无法表现出下层人民的赤诚的报国心。但是这在那本书里却是写得非常动人的。我愿意再引几段请读者看看："其中只有很少的男人是壮劳力，其他都是妇女和老头以及很多很多的孩子，孩子们都带着自家的宠物：狗、鸡和长尾巴的鹦鹉。在一些傣族地区，那些跟着大人来做工的孩子还带着猴子。"这是什么队伍，什么场面！环境、条件苦极。死的有，伤的有，病的有，真是风风雨雨。曾有八千人患疟疾，免于死亡的只有五百人。活儿是原始的体力活，锹挖，人扛，竹背篓背，鞋也穿当地人用竹子编成的鞋。开的是横山山脉，穿过的是怒江、澜沧江。文中对云南生活和风情的描写是我所读过的最有感染力的文学篇章。当时工程用的一切都靠马帮运输。"马帮",现在读者知道的已经不多了。由一百至三百头马、骡组成一个马帮,总是骡子带头。马帮的头领叫"马锅头","他们都是特别顽强的人,总是步行,从不骑马。"马帮的头子不骑马,这是我现在才知道的事。而且,还有奇事。作者写道:"马锅头总用自己很特别的语言来和牲口交谈。互相之间的交谈很短、声音很小,像是和最亲密的人交流机密的悄悄话,一般人是不懂的,但对骡子却有着特殊的意义。"我大吃一惊,难道真存在着"马语者"? 云南风光在这位作者的笔下实在透出了无比的魅力。我特别要介绍写怒江的一处。据我的狭陋所见,没有谁写过;也许是没有人去做如此详尽的观察。就是由于这种原因吧,也没有人写得那么好。我不能不抄几行下来。"在我的印象中,怒江的魅力是这里的景象、声音和气氛的混合物,其中最令人不解的是声音。大江本身的轰鸣就残酷地折磨着人的神经。它不像是尼加拉大瀑布有那样一种使人宽慰的单调声;由于怒江河床的转弯、曲折以及高低不平……像是苏醒的怪兽所发出的带有胁迫性的吼叫……由于一些峡谷所产生的古怪声学现象,使得最微小的声音在很远的地方都能听到,如一只小鸟在远处树梢啼鸣,或是小树枝被折断的声音。有时在这些声音传到之前,已被放大了许多倍,使之听起来不再熟悉和正常了。"由于生活所见丰富,涉笔成趣的地方极多,在此不能多举。作者在书的后面说过,"我们就看到一个中国运输新时代的黎明,以及农业、工业和国际贸易新时代的黎明。"这是写于一九四五年的话,充满感情,也充满智慧。作者是修筑这条公路的总负责人、一九三八年交通部委任的"滇缅公路运输管理局局长"谭伯英先生。我非常高兴地在中央台的《滇缅铁路》里一睹作者的风采。那时他大约四十岁吧,很精神,很文雅。这本一百八十页的书写于美国,是在抗战胜利前三个月用英文写的,并在美国出版。此书由戈叔雅译(电视片里有一位学者戈叔亚,不知是否就是他),译于何时,未注明。我在几部现代中国文学史书中没有见到提及此书;以涉及面广为特色的司马长风著《中国新文学史》也未提此书。也许是因为没有译成中文?以我的感受而言,此书绝不比现代文学史上提到的任何报告文学逊色;从反映抗日战争的角度看,这书无疑可称"别开生面"。

因为有以前读《纪实》的印象,一边看电视,一边回忆那书,就觉得似乎欠了作者谭伯英先生一笔债。我决定再写一文,向读者,向当代文学史的学者,诉说一番。

二〇〇三年十二月四日

书法在文化深处

　　我对雕塑几乎一无所知，但我想知道一点。在书目上见到有熊秉明的《关于罗丹》，罗丹可是大雕塑家，应该知道，我就邮购一册。我以前只见过罗丹所塑巴尔扎克雕像的图片，深为所感。但讲罗丹的全部成就，我能看懂吗？惴惴然地翻阅，竟读出兴趣，而且能入迷，并走进罗丹的艺术。我佩服熊秉明先生，就想再看他的书。而这时候我看到熊氏去世的消息。而且看到熊氏两位朋友——郁风和吴冠中的悼念文章，知熊氏一生的成就，因而更想读他的书。尤其是吴冠中在《铁的雕塑》里说："在他众多作品和著作中，我以为最具独特建树性价值的是《中国书法理论体系》，此著作该得诺贝尔奖。"这书我就更想读。我虽与书法无缘，但有了读《关于罗丹》的经验，我想熊氏一讲我必能"走近"或"走进"中国书法。于是搜购到文汇出版社一九九年出版的《熊秉明文集》，四卷，主要理论、评论尽在其中。我就泛阅起来。我先说读此书的成效，以吊读者的胃口。我不是说过《关于罗丹》我能读下来吗？这里，关于佛像的欣赏，过去我一点不明底细，只会说"迷信"。现在熊氏给讲明白了。这是眼前的多见的事。还有远处的事，远得很，就是黑人的雕刻。以前看不出名堂，只知说"怪"。他一讲，也竟若有所悟。我真服了熊氏的本领。

现在就说到他的专著《中国书法理论体系》。作者开篇就说过，中国古来讲书法理论的著作不少，但都是语录体，虽精彩，也如散珠断玉，不能总结全部，更无完整体系可言。近现代以来，有书法史的著作，但理论归纳的书还是少见。《中国书法理论体系》就是具有开创性的著作了，吴冠中称之为"独特建树性价值"，就是有见于此。过去谈书法的文章，所使用的概念各代又颇不同，比如，赞语"神品"和"逸品"，其高低先后，就大不同，此著中一一说清。熊氏是西南联大哲学系的学生，一九四七年赴法国留学，先修哲学，后来爱上雕塑，就改行，从名师，学雕塑，并从事理论研究，旁及诗学和中国书法理论的研究。他有深厚的中西文化素养，哲学底子也深，所以他总能抓到问题的关键，又能深入浅出的说明繁杂微妙的内容。谈中国书法，要从理论上说明，只使用以往常用的术语是不够的。那些概念不能少，但要先予以界定，说明，他细细的做了这一些。书的内容主要在于把中国书法,以他确定的概念,分为六类:喻物的、纯造型的、唯情的、伦理的、天然的和禅意的。当然这些只是他个人的研究所得,不是定论。他后来又有论文把这六种逻辑的分类和历史的演进作了排列。那就是:魏晋尚韵,仿自然;唐尚法,重技法;宋尚意,主抒情;元尚态,求唯美;明也尚态,倡的却是"宁丑";清尚朴,倾向伦理。这种分类,古人也有,但没有现代性的分析。最后的"尚朴"是他增加的,那是基于清代学术重在训诂,金石碑版之学盛大,书法学魏碑也就成了时尚,且有成就。在这一部分里他细论了伊秉绶、康有为几位书法家,颇精微。难得的是在每一部分里他都选代表性书家,细析其代表作。而且这本书还有许多图片附录。这样,读者可以边读边看,能够会心,能够开窍,体会到"书法是中国文化核心的核心"这一中心思想。我在这里还想说,吴冠中在此著中特另看重一点,也就是在《纯造形的美》一章里论述过的。其意是说,"书法不能脱离文字",它是可读的。这一点使它"比抽象画更丰富"。但现在有的书法家使书法不可读,不可识,那是走得太远了。

《高鲁冲突》结束一种误读

　　董大中先生的《高鲁冲突》由中国工人出版社在二〇〇七年二月出版,承他赠我一册。老董是研究鲁迅的专家,他所研究的重点是高长虹与鲁迅的关系。据我所见,在这方面,他是鲁研界里最有成就的一位了。

　　高长虹是山西人,老董与高氏家族的人交往交流都方便,所以他也去高氏故乡访问。高长虹当年与石评梅有些关系,而石评梅也是山西人,老董访其旧家故事,也是方便的。这是老董近水楼台的方便之处。但是,主要的是这位学者数十年倾注心血于此,苦苦追寻一个历史真相,可以说踏破铁鞋,翻遍残简,众里寻她千百度。如果有读者对鲁迅与高长虹的关系有兴趣,而且知道与此有关的种种传言、"绯闻",或正儿八经的论证、考据、资料,那么读一读这本书,你会心明,心悦,心服,叹一声"原来这么回事！"我也感叹，历史上原有许多事不是像传说里那么"有趣"，历史上原来有许多事并不如传说中的那么"精彩"。那是真实的历史。当然它很复杂，它也有趣，只是不像庸常之人所感到的那种有趣。那是令人感叹的，有时也令人伤感的真实。老董的考证细致，细到不容你辩驳（或者说，很难辩驳），下一语必经深思，必照顾到各方面的不同意见，不是独断，更无偏见。董大中先生的这些研究成果，我以为是鲁研界的一个成果。不过，鲁迅一生与人发生冲突多矣，高鲁之争在鲁迅研究中渐居次要的地位。但是其中涉及的事件由于事关爱情，却流传很广，误解很多。我想，此书必能起到澄清作用，功莫大焉。因此，我在这里向读者介绍一下。

我在这方面的知识很少，无力纵论全书，只能说几件我以为重要的事。一，在本书《绪论》中，作者在总论这个问题时说的话最重要："'高鲁冲突'是现代文学史上一大公案，它的发生跟鲁迅无关。其后高长虹和整个狂飙社被压在阴山之下，也跟鲁迅无关，不应该由鲁迅负责，相反，倒是跟我们搞文学研究的人缺少实事求是精神有关。"我们不能让高长虹这样的人永远蒙冤。这一点也许不只在高鲁关系上有意义，在整个鲁迅研究中也有意义。二，高鲁之间最敏感的事件是高长虹追求过许广平，而且写了"月亮诗"，将许比为月亮，将鲁比为黑夜，自喻太阳。作者说，并无此事。作者妙招是用"解构"的方法从根本上化解了这个命题，并证明高长虹此诗爱着的是另一个女作家石评梅，为此写了《给——》四十首，所谓"月亮诗"是其中的一首。作者说，要理解"月亮诗"，应当把它放到这四十首诗里来解释。于是作者证明，这四十首诗是写给石评梅的。这不是猜想，有确证。石、高两家，在邻县相居，石家在平定县，高家在孟县，素有往来。一九二一年前后，高长虹在石评梅父亲手下工作，认识了石。石父喜爱高长虹，以女相许。后来，大家知道，石评梅在北京上学爱上高君宇，未婚而高于一九二五年去世。三个月以后，在北京的高长虹就重燃旧爱，写长诗《给——》表真情。董大中细考之后，证明诗里许多叙事都是两家事实根据，向大家证明了这一点。这样还说什么高长虹恋许广平的故事呢？结束了文学史上的传闻，此一功绩也。另外，此一传闻进入学者著述中，始于学者林辰先生，老董也考了出来。三，作者的结论很有力。其一是，鲁迅当年听到韦素园传递这个小道消息时就将信将疑。鲁迅自己的判断很有力。其二是，到1935年鲁迅作《〈中国新文学大系〉小说二集序》时，大力介绍了高长虹，颇多赞语。而这个集子里并没有收高长虹的小说，并非为了小说而介绍他。鲁迅只说高在办《莽原》时表现很好，并引高的长长的一段文章，说他那时"带着并不自满的声音"。后来，当然高就太"尼采化"了，太"超越"（像现在的词儿一样），刊物也办不成了。这都是实情。作者说这是鲁迅对其他论敌"从未有过的事情"。"鲁迅实际上

'宽恕'了高长虹。"作者还说,"鲁迅自己为高长虹'平'了'反'"。鲁迅说过"一个都不宽恕"的话,但包括哪些人?谁来数一数?高长虹能在其中吗?四,"喝醋"之说,不是指高与鲁争爱,是指鲁迅周围南方一派青年和北方一派青年互相不满、拆台。原意不过如此,后来捕风捉影,越说越玄。作者说,连周作人也在一旁为鲁迅说话了,讽高长虹,也用"喝醋"一词。这个说法也许有道理。但周作人对鲁迅与许广平恋爱的事,早已不满,一生都不谅解,一有机会就写文章讽刺。他遇到有人讽刺鲁迅与许广平的结合,会坦然表示另外意见而不将其解为男女之事吗?我读其《南北》(收《谈虎集》)一文,讽高长虹的"疑威"(怀疑权威)和"酋长"意识或有之,但到说"喝醋",则不那么坦然了吧。这只是我的猜想。

二〇〇七年三月三十日

说《林斤澜说》

　　我起先是在《文汇读书周报》(二〇〇六年十月二十日)上读到程绍国的《"苦瓜"高晓声》,文笔甚佳,描写也入画。单是这个题目就好得很。"苦瓜",用以形容高晓声,真是传神。读完全文以后我才看编者对此文的说明,原来是"林斤澜说"。程绍国找林斤澜来说,又写下林斤澜之所说,这真是一个好主意。抓得好。林斤澜我见过。林老爷子不愧是写过《矮凳桥风情》和《满城飞花》的作家,看来慈眉善目,却有一双鹰眼:看人看事都"透",用语不多,又把人说"活"。这不,把高晓声比作"苦瓜",于世情说,是透;于形象说,也是透。那天我是一看文题就想看内文。高晓声我也见过,也是在上世纪八十年代中期,中国作协在深圳办一个作家休养所,高晓声和妻子一起去了,我说不清那是他的哪一任妻子。在那里我看到他"喝慢酒"的功夫。菜不算丰盛,满桌的同餐者都走了，他还在那里喝，是喝自备的黄酒。我问过他，为什么这样喝。他说，饭量太小，这样喝可以多吃点菜进肚。其实菜盘子里已是狼藉残余，也没什么了。那时在休养所的人都叫他"李顺大"，他也答应，无所谓的样子。他是那么瘦弱，还偶尔摇摇双臂以示力量。后来他还去过太原（他好像有位姐姐在太原），又见面。当年"李顺大"的外号就挺好；现在林斤澜叫他"苦瓜"，就连形象也酷似了。真可谓整个人都是"含着眼泪的微笑"。我欣赏"林斤澜说"。

后来作者程绍国赠我一册《林斤澜说》（人民文学出版社，二〇〇六年十二月），我立刻就读了。我真是很喜欢。读到《后记》，作者说他是"为林斤澜作传"。我就有点奇怪：这并不是林斤澜的口述自传，并不是林斤澜叙说他自己的一生。那么，何谓"林斤澜说"？说人生？太宽泛。说社会？只沾边。都不切。一本书十一章，有七章是与之交往过的作家，目录上共十九人（高晓声是其中一位），还有早年的师辈梁实秋、焦菊隐等人。"林斤澜说"什么？当然他说到自己的革命史，有些事情我从书里才知道，真是"惨酷"，林每说起，先用一声"嘻"，那是传神的一声。但那不是"林斤澜说"的主要内容。我想，最好说"林斤澜说文学"才切题，因为说的都是作家。更准确地说，说的是小说和小说家，或短篇小说艺术和短篇小说家。不管如何，这是林斤澜说别人，当然也有说到"别人说林斤澜"。这能成为"传"吗？后来我想,可以,只是,这是一本很别致的"传"。以传记而言,以往也有"交游考"、"师友录"一类的名目。这书就是由程绍国精心地写出传主简要的经历,再加上回忆录、交游考之类而合成的。许多地方是"林斤澜说",但也有不少地方是作者程绍国说的,有时还说明:"林斤澜未必同意"(譬如关于林之小说高于汪曾祺小说之处)。全书反映出多半个世纪以来中国文学的一角:许多重要作家的命运、心灵、艺术,如茅盾、老舍之被冷遇;如鲁、茅、郭、巴、丁诸人对沈从文;如"倘若不跟浩然争当北京市作协主席,刘绍棠还死不了"之事。可贵之处在于它是亲历亲闻,带给人许多悲凉,也有甚可反省之处。我原来担心,汪曾祺评林斤澜小说"无话则长,有话则短",如果述及往事也是如此,那就令人遗憾。但这里没有,因为它不是小说,而是由后辈晚生程绍国写出来的,是经程的选择甚至"追逼"而出的。汪曾祺说林斤澜好来"哈哈哈……"这里也没有,虽语多和缓,但明朗,不敷衍。

难得的是,这"林斤澜说"的内容,只有林斤澜才说得好。换别一个就不行。譬如说到上世纪五十年代遇沙汀和艾芜这两位短篇高手名将。尤其沙汀,是当年鲁迅器重的作家。他二人能分高下吗?能。他说,"沙汀写得比艾芜要稍强"。这是卓见。至于沙汀其人,似乎不大可爱。一是行动不大讲究,目中无人,谈话时用手指戳人,拍自己和别人的大腿。二是官气太大,摆谱太大,一副封疆大吏气度,颐指气使,要地方上招待,喝酒必茅台一类的。但是林斤澜的"说"(回忆)是客观的。他说,一谈到短篇小说,沙汀就显出大艺术家的气质。譬如沙汀说到林斤澜某篇小说在结构上的缺失,用手指在空中画着,一面说"画圆了,画圆了嘛……"这话让林感到"一震",大受教益,以后再三再四地说起此言。又一例是,沙汀说到林的《山里红》结尾:"……撞到山里红树上,山里红,果子,落了一头……败笔! ……你撞不到树干,你早叫枝枝叶叶挡住了……"还有,谈到沈从文时(那时的沈从文已无人理睬,说是反动),他说,"你说! 谁有他那么有风格? 谁有他写得那么多? 不容易! "这在当时可以说是大胆的言论,而且谈风格,那时已没有人敢于谈风格了。

　　所以我说,这些话是只有林斤澜能看得到,记得牢,说得好。我只说这一例。至于老一代如茅盾、老舍,同辈如汪曾祺、刘真,或记其人,或述其文学思想,均有独到的眼光、见解。一个时代过去了,其中有多少误解与正解,有多少无可奈何与悲愤,请读者自己细品吧。

二〇〇七年二月十日

不要慢待这本小说

这次去书店,一下买来五本书。一看这些书,大大小小,着实叫人发愁:怎么插架呢？只有一本是旧式的开本,也不厚,共二百七十页,现在可以称之为"小书"。夹在书架上,是不显眼的。我随手打开来看,一看就放不下。它的文笔甚好,清晰又敏锐,没有学术腔,不受成规约束,却充满作者的感触和真情。不知为什么,它使我联想到维吉妮亚·伍尔夫。当然我不是说这书可以与伍尔夫的评论相比,或相提并论,我说的只是它给我的感受。这本书就是现居美国的女作家苏友贞的论文集《禁锢在德黑兰的洛丽塔》,这也是此集里的一篇文章的题目。此文坚持文学性的认同,反对把丰富的文学分作"自主——奴役"或"压迫——解放"的二元对立物。见解是尖锐的。书前有王德威先生的序言,他与作者是同学。序写得也好,有此一序,读者大体也就识得作者的情况。作者原先就读台大外语系,后来到美国学比较文学。因此,她的文学视野比较开阔;在美国又从事双语写作,笔下自然灵动多姿。书中的许多评论文章涉及面很广。特别使人感兴趣、受启发的,是作者决不因袭成见,而从自己的所感所思出发,有理有据地侃侃道来。她不故作惊奇之语,只是据事实据文本而谈,读者听了,觉得自己自然地接受了她的见解。伍尔夫在《普通读者》的自序里引她所崇敬的约翰生博士的话说:"能与普通读者的意见不谋而合,在我是高兴的事……最终说来,应该根据那未受文学偏见污损的普通读者的常识。"书里不用许多专业的概念来推衍她的见解,只是用普通讲者易于理解的话来说明流传已久的概念之不确,这当然可以引人入胜。我最喜欢的是她谈项美丽与邵洵美的关系。中国人娶洋妾,这是这个故事颇为引人眼球的原因。作者解说,日本侵略军占领香港后,英美难民要入集中营,项美丽却以中国人家属的身份免于此难。而且,项美丽染上了吸食鸦片的恶习,是邵洵美造成的,内幕如何,待考。但项、邵的四年之恋可以有这种"反浪漫"的解读。

再一个问题是关于张爱玲著作。我读到有的研究者从张爱玲小说里找到英文习语,说明她受英国文学的影响。苏友贞更大胆,她写了《张爱玲怕谁?》和《是借用还是抄袭?》,她不一般地说某句英语与张著某篇相同,她直指张爱玲的《半生缘》与美国作家马昆德的《普汉先生》的雷同。她说，张爱玲自己在信中说过"《半生缘》其实是根据美国作家马昆德的《普汉先生》所改写。"后来的研究者却少有人注意这点，这似乎是研究界的一颗"遗珠"。她的这两篇文章相继呼应，详陈张爱玲的"改写"或"抄袭"或承袭，随你怎么说。但张著比《普汉先生》要好，后者已被读者忘记，前者正如日中天。苏友贞说，《张爱玲怕谁?》，这是"咄咄逼人的题目"。为什么逼人? 就是说，张爱玲没有"影响的焦虑"，她要抄你、仿你，就意味着要超过你，她不掩饰，她觉得被抄者不在话下。论述不必再引。苏友贞说，莎士比亚多数剧目都有来源；浮士德的故事，多人都写过；连纳博科夫的《洛丽塔》也源自德国人利赫伯格的同名小说。作为"张迷"，她还是为张感到失望，但也"见识到了她卓越的才情"。我觉得苏友贞比许多的"张迷"都说得更有力度，更识大体。

二〇〇七年一月十九日

博大孔夫子

　　我读《丧家狗——我读〈论语〉》颇觉有趣。训诂有据,释文亦多胜义。比如关于达巷党人(《子罕第九》)一节就是。原文曰:"达巷党人曰:'大哉孔子,博学而无所成名。'子闻之,谓门弟子曰:'吾何执?执御乎,执射乎?吾执御矣。'"以前有各种各样的解释,都说达巷党人是赞孔子博识的。李零说"我觉得达巷党人的话,明明是讥刺,它是说,孔子这么博学,却不能以专精成一家名,岂不是白学了。孔子的回答最巧妙,他拿射、御打比方。古代战车,射手和御手相互配合,分工不一样,射手是瞄着固定的目标射,盯的是一个点,御不是这样,它是拉着射箭的人到处跑,只有到处跑,才能找到合适的目标。博和精,最好两全,但博与精,两选一,他宁选博。这是替博辩护。孔子是通人,而不是蔽于一曲的专家。我喜欢这样的学者。"李零在古代兵法上下过大功夫研究，所以对于射与御的关系说得清楚不过，而且也合于当时谈话的语气和语境。孔子怎么一下子扯到射与御呢？就在孔子下面的答话里见分晓。

从这一点，我又想到，前几年学者们研究思想家以赛亚·伯林，伯林有个著名的论断，也是发挥思想家的话。那就是他的重要论文《刺猬与狐狸》里说的。他说："希腊诗人阿奇洛克思（Archilochus）存世的断简残篇里，有此一句：'狐狸多知，而刺猬有一大知。'原文隐晦难解，其正确诠释，学者言人人殊。"我想这也正同于孔子的这句射与御的话。伯林接着解释说："推诸字面意思，可能只是在说，狐狸机巧百出，不敌刺猬一计防御。不过，视为象喻，这句子却可以生出一层意思，而这层意思竟且标示了作家与作家，思想家与思想家，甚至于一般人之间所以各成类别的最深刻差异中的一项。"这就是，狐狸多识而零散，无所不包，时有矛盾。刺猬则是一以贯之，不离中心。伯林说，大体如此，不能僵硬分类。他说属狐狸类的，有莎士比亚，有亚里士多德、蒙田、普希金、巴尔扎克、歌德及乔依斯。刺猬类的有黑格尔、陀思妥耶夫斯基、尼采、易卜生。托尔斯泰介于两者之间（这是伯林文章主要讨论的人物）。伯林这一分类方法，前几年大为风行，不少学者以此给思想家和学者分类。还有学者给自己归类。

如果这样分起类来，我看咱们的孔夫子应该是狐狸类的思想家了。这很有趣。李零说，他喜欢这样的思想家。咱们中国人大约都喜欢这样的。他是整个的生活导型的人物。不过说到这里，我想起王元化先生《达巷党人与海外评注》（收入《清园夜读》），这篇文章确是论证清晰而充分。此文说，"大哉孔子，博学而无所成名"一语，不是讥讽孔子，而是赞美。举出的证据是，孔子赞尧也是说"民无能名焉"。清代学者毛奇龄说，"所谓不成一名者，非一技之可名也"。这倒是都可说得通。但是，孔子忽然说到射与御，就不可解了。王元化说，可以存疑。但如一定要贯串全文，那么李零之说还是好的。

虽小却好　虽好却小

　　几年以前，香港的柳苏先生在《读书》上发表了一篇《你一定要看董桥》的文章，使得董桥在国内声名大噪，三联书店陆续出了董桥的散文集《乡愁的理念》和《这一代的事》。董桥精致的散文表达一种"对精致文化的乡愁"，引起广大散文爱好者对"精致"的赞叹，因为大陆读者不见此种风格久矣。这两本散文集各九万字左右，使人读过觉得尚未过瘾。以后见到浙江文艺出版社又出了一本《董桥散文》，约二十万字。今年四月，由陈子善编，四川文艺出版社出了一大册《董桥文录》，虽然校对上不算理想，但装帧也还淡雅。封面压一方白文印章，红得可爱。据此书责编龚明德讲，他同封面设计者为此好费了番心思。不过，这本书最引人的是收录的文章较多，共一百七十四篇，五十一万字。

关于董桥散文的评论，最中肯、影响也最大的莫过于柳苏的那一篇。读了柳苏的评论再读董桥的文章，你实在觉得柳苏所说"你一定要看董桥"的劝告一点也不错。我同几位喜读散文又喜买书的朋友聊天，大家差不多是人手一册。不过反响已不似前四五年。有人说看多了，老是那种精致，老是那种书卷气，老是那种幽默和怀着"乡愁"，也有点腻。二十万字叫人称绝，五十万字便有腻感。这不能说不是一种批评，也不能说这不是董桥散文的局限。

董桥是太精致了。他给我一个印象，就像董桥喜欢把玩的端溪旧坑名砚，清润之极，把端溪的山水都忘净，连"踏天割紫云"的采石工也全见不到，只有灯光照在一块砚上，再加红木砚匣吧，也毕竟太少风景。董桥喜集藏书票，什么风景、文玩、人像、兽形，在那方寸之间也只有小意思，不会有风尘之色。当然，古砚和藏书票，其意味便在于斯，这里作比喻，只是说文章太受局限。虽小却好，虽好却小。

董桥说英国作家普力契特"借助引喻，讲求简洁；数十年训练下来，文章越写越短，终成风格"（《文章似酒》）。他这话也是夫子自道，他的文章也是一遍遍改出来的，看似自然，实充满艰辛。他批评近年英国文艺，"纤巧有余，磅礴不足"，像古玩店的细瓷器。其实他的文章也染有此病。他不满钱钟书散文"太刻意去卖弄，而且文字太'油'了"。柳苏先生调侃地说，这是"童言无忌"。其实这是董桥的深刻见解，直言无忌。可惜董桥自己也往往有"油"的地方。

董桥的散文叫人读来爱不释手，但又怕碎在手里，所以也累人。董桥很赞赏黄裳的文章。黄裳先生也是一位很喜欢写精致文章、怀有精致文化"乡愁"的人，但其文章开阔得多，社会、文化、历史一起见诸笔端，显得深厚。

《董桥文录》收《辩证法的黄昏》上下卷，其中多是理论阐述，还有书评。从中可以见到董桥先生在理论上的素养也极高，许多理论问题他讲得风趣自然，使人爱读。

一九九七年三月

曹聚仁《文坛五十年》

文坛回忆录性质的著作我读过不少，我觉得新近出版的《文坛五十年》，是少见的优秀之作，它的历史价值非一般可比。好的文学回忆录不是学识好，文笔好就能写出来的。它要求作者有特殊的经历和非凡的记忆，还要有卓越的见解。曹聚仁先生具备这一切。他生于这个世纪初，在中学时受教于朱自清、陈望道，与冯雪峰、汪静之同窗。二十一岁，以异才得列章太炎先生的门下。三十年代以后在上海编杂志写文章，结识陈独秀、胡适、瞿秋白等人，他同鲁迅先生有密切的交往。同周作人有几十年的通信和出版业务关系。所以他说自己，一九二七年以后，成为文坛中心的一分子，同当时重要作家，"虽不是全部的，差不多可以说十分之八九以上，都有过交往"。此言不虚。而且，他二十岁毕业于师范学校，二十三岁就在上海当起大学教授。抗战开始,作为记者到前线采访,第一个写出台儿庄大捷的报道。试想同辈的人物中,有此经历的能有几人？新中国成立以后他到香港办报办刊,直到一九七二年去世。值得一提的是,他在五六十年代为海峡两岸和谈奔走于北京和香港之间,同毛泽东、周恩来面谈机密,并同蒋介石父子研讨条款。所见所闻可谓有传奇色彩,而他本人又有记者的漂亮文笔,有史家的卓越见识。这样的人写起回忆录,焉得不好？

《文坛五十年》是个人的回忆录,只是一部"准文学史",但"准"有"准"的好处。作者的高明见解时时可见,他的尖锐公允之论使我们长期读公式化教科书的读者感到新颖而痛快。当然缺失之处也不难发现,比如对解放区文学作品论及很少,赵树理、孙犁、田间都未提及。关于小说创作的论述过简。张爱玲似乎也未引起过他的注意,他长期在香港,该得此风气之先。但对散文的谈论却多有妙解。他对绍兴二周的文章都解得很好。以前人们禁谈的林语堂、吴稚晖、陈源,他也都作出公正的文学评价。对鲁迅他十分崇敬,但他当时对神化鲁迅就不以为然,指出,鲁迅是智者而不是圣人。他写这话的年代正是我们大力神化鲁迅又简化鲁迅的年代。在文学范围里提出四十年代潘光旦、费孝通和储安平的文章,以为是难得的好散文,以前这是任何一部文学史所没有谈过的。可见我们近年提出的"大散文",曹氏早已持有这种看法,而这又是直接来自五四的传统。又高度评价钱钟书的文论和散文,可谓开"钱学"的先河。以前我们只说高度评钱,自美国的夏志清(六十年代著书)。其实这部写于五十年代初的著作已高度评价了钱氏。近十几年学界提出"二十世纪文学",曹著从康有为、梁启超、章太炎、黄遵宪谈起,以新诗派和晚晴通俗小说为开端,也正与此论相合。

　　最后,必须谈到一点,就是这部书最引起人阅读兴趣的一点,是它在行文中,时时插进作者当年的亲历。这是任何文学史所不可能有的一点,此书如果写成史,也难以保留这一点。比如,写当年的那场关于大众语的大讨论,他回忆到在某一饭店里,七个人如何决定,如何抓阄分题写文章,这就是在任何文学史里所不能写进的细节。又如写鲁迅当年怀疑周木斋是个化名,著文反对自己。鲁迅对此有所不满。但在曹先生家中宴会时,曹指了座中的一人,说他就是周木斋。于是疑点冰释,鲁迅也高兴起来。书里此类小节甚多,是回忆录一类书的特有长处。原书是一九五四年在香港第一次出版,今年由东方出版中心新版印出。

一九九七年十一月三十日

我读《故宫退食录》

朱家溍先生著《故宫退食录》出版，屡见好评。朱先生的文章我以前读过几篇，很喜欢。这次就决定托人在北京购得一部两册。书的装帧古雅大方，正如朱文的一贯风格。书是随笔集成，内容自然丰富，举凡铜器、碑帖、古籍、牙角漆器，以及故宫故事，清代掌故，都涉及，有深度，且有趣味。曾见几位内行学者发出赞叹，以为难及。那么我辈俗子，读得下，读得懂吗？我曾先有踌躇，后来硬着头皮一读，才觉得，似乎头皮也不必太硬，只要耐心一点，也能兴味盎然。别的不说，就说其中谈清宫规矩的一些文章，如果以之对照我们看过的影视剧，则颇能长一点学问，辨一点是非，知道某些影视剧的荒唐可笑甚至一些回忆作品的谬误。不妨说，这也是学术的通俗化，功莫大焉。如此说来，这书也是雅俗共赏的了。

近年演清代故事成风。有位导演问朱先生，"你看哪一点不对？"朱先生说，"不是哪一点不对，而是所有细节没有一点是对的。"您瞧玄不玄？比如电视剧里的臣子一见皇上来了，都跪倒，口呼"万岁"，而皇帝则说"平身"。其实这是从来也没有的事。清代没有呼"万岁"规矩。皇上、"老佛爷"一来，前面必有太监大呼"皇上驾到——"等语，其实清代也从来没有这事，而且也无此必要。皇上驾到何处，都是早有布置，一大套执事走在前面，何需临时喊呢？如果皇上偶然幸临，臣子也只要跪下请安。朱先生说，在大臣中也没有叫"某某大人到"的规矩。他还说，他抗战时在重庆，常见蒋介石到会讲话，也无此规矩。这规矩不知从何处演化出来的，是一大笑话。还有，演清代戏，常有太和殿上群臣朝拜或议论朝事，甚至有大臣跪在那里互递眼色、搞小动作的场面。这也是不会有的事。太和殿只在大的庆典时皇帝才去，举行仪式。那时王公大臣是不能走进去的。朝贺时，皇帝坐在太和殿上，皇子、诸王和臣下只能在太和门以外的规定地方磕头，和皇上还隔着一个大院子，离着好十几米呢。小官都排到午门外去了，哪能趴到太和殿里皇帝的眼皮底下去磕。这是说的前来行礼的人臣，当然旁边另有服务人员，那自然不能算在内。如果皇帝有要事要请臣子来商量，便如何？那就要召见。召见的人自然是有选择的，是有限的。皇帝一般在养心殿或其他地方，由太监到值房传旨，叫"某某！"不称官职，不呼大人，只叫名字。叫谁,谁就进去,进去以后,先跪下请安。然后起立,向前走,跪到一个白毡厚垫上回话。这已经是很高的待遇,不是人人都可以跪上的。朱著引翁同龢日记和曾国藩日记,其中都是这样记载的。我曾见瞿兑之《杶庐所闻录》中记军机处一节,说到"军机大臣召对每逾时,故于殿中赏垫子,盖即赐坐之意。"原来宫里的所谓"赐坐",不是如电影电视上的搬过一把椅子来坐。上述的跪在垫子上,也就是赐坐的恩典了。大约翁同龢、曾国藩,都是老臣,所以一进门就赏给垫子。还有,有的影视上,写慈禧太后同光绪皇帝,或某皇帝同皇后,都坐在太和殿上。那也是不可能有的场面。因为清代的后妃,包括慈禧,都不允许进入太和殿,实际上也没有后妃进去过。

仅仅说这一点,大家也可见到朱先生的这部书多么有趣。如果有心人,更是可以从中得到不少学问。

二〇〇〇年二月四日

读《奥威尔经典文集》

　　我在《中华读书报》上读到一篇《二十世纪百部最佳非小说类图书》，介绍国外一种排行榜。在前五名里就有两部是英国乔治·奥威尔的书。其中一部是他的《文集》。能得此殊荣的作家很少，因为前六名里就有三名是诺贝尔奖得主，与他们争上下，很难。但这个没有得奖的人竟成功了。乔治·奥威尔的书，我读得不多。印象深的是他的散文《射象》，董乐山先生译，真是散文的妙品。正好在书店里见到一部《奥威尔经典文集》（黄磊译，中国社科出版社）就买来读了。当然这部书不是入选《百部最佳》的那个《文集》，因为此书包括小说，非小说类文章倒是不多。

　　奥威尔算不得本世纪最伟大的作家。不过他的书有特色，政治性强是少有人可比的。文笔清丽简约，也难得。长篇两部，即最有名的《动物农庄》和《一九八四》，前者以寓言形式写苏联,后者写集权主义统治可能产生的悲剧。都是以英国为背景,或英格兰,或伦敦。我想,对于五十岁以上的中国读者来说,可以说是动人的、深刻的、似曾相识的,而且读者会为这位作家几十年前的预见而震惊。那部《一九八四》最震撼人心,怎么同我们在"文革"中见到的,就那么相似呢? 作者可是在一九五〇年去世的。他在一九八四年写他预想中的一九八四年,写英国的极"左"的集权主义,当然也就在写任何国家里的极"左"的集权主义。他写的是"英国社会主义"的一个执政党,如何进行统治。那真叫可怕。给我印象最深的,是他们如何培养仇恨。人人都有仇恨,要欣赏对敌人的绞刑,兴高采烈地谈论绞死者舌头的蓝色。书里写到的是全党全国都要仇恨一个叫戈斯登的人。戈斯登何人? 他就是"人民之敌",原先"一度是党内领袖之一",而现今被定为党的叛徒。全国所有的家庭、办公室和公共场所,都设有一种电幕。这个电幕是可以显示,也可传送的现代化监视系统。人们无时无刻不在监控之下,人们也无时无刻不在听着全国统一的播送。每天都有两分钟的会议,叫"二分钟仇恨会"。大家在一起搞"大批判",批戈斯登。所有人都要表态,要激昂,要义愤填膺,要声嘶力竭地发言。表现不好的,一经他人告密,也许就有逮捕、死刑等待他。偶尔也会搞一个"仇恨周",一周都进行这一套。小说里有个名巴尔逊的人物。巴尔逊的七八岁的女儿,曾尾随一个人半天,因为发现此人所穿的鞋与众不同,后来告了密。巴尔逊得意地讲到此事,并说,那个穿鞋不对的人,很可能被处死了。他很得意。谁知不久之后,他的儿子竟告了他的密,因为他说梦话,被儿子听到有什么问题。巴尔逊进了大狱。是不是处死,书里还没写到。读这书,读者会给弄得喘不出气。集权主义发展到最后,总是免不了要统一所有人的思想和感情。《一九八四》可以说是风行于世几十年。现在《奥威尔经典文集》选了它,我见到新书目录上又有辽宁教育出版社的单行本《一九八四》出版。王小波关于此书说过,"一九八〇年,我在大学里读到了乔治·奥威尔的《一九八四》,这是一个终生难忘的经历。"前几天读美籍华人刘绍铭《情到浓时》,其中有一文论说此书,说道:"如果有人要我列出十本改变我一生的书,我会毫不考虑的列《一九八四》为首。"这两位评论家是生活在完全不同的环境中的人,年龄不同,所受的教育也完全不同,但从此书所受到的震撼却是相同的。

此书的第三部分《随笔》,分量(共九篇)就有点少了。而传诵至今的名文如《穷人怎么死去?》和《李尔、托尔斯泰和弄臣》,就都没选进,很可惜。这个集子里的译文似乎不尽完美。我没有原著来对照,但从译文本身也读到些不明白、不妥帖的句子。《动物庄园》开篇几行,就有写猪的,说"虽然牙齿一直没有剪",看去仍然很聪明。牙齿怎么个"剪"法呢?我想一定有错。同书第三章,"每一口食物都是刺激而真实的享受",话很别扭。类似的不妥的词语还有不少。最不可解的是《一九八四》第二部,有人在"华表柱下兜圈子"。故事发生在英国伦敦,哪儿来的华表呢?难道是作者的游戏笔墨?看来也不像。如是误译,那可太不应该。

二〇〇〇年九月五日

徐霞客真了不起

　　现在旅游盛行,游记类的书也自然多起来。写得好的不少。但是游记之文而同时具有某方面科学价值者,则不多。《水经注》是了不起的,它被称为"经",后来又有人作注,注又多歧义,成为一门大学问。我不知道后来的游记著作哪一部能与它相比。我知道的只有《徐霞客游记》。

　　二○○一年是明代伟大的地理学家、游记作家徐霞客(一五八六～一六四一)逝世三百六十年。六个甲子过去了。我想起一个甲子前,也就是一九四○年,在抗战时的遵义,竺可桢先生在浙江大学举行的"徐霞客先生逝世三百周年纪念会"上,宣读的论文,即《徐霞客之时代》。这篇文章从十七世纪世界科学发展的高度,全面地评价了徐霞客,这文本身也堪称华章,令人百读不厌。这两个人的学问文章正好相当。竺氏谈徐氏,再妥当也

没有了。竺氏是从徐氏的地理学成就来谈的。后来史学家陈垣
在《明季滇黔佛教考》中则另有见地。此书的引证广博，陈寅恪
先生在该书序中极为称道。我见此书引用《徐霞客游记》的地方
就相当多，大约是那书里被引证最多的书目。我注意到陈垣书
里指出，"霞客善写僧家生活"，在这方面，"非霞客不能适当"。
他很佩服这一点，所以征引屡屡。《徐霞客游记》收入《四库全
书》地理类，为"游记之属"。《四库全书》的目录提要，一般来说
是很有眼光，很有价值的；但是我看它对这部书似乎没有精辟
的评价。我查过两部文学史，徐氏竟不见提及，查上海辞书出版
社出的《辞海·文学分册》也不载。好像徐氏只作为一位科学家
被人看重，我很为他不平。当然，从文学方面评价徐霞客的文
章，也一直不断。从最近看，我很欣赏台湾作家余光中对徐氏的
评说。本来余先生诗文俱佳，文评兼擅。他论文很苛，许多当代
大家如徐志摩、朱自清、何其芳，都难惬其意。但他于古代游记
最称柳宗元和徐霞客。对徐霞客尤其称颂，说他是"烟霞半生"，
气魄宏大，把全部的爱倾注于中国山川。我想余氏的称道不是
空话。《徐霞客游记》文章实在是好，或者也可换个说法，就是你
不会发现不好的地方。比如，卷五有一处写贵州白水河，"水流
甚至阔，每数丈，辄从溪底翻崖喷雪，满溪皆如白鹭群飞，白水
之名不诬矣。"写得真好。徐氏早年游天台山时说过（也就是在
最早的一则日记里），"岭旁多短松，老干屈曲，根叶仓秀，俱吾

阊门盆中物也"。也就是说天台山老松像苏州一带的盆景。我们许多游记,比起徐氏的,也就像那些"短松",太小气了。不过在这里,我不拟谈徐霞客的文学成就,我只想从《徐霞客游记》里面,看一位真正的旅行家的品质。

新得《徐霞客游记》一部,七百七十页,六十万字,京华出版社二〇〇〇年五月出。我读了。我先相信任何人读了《徐霞客游记》都要赞叹它是 部大著。作者徐宏祖,明代江阴人,游遍中国,细作日记。其西南各省之游,尤其记得细。作者可称为探险家,他不是一般地游山玩水,真是为山川而忘死舍生。他奔波了一生,跋涉了一生,颇有些美国人"在路上"的心理特点,不安居一地,总想出门。当然也不只他一人如此,在他前后的药学家李时珍、史学家顾炎武,都是如此。竺可桢引丁文江的一句话说:"霞客此种求知精神,乃近百年来欧美人之特色,而不谓先生已得之于二百八十年前。"我想是有道理的。知道这一点,就不奇怪徐霞客有这么股劲。当然,我还是佩服且羡慕他的无穷精力和体力。现在的人不可想象他怎么能吃这么大的苦。这哪是现代人的旅游? 步行,偶有马骑,太少。攀山(真的攀呀攀),涉水,挨饿,受冻;带一两个仆人,请一两个向导,如此而已。我们乘索道缆车来一次"黄山二日游",回来还喊腰腿疼,请看他怎么个游法:"持杖凿冰,得一孔,置前趾,再凿一孔,以移后趾。"这不是玩命上西部大冰坂吗? 我们游庐山,更轻松。他却记道:"俱从石崖上，上攀下蹑，磴穷则挽藤，藤绝置木梯以上。"还有更苦的。在广西，他多次在岩穴中过夜，且看："宿岩中，蚊聚成雷，与溪声同彻夜焉。"又，"泉声轰轰不绝，幽处有蛇，不为害，而蚊蚋甚多，令人不能寐。"饥饿困苦不说，几次遇盗，同伴被杀的事有之。自己被劫，浑身一丝不挂躲在水里、船上者，有之。他无悔。从他的日记看，始于江、浙、闽之游，那是在一六一三年至一六三二年间，也就是在四十五岁之前。一六三三年北游五台山。这些游记写成他的十二卷游记的第一卷。从一六三六年起，开始游西南。一六二三年他就说过，游西南尤其是游峨眉，才是他一生的目的。因母老，不敢远游。母逝后，他由浙江入江西开始西南游。那时他四十七岁或四十八岁了。他说："余久拟西游，迁延二载。老病将至，必难再迟。"他好像命中注定要一生行走下去，他奔向那个目标。他天天赶路，赶，赶，赶。已是五十岁上下的人了，每天"鸡初鸣"或"五鼓"，就吃饭，上路。偶有"鸡再鸣"才开始行动的时候。但多是载月而行，走出一阵，才闻鸡鸣。在寺庙里歇两天，多是因为下雨不能走。有时生病也不误行程。一上路，他就精神百倍，海阔天空。一上路，他就什么也不顾了。他是一位天生的旅游家。而且他也是温良的儒者。同伴病逝，他千辛万苦，绕道收回同伴的骨殖，按同伴生前愿望移走。在日记的最后几天，伴他一路的仆人顾某逃逸。有人要追，他说"听其去而已"。但他也伤心地说："离乡三载，一主一仆，形影相依，一旦弃余万里之外,何其忍也!"其实这也到了他旅行结束的时候,并且也到了人生结束的时候。我很难过,读竟全书(最后一小部分残缺),他还是没有到达他希望一见的峨眉山。莫不是造化就营造了这么一个无穷无尽的追求,而不愿给出结果?

　　西南之游占全书七百七十页的七百页。他每日记日记,或三两天后补记,都记得那样详明。文笔也可说十分漂亮,简洁。他不得不简洁。记日记的本身也在他的日记中。请看一则记事。《贵州日记》部分记着:"五里,过白云观。"已经走了半天,似乎可歇一歇了。他不。"余乃入后殿,就净几,以所携纸墨,记连日所游,盖以居肆杂沓,不若此之净而幽也。"此外,抄材料、拓碑文的事,屡见记载。在鸡足山僧院,正赶上除夕,徐氏正在另一处连夜抄写碑文未归。僧人叫徐氏的仆人顾某传话说,"明日是除夕,幸尔主早返寺,毋令人悬望也。"他说,"余闻之,凄然者久之。"这话,也会使我们"凄然久之"。可见徐氏的忘我工作,也可读出文章甚妙。

二〇〇一年十一月

行者无疆　作者有疆

　　虽然近些年来余秋雨一度成为大大的热门话题,赞之者不少,贬之者亦多;但我还是很喜欢读他的散文。远离文学界的是非圈,我只是读者,只就自己的兴趣欣赏文章。我还写过几篇小文赞他的散文。我以为,应当看到,他的散文有两面:一是大气,一是小气。他有相当的文化功底,思想敏锐,感情丰富,文笔也有难得的雅致和从容。这些条件很不易凑到一个作者的身上。我在一篇文章里说过,我以为,在这方面,他仅次于台湾的余光中。在内地散文界是少有人及的。在涉及中外文化史时,在抒写现实和历史文化现象时,他眼光四射,站的高远,能够写得大气。一旦涉及什么侵权盗版、个人攻击或私人恩怨时,他大约是气蒙了,就变得小心眼儿,嘟嘟囔囔,说些谁也不感兴趣的话。而且,话也说不好了,好像他一下子变得不会理论是非。于是,文章小气了。我想,我是要把事情说个公道。因此,我不管人们说的炒作和"作秀"一类的话,《千年一叹》一出我就买来读了。至今,我作为一个普通读者,还是认为,这是一部难得的散文佳作。今天,海内如此写手有几人?我以为选另一个也难。我有了这个看法,所以二〇〇一年底,他的《行者无疆》一出,我就又买来读了。对这一部书,作者先在前言里作一番解释。那意思是?本来不想写的,却终于写了。我呢,不管作者的解释,只看文章。这次看毕,我也不能说全失望,只能说,不满意的地方不少,如果比较前一书,可说:大大不如。

作者也说,《千年一叹》是一本日记。在中东、南亚一次四万公里的行程中,每天记下一篇,其实也就是记一个地方。作者在此书的序里说得好,行程艰苦,每天一篇,"不太容易"。是的,请想,千里奔波,人生地不熟,文章可是要一天一篇呀。他说要"小心翼翼地保存它的原生状态和粗糙状态"。其实不用作者小心翼翼,这两态一定会保存好的。一天一篇,一篇一千至三四千字,现写现发,次日见报。作者只能这样。但这样写,文章就不是"做出来"的。许多篇在《收获》上初发就叫好。我是深受这一点感染。比如写印度的人口爆炸问题,现场感多强。我似乎一直看到那里满街的人头晃动。这部书虽然注重的是亚洲古文化,但是与现实融成一体,古文化与现代实景连在一起。这也显得有深度。我想这一点也可以说是日记体的优越之处。它看似粗率却真切，看似无意于研究，却有深的文化内涵。新出的《行者无疆》不然。据作者说，这新作是要写成精致一些的散文。它不受时间限制，可以从容，可以博采典籍，多加考核。也许这是加强学术性吧。但是，可贵的现场感受消失了，或基本消失了。当然不是全消失，比如《罗马假日》之写罗马，《悬念落地》之写巴黎咖啡馆风貌，现场感也是强的，文化意味也是足的。《兴亡象牙白》写罗马帝国流风，非常深刻动人。在这些地方很大气，而且是内在的大气，磅礴欲出，仍见出《千年一叹》的手腕。不过，我要说，许多篇章是平淡的。什么原因？我想有两条。一是，欧洲不好写。写西亚南亚，写非洲，由于少有人写过，尤其少有人从文化的角度写过，处处新鲜。余先生写，引人，叫好。而欧洲，写过的人就多了。比如，威尼斯，还有什么没被人写的？读者先知道了，你的文章就难出彩了。要出彩，得有更深的功力。二是，作者以谈文化为指归，但欧洲的文化被研究得很久，专著也出过不少。那里的画家、作家、音乐家、地理学家、自然科学家，都广为人知。作者要写，只好广征博引，以求知识趣味。但是，倒手的材料，吸引力是不大的。读者倒会觉得枯燥。《稀释但丁》写得很稀薄；接着，《城市的符咒》写佛罗伦萨一段历史，也都没有精神。《法国胃口》、《马赛鱼汤》简直是以琐屑小事充气成篇。说句不好听的话，我看出作者的学养已显出不足。文笔上呢，也见出窘态。开卷第一篇《南方的毁灭》第一句："我到庞贝古城废墟，已经是第二次了。奇怪的是两次都深感劳累。平平的路,小小的城,却累过跋山涉水,居然。"为什么把"居然"放到句尾?我看只是想在语句上出奇,倒显出作者出奇无术,又不甘平实,弄得似通非通,做作得令人不安。类似的小花头还有,显出作者在谈文化时,也小气了。

我以为从二〇〇〇年五月出版的《千年一叹》的自序里,倒是能够看出作者二〇〇一年十月出版的《行者无疆》失败的根子。他说,以往他干一件事,常是干到最好处,停下来,转向新的领域。这是"自离积累,自拆楼台",他说。他又说,"我是行路者,不愿意在某处停留过久。""行路者",这不是把下一部的书名也先说出来了吗?现在看来,原先他的干法是对的,那样做就不会重复自己。自以为有"积累"了,其实积累已经用完。自以为是"楼台",其实却早变成囚笼。于是他从"千年一叹",变成了"一声轻轻的苦笑"(《行者无疆》结语)。这么说来,我以为,其实这本书,还是按原先说的,以不写为好。但是这书第一次就印了二十万册,如不写,对书商,对自己,也都是个不小的损失。

二〇〇二年一月二十八日

也说"二余"

在《中华读书报》上读到王开林先生《打量"二余"》一文,以为这个比较很好,很重要。后来读余秋雨《千年一叹》,发现王、余二位先生对那次"二余",即余秋雨和余光中二位,在湖南岳麓书院先后发表演讲的记叙,有不小的出入。王开林说,当时"四百人的场合,多出百多个空位"。他还以玩笑的口气说,这里有名联"惟楚有材,于斯为盛",该改成"于斯为剩"了。就是说,当时听众不多,热情也不高。但余氏在他这书里的二节《雨中的白发》中,记当时的场面却很动人,至少是感动了演讲者本人。余氏说到,听讲者露天冒雨,穿着雨衣,听到某处关节,为了听清,摘下雨帽,有一些"居然是潇潇白发"(我查《辞源》,确信这里的潇潇,该是萧萧。萧萧者,发之稀疏也。余氏误用)。而且余氏还记有,讲演毕,推开书院的大门一看,发现门外还有大批青年站在雨中听麦克风传来的声音。余氏为此深受感动，特记一笔。这同王开林所记，大不同。我不能说哪一篇文章说得更正确。但我想，这才是去年的事，当有人能记得清楚些，何不客观地冷静地说说真情。这也是文坛上的一件趣事，颇可记也。

王开林文章使我开了眼界，我想先该找来余光中先生的散文读一读。我是一个阅读面很狭窄的人，久闻余光中之名，读得极少。这次就买一本《余光中散文》一读，真好！我真是为余先生的散文折服了。本来，据说梁实秋先生赞过余光中散文，说"余光中右手写诗，左手写文，成就之高，一时无两"。"一时无两"，赞到头了，我们还有什么说的呢？我不记得在中国新文学史上，把散文语言琢磨到如此程度而又达到如此高度的作家，还有几人？他是诗人，他是把散文当诗写的。他也认为散文本来近于诗。我在此处无力详论，我想找出几处他的文章与读者共赏。写于一九六五年的《塔》里有句云："但此刻，天上地下，只剩他一人。鸦已栖定。落日已灭亡。剩下他，孤悬于回忆和期待之间，像伽利略的钟摆，向虚无的两端逃遁，而又永远不能逸去。剩下他，血液闲着，精液闲着，泪腺汗腺闲着，愤怒的呐喊闲着。"《南太基》一篇是作者为译《白鲸》，到了作者麦尔维尔当年居住过的地方："落日的海葬仪式已近尾声，"多惊人的句子。"分辨不清，究竟是天欲掬海，还是海欲溺天，"的确是语不惊人死不休的意想。这样的造语造境实在是太多，不能多举。我再说一点，是他有时咀嚼着语言,把它们都嚼出声来请读者听。我不记得有哪位散文作者下过这等功夫,或注意及此。说他是本世纪里中国散文的大家,你也只能首肯。

现在回来说另一位余——余秋雨。当前关于这位余,有不少议论,我无意参加这种讨论。我只是就书说书,谈文。我读过一些他的早期散文,很欣赏。不过读了他的《霜冷长河》,有些失望了,以为余郎才尽。他有太多的牢骚和不满,唠叨不已,使读者生厌。他又不长于议论,老是反复地谈人际关系,而且说批评他的人们,同盗版大盗有什么关联。这不真实,也可笑。我宁愿相信这如《红楼梦》里贾政的话,"众人听这话不好,知道气急了"。我想有我这种感觉的读者是很不少的吧。现在我读了他的《千年一叹》,觉得他毕竟不差。借用梁实秋评余光中的话来说,谓之"一时无两",也不为过。我想起《打量"二余"》里的一个评价:"无疑,余秋雨是名家而非大家,余光中则既是名家又是大家。"我想此论有一定道理。我也不为余秋雨争一个"大家"的名分。而且我想,名家也就不错。龚自珍诗有句云"略工感慨是名家",似对当时的某种"名家"评价不高。但是,"略工感慨"却说得恰好。余秋雨是工于感慨的作家。这也很有特色。一接触到古文明之类,他发出许多感慨,多有深意或有新意。他也善于表达这一切,写得有气势。我以为此书大可一读。余光中一九九四年在《散文的知性与感性》一文里说:"比梁实秋、钱钟书晚出三十多年的余秋雨,把知性融入感性,举重若轻,衣袂飘然走过了他的《文化苦旅》",看来彼余是看重此余的。想起《打量"二余"》的题目,我认为这正是一个有趣的角度。

二〇〇〇年八月二十八日

这部《徐志摩传》

　　韩石山先生新著《徐志摩传》近年初出版。读了，很是欣赏。我不得不赞之曰：文辞清丽，考核精详；体例新颖，析事入情。这几点，且容在下慢慢道来。

　　先说"文辞清丽"。近几年只知道韩先生从事现代文学研究，但没读过他的大著。他的报刊短文偶尔读到。说实话，我对他的文风不大喜欢，也就是以为有点油滑。后来想也许是我少见多怪，现今的时髦文风就是这样。前几天得到《徐志摩传》，我知道这是他近几年的心血所在，立即就读了。一读，可就被吸引住。吸引我的，首先就是那里面的文章好。作者在《序》里，忍不住对他自己的文字略有自夸。我想，也正值得夸一夸。文风如何能一下就改了呢？我想，这有原因。夫报刊小文，与人辩论，唇枪舌战，各逞意气，毛病就来了。写正经学术著作，一板一眼，无从油滑。而他的文章本来就好,这就只见好处,掩去瑕疵。我读过不少当代人写的作家传记,也说实话:文辞太差。因此太枯燥,而少趣味。传记有它的难处,只是个叙事,怎能得生动? 这部书可是好,不单生动,且清丽可诵。清,且丽,不易。比如,叙及张幼仪在离婚几十年重返欧洲旧游之地时的感情, 那是很动情的。(虽然有张氏的《小脚与西服》作底本)。书的三〇二页:"一九二五年春节期间,王赓得知徐陆相恋,不准徐陆往来,遂有志摩赴欧之举。"这就清。王赓在东北做官,乃以陆小曼托与好友照顾。有信引证。下面作者说:"看了这封信,我们只能感叹这位王先生实在是太忠厚了,胡适之、张歆海之流,哪里是可以托付娇妻的人选。"这就丽。谈到孙伏园,当年孙编《晨报副刊》,欲发鲁迅《我的失恋》,而突被上司刘勉已抽下一事。引孙老先生原话,三十年代文中说,"一举手就要打他的嘴巴",可是刘跑了。同一文章在新中国成立后再印出时,改成"就顺手打了他一嘴巴",打上了。作者说,"随着鲁迅声望的越来越大,孙先生的手掌离刘勉已的脸颊越来越近,而离诚实越来越远了。"这也波俏可爱。不过也就微沾油滑了。

　　第二点,考核精详。作者是勤奋的。他的参考书目达九十六种,目前在海内外可找到的,大都齐备,且有与某些知情人的函件;他以三年之力于材料的梳理,于是在全书中我们就处处可见其考核之功。他在不少地方纠正回忆录之类文章的误记或躲避。比如说，陆小曼回忆她与徐志摩相识的时间，这一般说来不会错，但是作者说不。又将蒋复璁回忆自己编徐的诗集时将某诗置于卷首，作者说错了，是卷末。这些地方，不仔细的人，一般是相信事主本人的话的。即如徐陆相识的时间、逾过"礼教大防"的时间，作者都能给他们一一考实。此书作者就有本领从后来的信里，从当年的诗里，从隐喻和暗语里推出并坐实，时间有了，地点也有了，老狱断案，煞是好看（见此书一七〇～一七二页）。书里连沈从文当初受徐志摩提携，在《新月》上发出作品的目录也详查出来。因此就可以下一断语云：美国学者金介甫名著《沈从文传》里说沈，"不依附任何作家团体"的话并不确切。空口无凭，材料是证。所以我说，此书的资料使用，甚有可观。

　　第三，体例新颖。这是作者在《序》里说过的。他说他用了过去中国史书惯用的纪传体。二十四史都是用这种体例。用一个个人物的传记，连贯成一个时代的历史。比如，《史记》、《汉书》里汉高祖的《本纪》记出那一段的主要史事。要读得丰富一点，再读萧何、韩信等人的《世家》或《列传》。在这部《徐志摩传》里，分家庭、本传、交游三个部分。本传是传主的主要事迹。家庭人物算是世家吧，交游诸人，算是列传人物。我看家庭成员的记事也是各种传记所不可少的。只有《交游》一部分，占全书五百五十页里的二百二十页。共收与之交游的人物四十名。我最喜欢的是这一部分。这实际上是写了四十个与之有关的人物小传。

可贵的是这些小传写得都很认真,我见过其中有的曾单独发表过。这种纪传体本是中国传统的史书写法。但是这些年来不见用了。作者一用,转为新鲜。正是钱钟书所云:"夫以故为新,即使熟者生也。"(《管锥编》三二一页)修辞如此,体例亦是。你读徐陆恋情事迹,甚有趣。陆是王赓的妻子,王赓是如何得知陆的私情的?请看《蒋复璁》列传。所谓"错中错"的传奇故事由蒋亲见,徐的惶恐,王的愤然,如在眼前矣。

最后说到析事入情。徐志摩没有什么惊天动地的大事业,但是"情"很多。你写他,必须入情。作者颇解这一点,所以他做出不少人所未道的分析。不但如此,他写其他四十篇"列传",也注重一个"情"。合情合理,合情感,合爱情以至合情欲。这就是我所说的"析事入情"之情。这里面有徐志摩与闻一多相敬而不相密的原由,有徐志摩接受胡适聘约为研究教授的不安(他算不得学者,自知之也)。其他的事很多。徐志摩弃前妻张幼仪而恋陆小曼,于旧道德新道德均说不过去。这一点作者是肯定的。但是说徐约张到欧洲就是为了离婚,"那就有点不近人情了"。我欣赏的还有对周作人的分析。北京一九二四年有一场"闲话事件",鲁迅、周作人、陈源、凌淑华、徐志摩都沾上了。那是一场大争论。挑起人是稳健平和的周作人。为什么?作者从周作人对凌淑华的"情"上分析,落实到一种弗洛伊德的潜在心理上。这是前人未曾道的,我觉得有点道理。顺便说一下,在叙及当年北京文坛时，我总觉作者有点偏爱了东吉祥胡同一派，而屈了八道湾二周等人。比如，徐等与周作人相交往为什么就算是给周"面子"？按周当时地位，似也不缺那么一点面子。你说周作人写文传谣，冤枉了陈源，但是陈源说鲁迅《中国小说史略》是抄袭日本学者的，也该一辩才是。说到这里我想补充一点。《凌淑华》中，说凌随夫"此后便定居海外。一九九〇年五月二十二日去世，享年九十岁。"其实凌到晚年回到北京，也是在北京去世的。

读《九十年代反思录》

近来买到王元化《九十年代反思录》，三百七十五页，上海古籍出版社二〇〇〇年十二月出版。这是一册好书。我觉得它是九十年代中国文化领域的一个重要现象，极应一谈。读这书，你跟随的不再是某个问题，而是王元化其人。

王氏在学术领域涉猎甚广，均有足称的成就，但是他也未必是每个学术领域最卓越的人物。不过一说到当前中国总体的文化领域，我以为王氏可属顶级一类。为什么？就是各方面的精深研究和痛苦思考，造就他成为一位非凡的学人。他是在新时期以来才渐渐趋向与这种地位。

只是在九十年代以后，他进行了文化上的反思，他，以及他的思想学术，才更成熟、更丰富、更吸引人。他在《关于近年的反思答问》里说过一句话："我不知道是不是可以把反思说成是出于一种忧患意识，以一个知识分子的责任感对过去的信念加以反省,以寻求真知。"我想他的反思就是这样的。所以他说他的反思不是像有的学者所说,是由海外学人文章的启发而生,也不是当今学者说的,是由于思想的淡化而走向学术的"出台"。他指出朱学勤和李泽厚的类似说法都是他所不能同意的。最初引起他进行反思的,是所谓的"激进主义",这在我们几十年的生活中随处可见,为害不浅。这一般表现为"左",为"矫枉必须过正"之类。这是从五四就有的一种思潮。

于是他进而反思五四。我以为,近年以来,也许没有谁在这方面作出的思索比他更深刻。他也真能下苦功夫,苦读。他从五四的领袖人物陈独秀、钱玄同那里找激进主义的开端。他研究一直被人目为落后的杜亚泉。他研究当时势不两立的两派议论。再向上,为找清个性解放的历史发展,他读到龚自珍、曹雪芹和戴震,并及于邓石如的书法和郑板桥的画。可称"上下而求索"。他从五四精神里找到消极的四种观念。一是庸俗进化论,一是激进主义,一是功利主义,一是意图伦理。好像他最反感的是其二和其四。九十年代以来,"反思"这个词频繁在他的文中出现,这不是偶然的。且看一九九四年他已有《关于近年的反思答问》。提出到更早的时代,他有时用"反省"一词。九十年代以来一直以"反思"为主要课题。他从顾准的著作里固然可以看到反思(反省),他从张中晓的著作里也注意到他说的"哲学性的自我反思"这样概念。

更不用说他从前辈学人孙冶方那里读出监狱里的"论战书",也就是一种反思。他从孙冶方生平看出"坚持独立思考,坚持批判精神是要付出巨大代价的。"为了反思,他敢于把最权威的观点提出来剖析。比如,鲁迅是他终生崇敬的人,但他也提出鲁迅"也是在那时候说自己属于遵命文学的",他大胆论证,"一旦跨入遵命文学,就难免会使自己的独立精神、自由思想不蒙受伤害。三十年代,他参与批评文艺自由与第三种人运动,是受到极"左"路线的影响。当时第三国际提出了反对中间派的口号",当然还有其他史实作根据,可是同时他也认为鲁迅是最早对五四以来流行的庸俗进化论提出怀疑的人,鲁迅已不相信青年一定胜于老年。鲁迅虽时有过激之言,他毕竟是大思想家,其建树更大得多。对鲁迅的态度,也是王元化对一切前辈思想家的态度。

正如王元化的学生胡晓明在《一切诚念终当相遇》文中所记,王氏是"传统中人"。这可以说是旧的传统,但尤当说是五四以来的传统。他谈顾准时,我以为他也是谈他自己。那就是"渗透着对祖国,对人类命运的沉思,处处显示了疾虚妄、求真知的独立精神"。他的观点是,"反思应该是整个民族的,特别是知识分子阶层整体性的行为"。因此这对他来说,反思是严肃的、郑重的。

二〇〇一年五月十三日

黄庭坚的"牛棚日记"

　　中国人最早的日记,或所谓的日记文学,也不知始于何时。以前见过《司马光日记校注》(李裕民),也许那就是中国较早的日记了吧。翻了翻,所记都是朝廷大事,任免、政令之类,没有趣味,就不看了。也难怪,司马光是当朝大臣,史学家。他为写一朝的历史而作日记,当然只能如此。后来见到稍后一点的黄庭坚《宜州家乘》,篇幅不大,就读完了。作者是大诗人,大书法家,而且在这两方面都与苏东坡齐名并称,那日记自然好读。据说后来他这部日记落到后一朝的皇帝手里,皇帝一直放在案头玩赏。请想呀,那么好的书法,那么好的文学,真是"人见人爱"。为什么这日记叫家乘? 家乘本是家史之意,也许他以为这就是他们家家史的一部分吧。正如司马光的日记原叫《日录》,是为国事作记录的。宜州在广西,那是黄庭坚五十九岁时被谪贬的地方,他第二年就死在那里。大约住了十个月,日记却大体不断,记了约八个月,所以很可宝贵。

宋代在司马光和王安石同朝的时代,党争不断,黄庭坚(以及苏东坡)是小官员、大文人,也搅在里面,十几年在各地流放受苦,最后到了宜州。以前也不知他是否写日记,反正到了这里,他写起了。可是这时他已没什么事可写了。就是安置在那个穷苦地方受罪来了,写什么?但是他也还是可以写,我们看看也还有趣。我感兴趣的是他那种乐天而又平静的心态,他深通佛典,也许受禅宗精神的影响,写时年事已高,没有浓墨重彩了,淡淡写日常事,融融写世间情,简明,好读。宜州的士人对这位名满天下的诗人,也还是好的。老有人送点吃的、用的;老有人来饮酒,下棋。这可不是小事。这使他的生活大有改善,也增加生机。不然怎么活?比如,"从元明浴于小南门石桥上民家浴室,与叔对棋,叔对三北。"我想,也可能那时有了个体营业的澡堂,至少那地方有。或者是借用?不然如此穷困的地方,哪能有"浴室"?后来,他与一个僧寺熟了,就常到那里去洗澡,不过也还是去民间"浴室"。他当时已不食肉,因为哥哥来,开几天戒,平常还是素食。日记云:"步到崇宁(寺),采莼作羹",又有"作素包子"。"郭戎送枇杷,甘甚;又送面两石"。"党君送含笑花两枝"。有一天,有人"寄大苦笋数十头,甚珍,与蜀中苦笋相似,江南所无也。"他曾写过《苦笋赋》,赞苦笋"小苦而反成味"。这时他一定忆起二十年前与苏东坡因苦笋而有诗唱和吧？苏诗说，四川苦笋好吃，真想不当官了，回老家吃笋去。黄氏写诗说，你要真想吃，干脆就辞了那个小小的官职(《公如端为苦笋归，明日青衫诚可脱》)。这则日记里的情感，要人仔细体味了。他还同友人绕宜州城而行，说："四面皆山，而无林木。"不知那里现在怎么样？宜州气候多变，风雨不定。他记得很细，"中夜大雨达旦"，或者"入夜小雨彻明"。他是一夜夜地不多睡觉吧。有时记"天气似京师五月"，他想念开封了吧？有一则记云："数日皆夜雨昼晴，是夕星月粲然"，这里显露出文字的妩媚。在宜州这样住了半年，忽然上级有令，说他不能住在城里或寺庙中，要搬到郊外。于是他搬出，住在一个不能避雨，不能遮风的破房里，很快去世。"文革"中的"牛棚"是讲集体放牧的，而在宋代则强调单独驯养。有趣。他原来就记过："累日苦心悸，合定志小丸成。"他为自己调药呢。他大约是死于心脏病。令人尊敬的是黄庭坚的一位崇拜者范廖，他远从成都来，一直伴着黄氏到去世。我想他搬家是在五月初六。因为五月前十九天的日记都不缺，只缺初六那天的，而且在初七的日记上记着一句："自此宿南楼，范信中(廖)从之。"不过，关于此事，也仅见此一句，后来再也不说。读到这些，我也很难过。

二〇〇〇年十月二十六日

在苦难中的超越

《苏轼传》是苏轼研究专家王水照和崔铭合著的一部书,四十五万字,去年由天津人民出版社出版。这书写得很好,但这却是一部不好写的书。苏轼一生经历丰富复杂,著作多,面广,这是难点之一。还有,就是有林语堂的名著《苏东坡传》在前面比着,那书写得那么精彩。

我读《苏轼传》,觉得全书对苏轼的评价,大体与《苏东坡传》相似,林氏的概括即所谓:"是秉性难改的乐天派,是悲天悯人的道德家,是黎民百姓的好朋友,是散文作家",等等。《苏轼传》大体上也是以这种评价展开的。不过书的副题《智者在苦难中的超越》又表明作者们是极力从苏轼生活经历来理解和描述他的。因此这书自有它的不容忽视的特点。一,它严格按编年叙事,而且强调苏轼作为作家的一个方面。全书将苏轼的诗词文章贯串它的一生。对比来看，《苏东坡传》就不是这样，它要照顾英美读者的理解力和趣味，诗文不能多引；它使用的传说故事更多，也占更重要的位置。因此，这本《苏轼传》对读者从苏轼作品了解他的生平，是更有益的。在叙事中展开对作品的阐释，而且阐释得极好。这表现出王水照先生对苏轼作品研究的功底非凡，而且在传记里应用随心自如。苏轼的心事、文思，与天下的政事，交织一起，所以合了"在苦难中的超越"，而且是一位"智者"的超越。没读过苏集的读者，从《传》中引用的大量诗、词、文中，特别是从并不常见的随笔、短笺中，能贪图的，真是不少。

二、林语堂酷爱苏东坡。林写的是文学性更强的作品，在相当大的程度上是散文创作。当然林氏有他充分的历史材料证明，而我总觉其着眼点在于苏东坡的人格，而且是作者喜爱的人格。而《苏轼传》则更带有学术性。它更全面，更讲究论证。的确，苏轼的风流潇洒，几乎是天成。但是，环境也造就他。不论从作品看生平，还是从生平看作品，都不单有潇洒风流，而且有个人的痛苦和人民的苦难。乌台诗案（中国最可笑的文字狱之一）后被贬黄州，是苏轼生活的关键一步。在林、王二传中，都重点写。余秋雨重要散文《苏东坡突围》也选这一段来写。苏轼的人生和他的作品，在此都是一个高峰。对这一段生活，《苏轼传》无疑写得更丰富。它把痛苦和苦难展示得更充分，以至于惊心动魄。苦难充分，"超越"才有力。林氏过分地渲染了苏东坡在苦难中的乐天、快活，甚至把他在"乌台诗案"里受审时的屈辱与痛苦也说成"有趣"。《苏轼传》则把黄州生活写得更令人可信。比如当时苏轼在许多信里反复叮嘱友人"看讫，火之"，"传闻京师，非细事也"。他是惊弓之鸟了。他在贵州又看生平所未见的民间疾苦，苦日子也尝到。在此有一点不可不提。苏轼在黄州时写过许多信，其中有一封是给他的朋友也是政敌章惇的，信中对以往表示悔过。林传说，是"一封非常贴切的回信，悔过之意，溢于言表"，是"再得体不过"，简直可请皇帝过目；言外之意是应付，巧于周而已。而王著则以为"可能夹杂着个人求助的动机"。我以为写得较真。这似乎顺理成章。王著写出的诗人，更复杂、真实些。三、关于王安石变法，林氏的否定也许太简单化。而王著则更客观些。关于苏、王二人，当然都是大作家，苏比王高。此书提到变法时，曾对比苏、王的见解说："无论是思想的高度，还是目光的远大，苏轼都无法与一代名相王安石相提并论"。这也是客观的。此书在王安石身上着墨不少，而且是王安石与苏轼的交往中写的，重头文章在王安石罢相以后，苏轼在金陵访王，政敌又称老友，旧怀尽释，论文极乐。那一大段就写出北宋文人的大度风雅，更写出两位大作家的可爱。

二〇〇一年四月五日

读牧惠《漏网》

牧惠是当今有成就的杂文家。以我的阅读感觉而言,我得说他的杂文写得实在算是好的。他写得真诚而有深度,尖锐而有激情,纵论古今,有益于世道人心。不过我读他的这类书,也时有吃力的感觉,因为一要追上他的说理,二是注意他引用的不少古书。新近得到他的另一种性质的著作《漏网》,一气读下去,轻松愉快。我才知道,原来牧惠的散文也写得这么好。《漏网》是一部回忆文章选集,一般是列入散文一类的。这是河南人民出版社"沧桑文丛"的一种。从名目上可知,它是忆旧之作。丛书的编者李辉专攻当代中国文化人命运问题,写过不少引人注目之作。他选入牧惠,是不是有代表性呢? 我原先不知道。一读之下,竟觉出李辉毕竟是有眼光的编者。牧惠的回忆录是有特色的。

看样子，牧惠也并不是有计划地一气写成一部回忆录，这是先后三十年间忆旧散文的集成。从中大体可以看到牧惠一生的经历和思想、感情、认识的变化过程。喜读牧惠杂文的读者，如欲识其人，读此集可得见大略。不读牧惠杂文的人，读此集，你可以看到中国这一代文化人的命运。书分三部分。《耍水》写童年和求学，《耍枪》写两年的武工队生活，《耍笔》写新中国成立后迄今的笔墨生涯。由于牧惠生活活动邻近香港的村镇，风土人情，与内地大异，如《相似寨》一篇里写那村前的流水和怪树，是不可多得的风景画。《耍水》里的童年是穷苦的童年，《耍枪》里的生活是艰苦危险的生活。奇怪，他写来都成为那么有趣、那么生机盎然的生活。我和牧惠算是同龄人，他经历的那个时代，我也熟悉。我依然读出了一片新天地，认识了一片新天地，而且认知了一种新精神。谁打算更深地理解牧惠杂文，你先读他的童年和青春。读了这些，你会依稀看到一条血性汉子，他不是徒托空言以求名利者。《耍笔》写新中国成立以后的生活。按说，这时共和国建立，牧惠原是大学中文系的学生，可以从事自己的专业，或接近专业的工作，宿愿得偿。但是从他的经历中读者会感到，苦涩似乎增加了。历经运动，苦涩而至于苦痛，有时似乎难以生活下去。老区乡亲的生活艰难，若干当年战友处境悲惨难言。这都使同他们共过生死的牧惠反思而痛苦。"人情练达即文章"，这大约就是牧惠杂文形成的更深层的根据吧。

《耍笔》里的经历，大体来说，当代人经历过的人甚多。然而，牧惠身处《红旗》杂志编辑部内，见闻当然又非一般人可比，或也可称作"高处不胜寒"。然而，即使在《耍笔》一部分里，下放在农家时，他也依然有其乐趣，似乎当武工队长时对农民的亲近感觉又出现了。牧惠始终不忘记农民对他的好处，或可说，恩德。

我还没有说这本书里的有趣之处。"四眼林"（牧惠原名林文山，戴眼镜，有此名号）用新获的日式手枪处决罪犯，一连三枪没打响，罪犯转头说："快一点好不好？"一时传为笑谈。牧惠下放石家庄时，赶集买只狗回去吃，卖狗的姑娘卖狗却不卖绳。弄得他好不狼狈。书里此等妙处，不胜枚举，只好由读者自赏了。

一九九八年三月

过去的读书人

　　我近来读到谢泳先生著《学人今昔》，读得津津有味。

　　早已知道谢泳这几年，在一无资助二无合作的情况下，默默地搞着两个专题的研究。一个是《观察》杂志，一个是关于西南联大。实际上他研究的是活跃于中国四十年代的读书人的事业和命运。当然，他的研究也延伸到这批知识分子在新中国建立以后的事业和命运。我以为他的选题很有特色。他的这种治学方法就是某些学者所主张的：题目要小，视野要宽，开掘要深。我很赞成他的这种干法。这且不说。他当然是要写专著的。在专著尚未写成之前，他把某些材料先行刊出，加上自己的感想或评价，就成为许多杂文随笔。据说他的这类文章在报刊发表之后，在学术界的一些同行中得到较好的反应。我虽是外行，也颇知道这个总题目很有学术意义并有现实感。

此书共收短文六十二篇，论及当前学风世风文风者也不少。不过主体是他的研究范围里的东西：学者的事业和命运。如果我再来归纳一下的话，主要的论题其实是：现代学术史上的学者人格。学者是人，也有人格。不过他的人格组成较复杂，有政治的、道德的、学术的、思想的、师承的，等等。当然研究起来会很丰富。进入此书目录的人名约有：金岳霖、杨树达、汤用彤、陈垣、顾颉刚、贺麟、周一良、尹达、王瑶、钱钟书、沈从文、储安平、胡适和常风，涉的人就更多。大体说来他谈论的是三方面的问题：新中国成立前夕一些人的留大陆和去台湾；留下来的处境如何，学术如何；正在成长的学人（解放时三十岁左右），发展如何。读者一定知道，研究这样的问题难度很大。以谢泳这样的年轻学者要去透彻解决此题，怕不是短时日的事。但谢泳下了大辛苦，广泛掌握材料，走入历史，贴近学人之心；治学又谨慎，不轻下断语，所以这片片断断的随笔杂论，逐篇看来也很有说服力，而且有趣。许多地方，使人猛地一惊，或不禁长叹。其中，顽强反抗时流的陈寅恪，小心适应而刚直自处的顾颉刚，还有内心苦闷、闭口无言的钱钟书，软弱而少思量的周一良，都写得很动人。书里写到当年愿留大陆的老一代学人，是有爱国心的，是对新中国抱有热望并希望有所贡献的。但后来一切并不如所想。历次运动严重伤害了他们，总的说来，学术环境太不理想，甚至使他们难以生存。《杨树达的屈辱》，题就好。老学人在新中国倒没有遭到太大的折磨。但是,指责教训他的人、审他稿件的人,对他形成一个无形之网,使他太屈辱。顾颉刚面对的是比他年轻得多、学术上与他难以比拟的学术领导。那位领导教训他:"我看你就害在这几百箱书上了!"这叫一位老学人何以堪之呢? 新中国看重他,不就是因为他肚里装下了这几百箱书吗? 叙钱钟书,说他的特点是:本人"是自由主义知识分子中的一员",却又看不上那些知名的自由主义知识分子,因此才有《围城》那样的书。解得好。又说,"钱钟书从四十岁以后,几乎没有再说什么自己真想说的话"。这说得使人伤心。不再举例了。我以为,关心学术,流连书籍的人,都不妨一读此书。

我要说几句读书时有存疑的话。我以为书里说钱钟书看不起胡适的学问,虽合情理,但没有充分资料证明。这不大合谢泳一般的著文习惯。还有一点,谢泳说"中国新文学的传统是依靠大学延续的,继承新文学传统的人首先是校园里的学生。"这结论也嫌论据不足。如果说到社会科学(包括文学)的研究,那该是这样的吧。因为研究需要图书资料,需要导师,需要学术师承家法,这只有大学里有。而文学创作则没有这种前提条件。五四后的巴金、老舍、丁玲、萧红、孙犁、艾青、艾芜、胡风、柯灵和黄裳,这是我临时想到的人名,都不合谢文所指。新时期以来的作家群也不是如此。而且,一些作家读过大学并不能证明作者的论断,因为那和"大学校园里的学生"是不一样的。不过这是另一个问题了,与此书的主体无关,顺便一说而已。

我想再说几句关于对四十年代,或更以前至二十年代的回忆。在这方面我赞成钱钟书先生说的几句话,大意是:作小说时人的想象力很差,一到回忆起来,想象力又过分地强。现在某些学人是不是把那个时代的学术环境想象的太好了?我还是要举钱先生著作。《围城》、《人·兽·鬼》和《写在人生边上》都写各种知识分子,实际上也写出了当代的人文环境和学术环境。那就不怎么理想,或者说很丑恶。当然,小说可以只强调某一方面。但,总该是一个不可以忽略的方面。近来在《文汇读书周报》上读到《北大宿怨》,回顾二十年代北大学者间形成的怨恨,及在以后的发展。其中历史是非在此不论,想来相反的议论一定也会很多。这都证明当时学界不是一片净地。到四十年代,大约只会更坏而不会更好。

一九四一年罗家伦在重庆任中央大学校长时作演说,后合集为《新人生观》。他也说什么"儒商"、"书卷气"。但主要指出,"现在中国文化方面,有一个绝大的危机,就是高尚的中国文化,渐渐的少人了解,而优美的西洋文化同时又不能吸收。""向他奏舒伯尔特、叔班(肖邦)或华格纳的乐谱,自然无动于衷,若一闻黑人的"爵士"音乐,便两脚发痒。""趋时图利的画家,竟以犷悍为有力,以乱抹为传神,于是已达到高峰的中国美术,也就有江河日下之势了。"这同当前的某些感叹不是很相似吗?学者罗庸在抗战时于昆明作演讲,集《鸭池十讲》,当时他是西南联大教授。他说:"学校中师生的关系日趋淡薄,教员拿知识换钱,学生拿钱买知识,交易而退,各得其所,全无人格上的陶熔感化,失去了教育的意义,只剩下知识的传习。"他们说的都是四十年代读书人的事,即那时的人文学术环境。

文化环境永远不能尽如人意。它也永远在进步,在创造,永远会产生自己的大师和巨著。从孔夫子到本世纪的四十年代,再到如今,一直如此。诚然,西南联大是一个特别的学术现象,或许不能作一般的通例看吧。

一九九八年四月

闲读《旧时光》

年轻的学者谢泳编了一本《旧时光》,在今年初出版。此书编的很有意思,专收一九四九年前,其实更可以说专收一九三七年以前游山西的文章。而且作者又必是留学归来,眼界开阔的知识分子。共收文十七篇,约十四万字。作者都是名家大家,包括胡适、冰心、陶希圣、蒋梦麟等人。这书对研究山西大有好处,内容涉及政治、经济、社会、文化教育及军事、社会各方面。但是我什么也不研究,只随便翻翻,也觉有趣。

学者读此书可以找到许多材料,而我只是想看看,当时山西人和太原人都吃些什么,结果很失望。那些大学者好像对吃都不怎么感兴趣,不曾提及或写得极简。他们不是寻常人,大都是应邀而来,有阔人做东招待。胡适是这么写的:"路上终日没有饭吃。我们带得有面包、黄油、水果等。"那还有什么说的呢?

只有女作家陈衡哲写了一笔。她是同蒋梦麟等几位，应当时的财政部长孔祥熙的邀请，去太谷孔宅和太原参观的。有过宴会，孔氏设家宴，后来在太原阎锡山也设公宴宴请他们。她没详记宴会，也没谈过什么地方菜的风味之类，这在当代人的散文中是少不了要写的。是他们不爱吃喝，还是没给他们吃呢？不知道。只是关于孔府的吃食，她写过几笔。她说："孔小姐愿意说上海话，吃上海菜。"孔家小姐身居太谷，要吃上海菜，想必有上海厨师喽。陈氏自己吃过的东西只记得："晚饭也是在孔宅中吃的，夹在薄饼里吃的徽子，太好了，杏子也甜得像蜜桃。饮料则有汾酒和葡萄汁，都是本省的产品。"孔祥熙接待他们很殷勤，但似乎也不算豪奢。比起现在的接待，那时算是菲薄的了。此外我没找到吃吃喝喝的事。呜呼，那时即使是孔宅家宴，吃喝之风，也不比现在。

那时候，孔氏也就请客人参观乔家大院了，也看那一带的山西票号，还看铭贤学校的设备和工厂农业。我感兴趣的还有一篇写于三十年代的文章，说当时太原市内可供游玩的地方有两处。一是海子边，这我知道，现在那里还是一个公园。一是"南华门街的树林下"。"街"，而且"树林下"，这可是叫我发愣的事。我来太原四十多年了，在南华门街也住了二十年，从不知南华门街上或附近还可以有树林，而且可供游玩。现在作家协会的所在地就有当年阎锡山夫人的居宅，其他富贵人家的四合院也还有,五十年代的旧街依然在。我真看不出哪儿能有树林一片。倒是南华门街附近有个叫杏花岭的地方,难道那里曾经是树林? 三十年前,那里是一个体育场。再早,就不知道了。

二〇〇〇年三月十七日

董乐山随笔

谈论美国当代文学的文章中,我最爱读的有三家作品。一是冯亦代先生的,再就是董家兄弟二人,董鼎山和他的令弟董乐山。董鼎山先生四十年代末到美国,一直留居至今。他用英语写作书评,并已走入美国文学界,颇有名气。董乐山先生出身于圣约翰大学英国文学系,毕业后,到北京做翻译工作,业余写作。如果说这两位先生的文章各有什么特色,我以为董鼎山先生的文笔很有美国书评的简洁和风趣,绝不会使读者感到拖沓而稍生厌倦。乐山先生呢,由于对中国现实有更深的理解,当然就能更多地触及当前文化人的心。他们(包括冯亦代先生)都善写英美人以及英国语言最擅长的随笔。读者有一卷在手,便可消一永日。我得到一本董乐山著《文化的误读》,且说这一本书。这是"学术随笔文丛"的一种,一九九七年中国社科版。只是十五万字的小书,收一九九四年至一九九六年随笔六十六篇。这样,你如果要给它归纳一个总的主题也不好办,大体来说,书的题目也就算归纳好了。"文化的误读",这是因近些年来,大量译介国外读物,所　产生的问题。从译文原文的差异,到莫名其妙的音译及似是而非的意译,写起来很有意思,使人解颐。但这是次要的。有些文章虽小,却提出或说明了重大的文化问题。文学问题自然是作者最关注的,但作者视野却不限于文学,文化、政治、经济、哲学,以及当代世界思潮,都可自然地来到作者笔下,侃侃而谈,妙趣横生。作者是译过《第三帝国的兴亡》的人,三十年代以来的世界史是熟悉于心。他还任过社科院研究生院美国学系的主任,当然不可能只把眼光囿于文学。无怪他笔下放得开,也深得下去。

还是先说文学,书中几篇论美国当代通俗小说的文章,我读得最起劲。看他分析美国侦探小说和英国侦探小说的不同,很是有趣。他论及美国侦探小说向国际间谍小说发展,又转向法理小说和所谓的财经小说发展,把社会变化和文学题材变化的关系讲得很透,而且很有趣很有说服力。说到财经小说,他举当前正时髦的梁凤仪小说为例,并演绎出她的一般公式。他论美国的社会小说,举阿赛·黑利为例,说明其有价值和少价值的地方,都有自己的见地。我最佩服《极端主义和主义的极端》一文的概述。《"隔都"还是"隔土"》和《"克里斯马"说》,表面上都是在说一个词语译法,但文中涉及的却广泛而深刻得多。两文都是不足两千字的短文,前文说,隔都或隔土,是犹太人集中居住区。然后说到波兰犹太人受欺之严重。二战初起时,犹太人在华沙的隔都里起义反抗德国法西斯,波兰人不予支援,看着他们被镇压下去。而二战结束前,波兰人在抗击法西斯时,正在前进的苏军也隔河相望,不支援,等他们完蛋以后才过河。作者的感慨很深。后一文里,解释"克里斯马"这古怪的词,就是"领袖魅力"。中国在领袖走下神坛后,对这一点特别有兴趣。其实,词的本意无非我们所谓的"大气候",与"神授"、"天赋"都无关系。我觉得这些意见往往倒是长篇论文里说不明白的。

一九九八年一月

这种随笔风格

里柯克是加拿大作家中唯一"接近伟大"的一位。

我读《里柯克随笔集》，在许多地方都会有会心的一笑；或者竟要大笑，不过还可以把笑憋在喉里。这原因大约是作者生活于一八六九年至一九四四年间，又是加拿大人，所写的事与我们就有一定的时空距离。理解未必深，感悟也未必足够。还有，译者萧乾和文洁若的译笔虽无可挑剔，但这种幽默的作品，常是极精致易损的，一经翻译，总难免在抖包袱的词语之间，失掉一点什么。这都是没有法子的事，既不怪译者，也不全怪读者。据我的感受而言，如此引人，这也就很难得了。

这位作家是一位幽默专家。他作为政治经济学教授，一生写了几十部幽默随笔集，也是怪事。他的随笔同我们现在的随笔有点不同。有些随笔长可二万字，是完整的短篇小说，一般也都有人物和情节。我觉得这个品种的随笔是我们这里很少见到的。所以就想说几句,引起随笔作者的注意,说不定也会有人"引进"这个品种。(千万莫产生什么模仿、抄袭之类的官司)

第一,我觉得里柯克受到美国马克·吐温小说的影响很明显。高度地,而且是大幅度地夸张,把他喜欢写的日常生活弄得很不日常,难以置信。比如马克·吐温写某人竞选,刚作完演说,忽然上来十来个小孩,一起抱腿叫爸爸,说是他的私生子。里柯克写作采用的手法大体如此。比如,那位小说家向记者说,他构思小说的窍门是对一群猪冥想半小时;一位旅游者在巴黎为小账所烦,他说他还有一封介绍信介绍他去见法国总统,他没法交信。他说:"他一定会期待我给小账。"他预期在某个时候,美国以自己的力量,一定会把欧洲的古董包括许多古战场,都原样移置到美国。在这些夸张里,读者会惊讶,彻悟,大笑。我想这大约可以说是随笔上的大写意手法。

第二,也同马克·吐温相似,他的作品的叙述者常是一个头脑简单,甚至是傻里傻气的家伙。这个家伙见了许多他不了解或叫他上当的事。而这些事,当然,在读者的眼中是一目了然的。我顺便说一下,我们的随笔作者却往往不愿隐在一个傻货和冒失鬼的背后。他们不愿失去一个机会去展示他们自己的聪明。然而可惜,他们的聪明、洞察力又常很一般。当然也有见解不凡者,那表现方法又多重复陈旧。为什么不弄套新的耍耍?

第三，严肃地使用幽默，这很重要。我们夫人小品里有逗笑的，但是没有达到幽默。下之者，为逗笑而耍贫。一贫，品格便低了。贫，就是接近幽默的俗。它不能使读者在精神上有提高。里柯克在此集中有一篇《我的幽默感》，是有价值的议论，择其要者而言，他似乎还是说我们以前所熟知的，"带着眼泪的微笑"。他说是"悲天悯人"，我们现在说什么"终极关怀"，大意如此。

　　第四，语言、叙事上的讲究。芒刺随处可见可感，这是随笔作品万不可少的。有一篇，说到度假处东道主有一只可憎的小狗威吉，"我"在夜间把它扔到湖里。次日，女主人念叨小狗不会迷路呀。"但是从威吉呆的地方，谁也回不来。"读这一句，我笑了。这样的地方，在这本集子里太多，不胜枚举。如果不是这样，它也就不足读了。

　　　　　　　　　　　　　　　一九九八年八月十八日

《从家乡到美国》

赵元任先生有"汉语言学之父"的尊称,不过他的语言学著作我没有读到过。近日借到一本《从家乡到美国》,是赵先生晚年写的早年回忆。可惜书未写完,人已故去。他只写了三章。而这三章里,后两章是用英语写的,由别人译成中文。只有第一章是他自己用汉语写的,更可从中领略这位大师的笔墨意趣。我以为是很可一读的作品。

自传自然是从幼年写起。从天津、北京、保定、冀州,一直写到常州老家。我特别感兴趣的是这位语言学家的文章特色。他要用北京话叙述童年生活,而且他极注意,像调查地方方言的科学家那样精心地对待语言、语气和词的使用。比如他说,本篇"完全是当年平常说话通行的话,所以后来才通行的一些所谓新名词本文都不用。例如从前不说'特别',只说'格外'、'更加'

之类。"我才知道,现在人们挂在嘴上的"特别"竟是创造不久的新词,至少是新流行起来的词。有的用语,作者加了注。我们才明白。如,"也不第二年"就是"也不知道是第二年",说快了,省下几个字。赵先生讲究的是一个准。所以一些词如"时候"等,加以"儿化",就很多。你要是细读而体会一下,它自有情趣。

最使我惊叹的,是这位先生在幼年对语言和音乐的敏感程度。他后来学会中国方言三十三种,不是偶然,他在十岁以前,或从五六岁开始,已体会各地方言的不同。他说,"我一小儿对于各种口音向来留心,所以什么声音一学就会。""我五岁的时候儿说一种不顶纯正的京话,说一种地道的江苏常熟话,可是念书就只会用江苏常州音念。"小时候念古书的音调,听知府大堂差役打板子数数的音调,他后来都能记住,并可以用音符表示出来。你说不是天才是什么?

书里对于儿童心理的记叙,也是很深切的地方,说是有很高的文学表现力也恰当。有一处,写到家居迁移的前夜(他祖父的居官任所,屡有变动)。那时他五六岁,跟着妈妈睡。"平常睡觉谁先睡着谁后睡着压根儿就不觉得。可是那天晚上呵,我一看见妈睡着了,我就大哭起来了。妈妈被我这么一闹醒了连忙问我说:'什么事?怎么啦?'我说:'妈先睡着了嘤!'……当时我觉着妈先睡着了就好像全家都走了,把我一人给拉下来了似的,就觉着孤凄凄得不得了似的。"还有一处,写儿童对"平常过

日子的滋味"，比这更细致入微。不过太长，不再引了。现在搞儿童文学创作的人，读一读这样的书，一定也会有好处。

一九九八年八月

读书人谈读书人

　　刘绪源《冬夜小札》是浙江人民出版社"今人书话系列"里的一种。书里收读书随笔八十多篇。我以为，这套书系选中刘绪源，是选得很有眼光的。刘先生这些年来，编着读书性的报纸，所交也多是读书人。他写的文章，也都与读书有关。所以他是一位真正的读书人。记得《红楼梦》里用过"读书种子"这么个词，我觉得他不单是读书人，而且是一个读书种子。我倒也说不清什么样的人才叫读书种子，大约说来，该是读书入迷的吧。我只见过他一面，不能说了解。我从他的文章上看，觉得他算是这么种人。书里第一篇文章题为《莫名我就喜欢你》，那个"你"，不是他的爱人，而是书。

　　我读了这本书，很是喜欢。我最喜欢作者对人或读书人的那种理解，他真的一下子就同许多读书人写书人心贴上了心。

他自称是"张迷"。不是迷的张爱玲,而是迷的张中行老先生,尤其张的回忆先辈学人的文章。他说,"张中行是真能体味这些大知识分子复杂的内心世界的,对于他们的情感、个性、癖好,以致某种性格上的缺憾,他都投以理解、宽容以至同情的目光,使他作品充满一种深邃的人情味。"我以为刘绪源自己对"五四"以来这几代文人,也是如此。他写过的新文学史上最不好解读的作家论。此书我未得读,但我读过他在《文汇读书周报》上发表的论文,此书里也有几篇。我以为论得好。他论张中行,论黄裳、孙犁,都道出他们所受到的远远近近的影响。其实,那也是久远的中国文化和五四文学传统的力量。他谈俞平伯,点出其"老人心态"的一面;他谈废名,指出其"儿童心态"的一方面。他都能把道理说通,尤可称道者,是从心理上贴近他们。刘绪源自己也有"儿童心态",天真的很。他说黄裳师法某大家。不错,黄氏自己也说过他师从的先辈之中有此人。但似乎黄氏并不同意说自己主要从此家学来。刘绪源读了钱钟书的一封信,其中说到黄文的渊源,他便振振有词地坚持此说。其实呢,由我看来,黄氏文章得益于鲁迅者更多。但绪源就是这么"拗",他对他的研究对象也不让步。此类文章他写得最多,也最好。我十分欣赏他写的《颐养天年的赵家璧先生》和《范用之可爱》。他热爱、景仰这两位编辑前辈先生。写赵的平静淡泊和童心,同时写出功成之后的自得和不自足。写这位老人在垂暮之年,还有憾于末编出一部鲁迅的创作的书。那神情和心理，真是深刻生动。写范用，写他的风风火火和细心，这且不说。写范用的客厅，说那布置，竟同他编辑的一套丛书的封面设计很相像。这真是传神的笔墨，使人不禁会心一笑。《章衣萍的道德文章》是这类中最长的一篇，占十八页。他引章衣萍《随笔三种》里的许多原文，都是记所知文人的逸闻趣事。这是章著中最有价值的部分。其实也可见出绪源最感兴趣的东西，那就是文人的精神、生活、心态。章衣萍在文学史上名声不太好，由于有鲁迅写的那首诗。诗曰："世界有文学，少女多丰臀。鸡汤代猪肉，北新遂掩门。"鲁迅是读到章衣萍《随笔三种》里有懒得摸少女的屁股之类的话，因而写诗刺之。我觉得绪源文章开头为章衣萍辩解的几句话，很合他一贯的理解方式。他说，鲁迅对他的学生章衣萍所作之诗，生前并未发表，只是"游戏之作"。后来把这诗当做鲁迅对人的结论，就有失鲁迅原意了。

《冬夜小札》不少篇写到"趣味读书"和"功力读书"间的关系，也都有见地，有益于青年读者。绪源就是这样读书和做学问的。在这个意义上讲，这种文章其实也可为学者一阅。

一九九八年一月

书评妙品　值得一读

——读《书与画像》

英国意识流小说的大家维吉尼亚·伍尔夫也写得一手绝妙散文，其实她的评论文章写得也好，可谓冰清玉洁，读起来是一种享受。有一本书，名曰《书与画像》，收入二十四篇文章，都是伍尔夫的作家论和书评。译者刘炳善先生译得很好，且为每篇都作了可靠的注释。以前读过刘先生译的《伊利亚随笔选》，那是英国散文家兰姆的名著，那时已感到刘先生译笔的亲切朴实，颇可传兰姆之神韵，所以又见到他译的这本书就立刻买来读。

伍尔夫写小说是现代派，用意识流手法，但她对英国古典大师和经典著作却又满怀景仰之情，她的文章，不管是作家论还是书评，写来也潇洒清新，如实道来，娓娓动听，一点也没有故弄玄虚、滥使新词的毛病。即使她所主张的理论,意识流心理真实等等,也决不见她评论往昔作家作品时使用,仅有一篇,据说可以看做代表她的理论观点,甚至是她的创作宣言的,那是《现代小说》,她要为意识流的方法争一个"说法"。但是那一篇写得也那么幽默风趣,所以,如果你在《英国文学选读》这样的英语读本里也发现了它,不必惊异,原来伍尔夫的评论文章都是那么漂亮,有资格进入各种英国文学选本。

　　能把作家论和书评写得这么好的人实在不多。如果你也同本文作者一样,对英国文学只看过几个中译本,只知道很少几位英国作家的名字,那么,手持一册《书与画像》也不要惶然不安。"我能读得懂吗?"我这样想过。可是稍稍静下心来读三二篇,我竟觉得津津有味。即使伍尔夫评论了我根本不知道的作家和书,我也能从她生动的介绍和简洁的复述中领略其风味。专家读了当然会有更大的收益,但普通读者读了,也有启蒙、引导、启示,这才是最理想的作家论和书评。我来举两个例子吧。此集中收有一篇《斯威夫特的〈致斯苔拉小札〉》,这是书评。斯威夫特是美国十八世纪前期的大作家。斯威夫特曾经同时爱上两个女人,其中一个名叫斯苔拉。斯威夫特在几年的时间里给斯苔拉写了许多信,后来这些信件被编入此集。我猜想这当是斯威夫特身后之事。《致斯苔拉小札》大约没有中译本,不是专研究斯威夫特的人大约也不会去读它。我当然没读过。不过我却怀着浓厚的兴趣读完伍尔夫的书评。何以能够如此？因为伍尔夫的文章太引人。她像叙述一个爱情故事那样把一本书信集加以复述，又多多少少使用征引原文的方法。她引你欣赏文章，而且也使你了解大作家生活、性格的一个侧面，认识斯苔拉这位极有性格魅力的女郎，真妙。谁都知道，书评不能毫无复述。而这一篇的复述达到出神入化之境，一共用了七千字。如果说伍尔夫从一部书信里用复述的方式重新塑造写信人和收信人的形象，那么在另一篇《多萝西·奥斯本的〈书信集〉》中，则从众多的书信里读到一部以家庭为题材的小说，那里面有众多的人物，这些人物分散地存在于一位少女的许多封书信里，经伍尔夫一引用、归纳、复述，竟成了生动风趣的人物速写。这是写书评的极大功力。正如伍尔夫在评《伤感的旅行》这部书里说的，"恰如潮水漫过海滨，把每一条波纹、每一个漩涡都留在沙滩上，仿佛刻在大理石上似的。"伍尔夫的书评（以及作家论）也具有这种力量和特点。

王佐良教授《中楼集》里有一篇谈威尔逊的文章指出，"威尔逊是卓越的实践批评家。他当然不是没有理论，但主要是一个就书论书的批评家。英美文学批评以其实践性见长，许多作家兼写文论，形成一个悠长的传统。"想必伍尔夫也是这个传统里成长起来的？我想一定是。不过写出这么好批评文章的作家也是越来越少了。

伍尔夫《书与画像》诸篇里,真知灼见时时透出,警语妙喻层出不穷,常常令人击节。我读时就不断掩卷而思:有几人能把书评和作家论写得这么好呢?(一般是七八千字一篇)的确值得一读。

(《书与画像》是"文化生活译丛"中之一种,一九九五年三联书店出版,十八万字)

一九九七年一月

读《芸斋梦余》

　　我一直爱读孙犁的作品。近来又买到一本《芸斋梦余》,是八十年代以至于今的散文随笔集,晚年之作,这从书名上也可以看出来。人到晚年,作品自然不同于青年壮年时期的,首先,热情就减弱了。他说,他自己读《孙犁文集》就觉出"后半部的血泪中,已经失去了进取;忧伤中已经听不见呼唤"。他还有一个使我惊愕的比喻,他说看到那么精美的《孙犁文集》,觉得那是自己的骨灰盒。这当然悲凉。不过孙犁晚期的作品还是积极的、美的、正气凛然的。

　　孙犁晚年足不出户,他过的一种学者生活。或者可以说,他接触当前的生活少了。以这样的心态和生活去写小说那自然是不行的,然而他写散文。他写散文仍然是高手。朝花夕拾,思往忆旧,另有一番无可比拟的情趣。正如他自己所说"历尽沧桑之后。红尘意远之时"，往事就带上一层深厚的诗意。孙犁又有那么一种老树生花的妙笔，写起来行云流水，而且云带虹彩，水染花香。他的忆往之作，我读起来直觉得是一阵温煦，一阵轻寒，把自己的心全浸透润透。孙犁的作品原来就以朴实为特色，晚年所作，更如淡墨山水，不但不设一点青绿丹黄，连一点赭石都懒得上。也许是因为我也有一点年岁，他的笔墨未到之处，我已深知其意，而且为其所感了。

在他年近七十的时候所写的《报纸的故事》，我当时读了就觉得眼睛有些湿润。这倒也不是作品里有什么惊心动魄的非常事件，也没有什么生离死别的非常情感。没有。文章只是写那么一点小事；订报。只订一个月的小报。穷学生向妻子又向父亲伸手要三块钱订一个月的报纸，是那么难于启齿。后来我读到报纸要糊到墙上，作者还不忘记把可读的文章露在外面，以便可以随时站到床上去读，我不禁想到一个成语：何以堪之？读了这篇再读《亡人逸事》，你就不能不想到"贫贱夫妻"这个成语的丰富内容。《木棍儿》写手杖，惘然中有那么多的温暖。《菜花》有那么多的欣喜，对于从白菜和萝卜里长出来的黄色小花的描写，我没见过更有情趣的了，我想大约只有齐白石的画可以与之相比吧。文后忽然写到父亲当年就菜花给自己出的一条联语，至今也没对上，为文章平添多少惆怅。《鸡叫》也是如此，短短一篇，你说是厚重，似乎不可，但却可压在你心上良久不能摆脱。

那么，只有老年人才可欣赏孙犁的散文吗？绝不。美的文章是谁都可以接受的。大家不妨一试。

一九九七年八月

金性尧《伸脚录》

　　知道金性尧这个姓名很早，是从《鲁迅全集》上见到的。一九三四年鲁迅的日记和书信均有记载。我初以为金先生早年已在上海的什么出版社工作，后来才知道，同鲁迅通信时，他才十八岁，正在上海的一个企业里当小职员。那么小的年岁，已经同鲁迅有过交往，实在令人羡煞。金先生近年选注的《宋诗三百首》和《名诗三百首》我已经读过，选的好坏我不敢妄议，但注是细致得体、准确明快的，而且文字清新活泼，处处照顾到读者的阅读趣味，不愧是老编辑的出手佳作。因此，见到金先生的《伸脚录》（《书趣文丛》第二辑）我便购得一册。

　　书名似乎很怪，其实却有趣。明末散文大家张岱著有《夜航船》，其序的开头一句就是"天下学问，唯夜航船中最难对付"。那意思是，夜航船上，有各色人等，谈各种学问，谁能全对答得上？序中写到，某小僧在夜航船上听一士子高谈阔论，便蜷起腿来，不敢多言。后来这位士子在学问上果然露出大大的破绽，小僧乃笑曰："这等说起来，且待小僧伸伸腿。"金先生就说，"可见文章要不使小僧伸腿并非易事。我这本书是存心等待高僧伸脚的。"说得有趣。金先生的文章里常有这种幽默。

全书二百七十八页，收七十八篇文章，可见每篇文章都是较短的。这真如夜航船上的闲谈，自由随便，亲切有趣，决无那位士子自炫博学，端架子吓人的样子。然而你读这本书，不但会兴味盎然，也一定会增加许多知识。从《诗经》、《史记》开头，一直谈到苏青。金先生读书多，又有几十年在学术界生活工作的经历，结识先贤时彦，所以除了引证典籍广博，追忆故人往事也弥足珍贵。例如谈董小宛是否入清宫一事，就谈到冒鹤亭老先生。冒老先生是戊戌变法人。冒鹤亭谈当年与赛金花的交往和赛金花致冒鹤亭的信，这就不是只靠文字资料所能写成的文章。这些地方不少。此外，怀念亡人和痛悼亡女的几篇，可以说是字字血泪的动情文章，足见老学者文笔非凡。

一九九七年七月六日

孙犁与《爱晚庐随笔》

老作家孙犁戎马半生，原先又没有读过大学，但是他从青年时即喜读书藏书，至老不衰，甚至可以说至老弥笃，所以我以为他现在也算是一位博览深思的学者。近读他的散文集《芸斋梦余》，其中有很大一部分是他的读书笔记。我很钦佩这位老人，晚年沉于典籍，乐此不疲。看到他的藏书里有《世说新语》，这本不稀罕，但有六种版本，这就难得，何况他都一一作了考订。

我特别重视这位老作家在读书随笔里的见解，三言两语，通达深刻，使读者受益匪浅。他论胡适，论王国维，论周作人，都有此风格。他跋《爱晚庐随笔》，对作者的评价很高，说是"所记充实有据，为晚清以来，笔记所少有"，因此他将此书置于案头，不时翻阅。他又慨叹"印数七百五十，而仍有余书，可为赠品，竟

不入时如此"。孙犁并不认识这位作者,也不知其为何人。他只就书论书,就文论文,然而真有眼光。他说,"余孤陋,不知张氏学历、生平,询之在大学教书之姚大业君,得知为历史学家。""然姚君亦不能告知其详也"。读到这里,我记起我架上有张舜徽先生著作,是一套《旧学辑存》,三大卷,九十余万言。这是先生集四十岁以前未刊行的著作合集。书有序,后附《忆往篇》历叙生平。我还见过《中国文化》杂志第二期(一九九〇)张三夕先生《张舜徽先生学述》。从这几篇文章可以大体知道张舜徽先生的生平和成就。我想不妨在此说上几句。张舜徽是湖南沅县人,现在华中师大任教,博士生导师。张舜徽是当代国学大师,堪称著作等身,计有小学著作十部、经济著作三部、史学著作九部、哲学著作五部和文献学著作八部。

张先生一九一一年生,也和孙犁老人一样,没有进过大学。他的祖父是同治十三年的进士,家中藏书甚多。张先生的父亲好读书,为本地中学教师。张氏自幼好学,家中文化气息浓厚,又有丰富的藏书可读,所以他在家中读书至十七岁,已"略解治学门径与方法"。以后便去长沙与北京,向当时的大家请教。余嘉锡、邓之城、陈垣、沈兼士、钱玄同,"咸从奉手,有所受焉"。还有湖南籍的大家杨树达、黎锦熙等,他也都去请教,"一生读书进展最速,盖无逾于此时"。所以他三十岁后进入大学教书。张先生博大精深,比如,他著有《清人文集别录》,那是他阅读了一千一百多种清文集,选出六百种来作出提要并加评述,其实这已是一部清代学术史。这样的大学者,写出来《爱晚庐随笔》这样的随笔,那当然好,它受到孙犁老人的高度称许可说是货有识主,不枉作者的苦心了。

我佩服孙犁的识力。

一九九七年五月

世纪老人忆往

　　《沙上的脚迹》收施蛰存先生忆往的散文,论说之作,丰富而平实,是不可多得的好书。这种书,我觉得大约只有像施先生这样的人,才能写得出。几乎与世纪同龄(一九〇五年生),一九二六年即开始著译,一九三二年前后已走进三十年代文学运动的漩涡,主编《现代》,这个刊物和他个人都一时名声大噪,其影响直至今日。因此他又得以结识文学名流。屈指今日,尚有几人如此?请读他在答问中说的话。有人问,"您的小说跟英国吴尔芙风格接近?"施说:"吴尔芙写小说在我之后。"有人说,施氏小说《将军的头》是魔幻写实主义,比南美作家阿斯图里亚斯的小说还早二十年。施说拉丁美洲虽用西班牙语,但文化的接受却迟至三四十年代。有人问到三十年代有无"现代主义"。施说,没有,只有"现代派",而当时所谓的"现代派"乃是以他编的《现代》而命名,因为在《现代》上首先发表戴望舒、刘呐鸥和徐迟等人的现代风格的诗,发表刘呐鸥、穆时英和他个人的现代风格的小说。这种回忆,当时难得,何况他又写得那么好,那么真率。所以可以说,他的经历也就是现代文学史的可贵资料了。

这部书里最可贵的资料首先是关于《现代》杂志的情况。在这个杂志上曾发表了中国现代派作品的开山之作。这个创作集体的成员,如刘呐鸥、戴望舒都是施氏的朝夕相处的好友,所知甚深。尤其关于戴望舒,提出第一手资料很多,至为可贵。当时鲁迅的一些文章也在《现代》上刊出,书中最可注意的是《为了忘却的纪念》一文的发表经过。现在施氏却不居功吹嘘,他说最后冒着一定风险拍板发表的,是总经理张静庐(商人)。施氏二十年代末在上海结识沈从文,三十年代末,在云南过从更多,相知渐深。此书中的文章《滇云浦雨话从文》对沈从文的评价十分公允冷静,充分肯定,也有指责和惋惜,都那么恰切,在一般研究文章中还不多见。关于傅雷,关于冯雪峰,议论描述均甚可观。

当然,施蛰存谈往,不能不说到"第三种人"的一段公案。此书当然涉及,不过在写这事的过程时,施氏的议论又未见得公正了。但这是一个重大题目,要由这方面的专家去作深入探讨为好。

一九九七年十月

久违绿漪女士

　　我想，如果要在"五四"迄今的女作家里推举前十名的人物，大约苏雪林要在其中。她从一九二八年出版散文集以后，已扬名于中国文坛，她在文学的各个方面均有卓越的建树。不过近若干年以来，对她很少提及罢了。

　　我近购得《苏雪林文集》共四册，价五十四元。那天，当我到交款窗口交款时，收款的小姐却说，没有零钱找，叫我等其他顾客交款后再作这笔交易，天挺热，我不耐烦，我想，我付一百元大票她找四十六元，并无零钱可言，怎么找不开呢？我一怒而去。但过了两天，我终于又去把这本书买了回来。我现在并不研究苏雪林，也不急于要读它，为什么一定要委屈的再跑一次？因为见到这部书时，激起了我强烈的怀旧情感。我忆起我在初中时读过这位女作家的一篇名文，题目一下子却记不起来了。我渴望立即知道它,仅此而已。原来老师是让背诵整篇,还是只让背其中的一段,我已记不清楚,只有模糊印象,其中的一句却清楚记到如今。这句是:"园中减了葱茏的绿意,却也添了蔚蓝的天光。"当年读初中的我(五十年前呵!)曾反复吟诵过,玩味其意趣,真是陶醉极了。买来书以后,我要查出此句出于何篇。不料刚一翻开散文卷的目录,我就立刻认出,是《秃的梧桐》。我读过,背过!我高兴得很,又把它重读一遍。字数不过一千一二。我现在还觉得,真是精美的散文呵。

　　书价五十四元,不贵。印刷很好,集前有冰心老人的题签。看到这个题签,人们会想到,苏雪林和冰心这两位女作家,当年齐名文坛,并称"冰雪聪明"。苏雪林生于一八九七年,比冰心年长三岁,今年当是百岁老人了。一九九四年她还能向文集的编者提供资料,可见尚能活动,只是不知如今仍健否。

　　由于历史的原因,她居台湾,同大陆隔绝有年。年轻的读者都不知此人了。她早年留学法国学画,回国后从事文学活动,一直在各大学讲授文学课。苏雪林创作用笔名"绿漪",世称绿漪女士。她是安徽人,书由安徽文艺出版社出版。一九九六年出,才印了三千册,也不知能销完否,想到这里,令人惘然。

　　随手翻翻这部《苏雪林文集》,我才知道这位女作家的婚姻生活是那样地不如意,或者说,是那样地不幸福。这同我以往读她的散文集《绿天》时所得到的感觉可是太不一致了。风行二三

十年代的散文集《绿天》，如今算得上是经典之作。其中所记叙的一位年轻知识妇女的家庭生活，真算得上理想的幸福生活。谁读了谁都会夸赞，羡慕。它高洁、文雅而纯真。而作者写时，却并不露出一点雕饰之痕，一切都那么真实，如可触摸。可惜，她的真生活并非如此。如作者所自言，初版《绿天》所描写的婚后生活，只是"一半属于事实，一半则属于上文所谓'美丽的谎言'"。她的婚事大体说来是：她的丈夫康是一位工程师，系由母亲指定，并在母亲病床前盟誓不悔。夫妇两位都有很强个性，婚后情感不好。但她也只是迁就求全，又无子女，最后的结局是分居。于是以后这位女作家的笔下就绝少关于家庭生活的记叙了。但是她写了寓言《小小银翅蝴蝶故事》之一和之二。作者后来在她的评论文章里说明，"象征她自己恋爱故事"。我们这才可以对照初版《绿天》诸文，看到她的真实生活的另一个方面，那是如此的不幸，或可以"凄婉"二字概括。

　　一九二八年《绿天》出版时，只收集四万多字，同时所写的其他文章如《小小银翅蝴蝶故事》均未收入。为什么？只为了对不幸的婚姻尚有一丝希望。到了一九五六年，苏雪林由美国回到台湾定居，而她的丈夫康则留在大陆。这一年，苏雪林才把当年原应收入《绿天》的一些文章，增入其中，成为新版的《绿天》。这样重版的《绿天》就有十多万字了。值得一说的是，她不是为了把婚姻生活中的另一面公之于众，而且散文中对于她的丈夫康原也没有什么谴责和丑化。她在新版《绿天》的自序里所说，倒是非常坦率动人，甚至是很痴情的。她还怀念着她的丈夫、她的婚姻。她是为了纪念她的"珠婚"，而献上她的新书。她说得很真情："凭心而论，他有他的好处，人聪明……颇负声望，品行端方，办事负责，性虽木頭，偶尔说话亦稍有风趣。""遇着了这样一个人，也算是他的不幸。"一九五六年，这位女作家已经六十虚岁，苦苦度过大半生，那时她的丈夫仍然健在。她说这话，难道没有一点安慰远人的意思？令人深有感慨。我为她的这种坦然、公正、柔情不断的女性品格而感慨。她不似俗流，一旦分手，就诋毁对方，撇清自己。

然而绿漪女士自有她的痛楚。这是无可逃避的，尤其是对于一个不足三十岁的知识女性。她在最初的散文集里，就委婉而真诚地把这一切微妙感觉写了出来，尤其在《绿天》里。甚至在她的学术著作里，我们也能窥见这一点。我想顺便也说说这一点，以全面探视一下作者情感的深处。说起对中国古典文学的研究，在女作家里，要数冯沅君和苏雪林二人的成就最大。然而她们的路子又很不同。苏雪林的研究一开始就带诗人气质，她用极新的角度，深入古代诗人的情感世界。她喜欢从诗人的写作同诗人的个人经历之关系，来考证并坐实诗中事件的真实性。一九二七年出版《李义山恋爱事迹考》，比《绿天》的出版还早一年。一九三一年在武汉大学的《文哲季刊》发表了《清代男女两大词人恋史之谜》，我们现在从文题上也看得出来女作家的着眼处。而且我们看得出，她所感兴趣的都是多情文人及上层社会的生活。李义山的诗是有名的诗谜，她要考出李义山同女道士及官女的交往私情，从字里行间。清代两大词人案，一是指纳兰性德同某贵族女子恋事，二是指女词人顾太清同大诗人龚自珍之间是否可能有情。引诗证事，诗皆妙绝，所以论文也就写得如小说一般动人。我以为这在某种程度上可以见出，女作家希望以故事来慰藉自己的心灵。再以后她就不这样写了。

绿漪女士当然是属于不可企及的老一代人。一九三○年阿英写《绿漪论》曾说，"不但她的散文值得青年的作家注意，她的这种津津于学问的态度，是也值得大家注意的呵。"今天提出这一点，也不是多余的。

一九九八年四月

朱维铮新著二种

　　读者同作者之间也可以有一种缘分存在。我读了朱维铮先生的《晚清学术史论》，一方面赞叹他的学力深厚和治学谨严，一方面又想，这已是我读过他的第三本书了。大约在十年前，为慕梁启超的大名，买得一册《梁启超论清学史二种》，原来怕读不懂，后来竟也读下去了。怎么回事儿呢？原来这书里的注很细，很得体。那么多的人名、书名和问题，讲得清清楚楚。我这才看校注者的姓名：朱维铮。他在读书引言中说"变陋本为善本，变难解为易读"的话，不是吹牛。我记下了他的名字。

　　去年读到朱维铮著《音调未定的传统》，那时收入"书趣文丛"的一种。读了觉得不但有趣，而且受书益。作者的眼光敏锐、见解新颖，使我佩服。所以今年一看到书目广告有朱氏的《晚清学术史论》出版，便到上海古籍出版社邮购一册，邮来便读。我一头白发,早过了苦读的年龄,读它为何事?也就是觉得有趣。见当今学人谈晚清学术者本也不少。但如朱氏之新且深,平常不易读到。这两本书出版日期相差约两年,其实是同时编定,都在一九九四年下半年,倒是后出的《晚清学术史》更早三个月。读毕二书,复细按之。发现其中所收论文大体为八十年代以来所作,只是《晚清学术史》是严格的学术论文,而《音调未定的传统》多近当今所谓"学者随笔",写得活泼短小,更重趣味,而且所论也不限于晚清学术,但仍似以晚清学术为归结。从这两书的编辑可以见出这位作者的学术所攻。他是研究晚清学术史的学者。在《晚清学术史》的题记中有云:"倘要涉足晚清学术史的领域,便意味着准备下泥沼,没有多方面的学术教养,是爬不出来的。"所以他在理论上作了相当的准备,探讨有关传统的界定及有关文化的理解。从黑格尔历史哲学到当代历史理论,他都有所涉猎。然后是有关中国经学的脉络,今古文之争在有清一代里的纠葛。然后则是西学东渐的历史、影响。作者是在这种基础上才进行他的论辩的,所以他总能言之凿凿。我以为在写这两本书以前,作者校注过《梁启超论清学史二种》并编注过《章太炎选集》,于他的研究很有益。作者云这些工作是"很难藏拙"的,是硬碰硬的,因此也是扎实的学术准备。

我无意,也无力对这两本书作出评价。这是专家们的工作。作为一个普通读者,我只说我喜欢这两本书。作者苦苦探求历史的真面目，以"无证不信"的原则，一定要在纷乱的史实中追出可靠的证据，然后作出自己的论断。他在《谈学》中说，他被学界的朋友讥为"事实主义者"，因为他信守一个信念，就是"任何一种历史研究，那第一步都只能用力于讨论对象'是什么'，然后才能追究'为什么'。"他对康有为和章太炎以及辜鸿铭的研究，常能给读者这种惊喜。他不妄信前人，也不为时髦的理论所诱。他对所谓"一切历史都是现代史"的名言，就是有保留。而且他认为"政治干预学术，无论出发点如何，归宿总是非历史主义的见解占上风。"这是一种坚定。他的执着和坚定，是他成功的重要因素，其实这本也是晚清及历代中国学术巨子的一贯传统。我相信朱先生会有更大成就。

一九九七年十月三日

欣赏法布尔

一

　　很早以前，我在鲁迅和周作人的著作中知道，法国学者法布尔（一八二三～一九一五）的著作《昆虫记》是一部了不起的作品。二周都曾以少有的热情和喜爱介绍这部著作。周作人还选译过几个单篇。不久前我才得到一部中文的节译本，一九九七年作家出版社出。译者是王光。得到即读，一读之下不能释手。我现在很少这么贪婪地读书了。王光是由法文原本译过来的。我觉得他的译文比周作人当年译得好。虽然周氏的译笔为世人所赞，但他当年是由日文转译的，隔了一层，韵味差了不少。王光却译得流利酣畅，要情趣有情趣，要感情有感情。据查王光一九九二年就有一个译本，在该书后记中说及身世。他出生一个昆虫学的世家，和法布尔在感情上就有相通之处，怪不得笔下传出那么多细微深沉的感情。此书有王光的《再版序》，并有罗大冈先生的长序，记得王光有一篇文章记其求序于罗先生的经过，罗先生以高龄，细阅全书，并以原文校读。提出商榷意见，十分认真。罗先生在序里也盛赞这书的译文。我想，这真是读者的幸运，也是法布尔的幸运。

我不知道法布尔之前有什么作家以昆虫作题材写过文字作品。中国诗词里有咏蝴蝶、蟋蟀和蜻蜓的，不过咏物抒情，应景衬托，而以散文细写其生态的似乎不见，更何况去写蝎子、甲虫和粪蛣螂呢。有《蟋蟀谱》之类的书，是讲喂养、识别和调教使之斗咬的书，我没读过。我想这大约和文学作品不是一路。以中国来说，昆虫地位甚低。孔夫子教导他的学生读诗，说可以"多识鸟兽草木之名"，这里面就没提虫（和鱼）。其实《诗经》里提到虫的地方并不少。《尔雅》最后几章有《释虫》《释鱼》，后来就有儒者将此书称为"虫鱼之学"，以示轻视，以其与治世无关。古人有"君子为猿鹤，小人为虫沙"的说法，可见虫和沙一样，不足道。

二

似乎这也不单是一个观念的问题。如果不是一个昆虫学

家,谁也难写《昆虫记》这样的作品。普通人哪有那么大的功夫去观察各类昆虫呢？在这里,读者不能不佩服和惊叹法布尔对昆虫研究的忘我精神。他太爱昆虫了。他简直和昆虫融为一体。有研究者说,法布尔就像一只昆虫那么生活和工作。他把自己的九十二个春秋贡献给了昆虫和十卷《昆虫记》。他一生穷困,把自己的家园变成了昆虫实验地。他说,"胡蜂和长脚胡蜂,是与我共餐的常客",而他自己出门进门却要小心,以免碰到或踩到各种昆虫。他的全家都投入其中,帮他观察实验。他在文章中多次写到他最小的儿子小保尔,当时他才七岁,在父亲身旁奔忙。后来法布尔在《昆虫记》第二卷的卷首写了一首《致儿子汝勒》,纪念这个早夭的儿子。我想这就是那位小保尔,因为他再没有别的儿子。这不也是"献了自己献子孙"吗？我很感动。

法布尔说到自己一生的勤苦研究:"体会了形形色色的炎凉世态,心已支离破碎,人便会不禁自问:只为活命,吃苦是否值得？"他不是为了活得更好才这么干的。他献身科学,追求真理。他最后用四十年的积蓄换得一块荒地,他说"想从此与虫子为伍在里面生活"。他还说,"毋庸讳言,昆虫学领域应该保有少许天真。做实际工作的人,视天真为某种精神失常症。然而如果没有一定的天真品质,还有谁会把心放在区区的昆虫的身上呢？"显然,昆虫研究需要这种天真。然而哪一种研究不需要这种品质？所以,当法布尔因受到不公正的评价而这样高呼时,读者要替他落泪的："你们过来，不管是挂螯针的还是披鞘翅的，你们都来，来为我辩护，来为我作证。"

没有这种天真，没有这种忘我心态，《昆虫记》是写不出来的。真的，法布尔把昆虫当做自己的同类，当做自己的朋友。这倒使我想到一件不可解的事。前面说过，中国古圣蔑视虫类，但不知道为什么像《礼记》这样神圣的书上，却对虫有非常平等的解释，自然后人也不敢责备。《礼记》就把"虫"作为动物的总称。鸟是羽虫，鱼是鳞虫，兽是毛虫。人呢，是倮虫或裸虫。倒也真平等。无怪《水浒》称虎为大虫。我还记起我们故乡把养鸟称作"虫意儿"，我想那"意"也许是"羽"的变音。

三

《昆虫记》之成功，同法布尔的研究方法也大有关系。他反复声言，"你们倾心关注的是死亡，我悉心观察的是生命。""他和不少的人一样很了解死虫子，他从来没有过问活虫子。"而法布尔自己，是以活虫子为研究对象的。他研究的不单是昆虫的构造，更主要的是昆虫的"习俗"，比如，其交往、婚姻、育儿、造穴、觅食、进食、等等。这就有了有趣的事物可写。也许他的主张有过激之处，鲁迅作为一位医学和生物学的内行人，就批评法布尔这一点。鲁迅说法氏的缺点之一是"嗤笑解剖学家"，而且说,"倘无解剖,就不能有他那样精到的观察。"我以为这是因为法布尔太喜爱他的昆虫了。他不忍解剖它们,他甚至不喜捕捉它们。他说,"我专业捕虫的技术很差,而且,热情更低。"这是有原因的。他说,"究其原因,是因为我拥有这些茂密丛生的蓟草和矢车菊。"这就是说他愿意在自然状态下进行观察。不过他在必要时还是解剖的。他到底是一位科学家。

正因为他这样爱昆虫,他在研究时就和昆虫"对话",交流思想感情了。即使研究对象是食尸虫,他在收拾腐臭得令人难以接近的鼠尸时,也注意观察,津津有味。他说,这样的苦差事"能叫血管里没有燃烧着圣火的人见了就跑"。当然他自己燃烧有那种圣火。所以《昆虫记》写到的虫子,总是那么生动、活泼,甚至是有痛苦有欢乐的一个个小精灵。鲁迅还指出这书的一个缺点,是把昆虫分出了善恶,"却是多余了"。这也是由于作者太爱他的对象,我总觉得法布尔写昆虫时有点巴赫金"对话理论"中说的,作者时时在和他的人物"对话"。他总向一大群昆虫诉说什么,争辩什么,于是就有了这种现象。

我是不是对法布尔的辩护太多了? 因为我喜欢读。

四

读这书,从趣味中体会得到许多知识。

我从小就听家乡的人说过："蝎子没娘。"为什么没娘？据说蝎子是胎生，而且是从母蝎子的背上生出来的。小蝎一出生，母蝎也就死了。我没有见过这个场面。我只是从我的年老保姆刘妈那里听说的。她老人家上知天文下知地理，中间懂得世事和草木鱼虫。母蝎裂背而生小蝎，这是她老人家亲自见到的，我从不敢怀疑她的传授失实。可以说，在我读了《昆虫记》以前，我一直还相信。《昆虫记》上写的是一种叫做朗格多克的蝎，不过我想，都是蝎，在这种大事上总是一样的吧。法布尔说，原来欧洲人也有这种说法，而且他们也是从观察上得来的结论。我越发敬佩我的启蒙老师了，她当年观察得真细，都能进入法布尔的著作。其实蝎子是卵生的。只是它的卵一产下来立即孵化。更正确地说，不是孵化，而是母蝎用它那并不算灵巧的大钳撕开，小蝎一出来，不知为什么，都爬到母蝎的背上去休息十五天。这时母蝎似乎是怕小蝎跌下来，就不动。小蝎有三十多个，密密麻麻排在母蝎背上，母蝎又不动，所以见者以为小蝎是从母蝎背上生出，以为母蝎已死。我想，大约见者当时也就一脚踩死了那一窝可怕的蝎子。这倒是提出了一个问题，就是"胎生"。法布尔不知观察了多少时日，才证明了这一误识。可是他证明了一个更有趣也更可怕的事实，就是蝎子没爹。原来，雌雄二蝎经过新婚之后，母蝎就把公蝎吃了。吃的时候，从我们人的眼光来看，很惨。公蝎毫不反抗，活活地，就由母蝎一口口把内脏吃光，只剩一个硬壳和肢爪。无论怎么爱情至上，雄性也不能作出这么样的牺牲呀。可是连法布尔也没作出解释，我们就更说不清，也许公蝎当时觉得很舒服呢。法布尔的书里说，这种雌虫吃雄虫的现象，还发生在蜻蜓和金步甲两类中，吃法都一样，吃活的雄虫，而雄虫毫不反抗。

有趣的事情太多了，再说一个吧。萤火虫吃蜗牛，你见过吗？大约是连听也没听过。蜗牛身披硬甲，萤火虫身个儿和它差不多，又只长一个细如蝇脚的吸管，它怎么消受一只蜗牛？原来蜗牛的硬甲包住全身，但脚部着地处总有一点半点不能全严实。萤火虫就用它的吸管扎进，注入麻醉剂，蜗牛就静静地呆在那里。而这一剂麻醉药同时也含蛋白酶，可使蜗牛壳内的全部东西化成液体，以供萤火虫用吸管享用。大约一周时间就享用完，还剩一个空壳站在那里。蜗牛原先分泌的黏着胶汁还起着作用呢。

五

法布尔的文笔好极了。所以这书也是文学名著。你读书里与昆虫并无关系的《登旺杜峰》，你都会觉得这样的游记散文实在难得。读到作者擅长的昆虫描写，你真得叹为观止。法国文学研究专家，老一代学人罗大冈先生在译本的序里说得恰切。他说:"文学界尊称他为'昆虫世界的维吉尔。'法国学术界和文学界推荐法布尔为诺贝尔文学奖的候选人。"他又说,"《昆虫记》的文学技巧并不特别细巧,它的特点是朴素与真实……用这种朴实真诚的文笔去写别的题材也可以感动读者,写昆虫就取得了这样的效果,这是完全自然的,丝毫没有令人难解的理由。"

现在我们要加强科幻作品和儿童文学的创作,我想法布尔《昆虫记》就是一个典范。朴素、真诚,然后才能有趣。这要求作者有一份法布尔所说的"天真"。难得"天真"呵!

一九九八年八月

读《磨坊信札》

　　大概谁都这样，到了老年，目力不佳，读书就更慎于选择。这是怕遇到不值得读的书，浪费了目力。我现在选书，实在有点苛刻。怎的个苛法？我要找那些不读就会引为憾事的书来读。前些天我在书店见到都德的《磨坊信札》，毫不犹豫，立即买来，买来就读。读完就想告诉读书的朋友：不读它可是令人遗憾。

　　说起来我对都德可是也没有太多的认识。现在的中学语文教材上有都德的《最后一课》。我在四十年代中期读中学时，也曾在语文课本上读过它。不知为什么都德在中国的名气并不算大，而他的这一篇却是无人不知的了。我查了一下，此篇最早是胡适译为中文的，其时在一九二一年。胡适当然是从英文转译的，后来好像还有王力的译本，或还有别的译本。这篇小说是太好了，我就想读读作者的散文集。《磨坊信札》就是，而且是他的成名作,作于《最后一课》之前五六年,是一八六六年。这是作者居住在法国普罗旺斯省某地的一个磨坊里从事写作时的记事。所记之事也大体是实事。这从他写法国诗人、一九〇四年诺贝尔文学奖得主米斯特拉尔的事中可以印证。集子里有《诗人米斯特拉尔》一篇。米斯特拉尔用法国方言普罗旺斯语写诗,并把普罗旺斯语提到了一个新的高度。

文中写到的两位作家的友谊和交往是真实的,他们都是普罗旺斯人,都热爱普罗旺斯语言。我在一册介绍米斯特拉尔的书里,见到这两位作家的合影照片,其时在一八八八年。合影是在卡马尔格岛上,本集里也恰恰有《在卡马尔格》一篇。当时的摄影技术很差劲,都德和米斯特拉尔都面目不清,当然背景也就看不清。

这时我就想到刚刚读过的《卡马尔格》,那一篇对岛上的风光写得实在好。猎人、猎犬、守候、沼泽,我似乎只在俄国作家屠格涅夫或蒲宁的作品里见到过。

介绍米斯特拉尔的书就谈到都德。都德比米氏小十岁,都德开始写作时,米氏已经以普罗旺斯语写成了大著。专家们说,都德写普罗旺斯风光人情,是受了米氏的影响和启发的。那种普罗旺斯乡村味儿太足了。

《磨坊信札》收文二十六篇,共十三万字。每篇合五千字,有的只三二千字,堪称字字珠玑。它不是书信体,只是如书信的交谈口气。写风景，写风俗，写百态人生，有猎人，有农夫，有海员和灯塔守望者，有诗人、祖父、作家，每种人都写得入木三分。

写人，总有《最后一课》的笔法，准确，简洁，然而生动，风趣，深刻。我的总体感觉是，芸芸众生，自然有善与不善，作者总能写出他们善的一面来。比如，那个心怀嫉恨的失明的作家和记者，他要开一个"烟纸店"，"把同时代人的著作做卷烟纸"（哈，他正如我们当代的某些批评家），一发心头的鸟气。他骂自己的妻子，还恶毒咒骂自己九岁的女儿。他是个可怜又讨厌的人。也许您以为作者是揭露他。但是他（名叫比克修）离开后，忘记自己的公文包，那里可是包着他女儿的一绺头发。在装头发的信封上写着："赛莉纳的头发，剪于五月十三日。"这才是父亲的真感情。

有两篇写神父贪婪美味和贪酒的小故事，把那个难以克服的口腹之欲，写得太动人了。以这种发现善和美的眼光去写更善良纯朴的人，其善和美更不用说了。

这是上海文化出版社在二〇〇〇年新出的书，是"第一推荐丛书"的一种，前有施蛰存先生写的短短总序，言简意赅。

二〇〇〇年四月七日

《情到浓时》有苦味

连续读到刘绍铭的几篇散文随笔，很喜欢。我觉得他似乎董桥那一路。我所谓的董桥那一路，是指他们写得都很精致，又受英国语言文学的影响很深。

刘绍铭的能力到底如何呢？

《万象》杂志第八期正有董桥一则《你不一定要爱英文》，与刘绍铭的《你一定要爱英文》相切磋。董刘是老友，文中就谈及刘绍铭"下过浑身吃奶的精力攻下了英语之城，道行甚深"。

海外华裔学者，包括回归前的港澳华人学者，尤其是研究中国文学和英国文学的人，要能讲好写好英语，这是他们的专业所必需，甚至是他们的业务的本身。否则何以为生？这也就造就了不少英语功底深厚的学者。更老一代的人我也不大知道，近几年，像董桥和刘绍铭这些人的作品就不断读到。他们谈英语和英国文学,引人入胜。我读刘绍铭的随笔集《情到深处》(上海三联版),就有这种感觉。言及英语,议论横生,这往往是久居国内的学者下笔所难及的一种情趣。但读过之后,也就读出一种苦涩的味道。

他们把英语学得那么好,是喜爱和欣赏,是"道行",也是可贵的敬业精神。但似乎也有某种压迫感,正如董桥文末所言,"你不·定要爱,苦死了。"而且董引刘的话感慨言之:"我们的英文都不够地道。"他们在一起的时候也曾共同感叹,自己的英语不如家里的孩子,他们是一直生活在国外的。你的英语必须说得好,这就是压力。

还有一种莫名的愁苦。刘绍铭说到,当年在香港说话用英语,因为那是"职业语言",要"扬名声,显父母",就得说好。那时是"多数人为少数人说英语,即使心有不甘,但身份就如小媳妇,只好服从"。当年就是钱穆这样的人,"他在学术界万人景仰是一回事",但是到了校务会上他要说英语,如毛头小子学话,也是相当令人难堪的。刘绍铭还说,到现在,时易势移,在香港说中文不用再羞羞答答,这里透着一种痛快。

他后来到美国定居。但在文章里他有写到:

"在美国,我们是法律上的美国人,但一辈子不会成为 yan-kee(美国佬,地道美国人)。"

心理上有障碍,他叫"心魔"。比如,美国人好引宪法,动不动就来一句"我们立国的祖先"。他说他听到的是英语，而想到的却是唐宗宋祖。

二〇〇〇年九月一日

咬嚼文字口生香

　　我很想介绍这本书,就是刘绍铭先生的《文字岂是东西》。介绍给谁呢? 一想到这,我就更想介绍了。因为我以为,搞翻译的专家,读了一定击节赞叹。研究中国现代文学的专家,也会连连点头称是。那么,它的专业性一定很强。是的,可是它不难读,而且可以说好读,有趣。我想大学学生和中学教师也会读得津津有味,高中生读起来也大开眼界。它是可以浅尝又可以深会的书,业务所属则是——语文。中文和英文。所以在这里还可补充说,读中文系的学生和读英文系的学生,都会喜读此书。这倒是也有缘由。作者刘绍铭在美国教中国文学三十年,又搞翻译,著述颇多,是有名作家。这种经历,造就成一位"咬文嚼字"的专家,这一本十三万字的书,乃是他多年写成的短文的合集。

　　想探讨中译英或英译中的读者,当然感兴趣。如果是中文系学生或中学语文教师呢，您也会在书里找到丰富的营养，可口的小吃。中文系的学生，学现代文学的，总想知道小说家莫言吧。书里有评葛浩文译《红高粱》，对《红高粱》的评论就极精当，而且是在我们常见的评论中不常看到的。如何译法，则又是另一面重要侧面。您也当然想知道台湾诗人哑弦，集里有专文谈及，是学者谈文，更是译者和作家谈文，非同一般。品味诗作之细，极不易得。当然，还有谈《红楼梦》《桃花扇》以及谈《干校六记》译文的。读者从中会得到不少知识，还有难得的趣味。在中英两种文字交流互译中，有那么多讲究，出现过那么多不经意的可笑之处。只有咬文嚼字成瘾者，才会注意到，记下来，公之于众。"禁止吸烟"、"不准吸烟"或"请勿吸烟"，在英文里如何表达，到美国社会里又如何表达，很有讲究。在我们的习惯语里，有多少不合理的，以致可笑的，我们不觉，而在海外的刘绍铭看到了，说出来。关于中文和英文，如何才能写得好，他有高见。他反复地说，"只有复古，别无他法。"背诵（或熟读）精品杰作，自然会写好中文或英文。他从自己大半生的写作和教学中体会此点。我想我们的教师和学生都能有会于心。

书里的文章都是先在报刊上发表的，要言之有物，要讲究趣味。我们看，真也如此。比如，人人都必有母语。不管你以后学会了多少种语言，你跟妈妈初学的语言，定然最熟。然而，就是有一位比较文学的泰斗人物斯泰勒，他没有，努力找也找不

到。因为父母在欧洲流浪，会多种语言。他从小在家就自如地使用英德法语，家人间都这么说话。有时，上半截法语，下半截德语，转头又插一句英语。他做梦时，或接受催眠法实验时，或背算数口诀时，都如此。他找不到一种更亲近的语言和文化，很苦恼，晚年只好到瑞士定居，那里是德语法语并用的。他只能是一个笼统的欧洲人。类似这样的小故事，书里皆是。总之，甚可一读。

二〇〇一年二月二十日

《美国梦的另一面》

《美国梦的另一面》是很值得一读的书。

我喜欢读董鼎山的文章。见到他的书我就买，我的书柜里有他的文集六七本，而且都逐一读过。这对我这样读书懒散的人来说，也是少有的事。新见董氏又有《美国梦的另一面》出版，就立刻邮购一册来读了。我以前所读各种书都是谈文说艺，而《美国梦的另一面》则不然，是从论美国社会各方面，向沉迷于"美国梦"的年轻朋友提个醒。此书并不是专著，也不是专为这个主题而写，它是在近三四年的专栏短文里，选与此有关的文章集合而成。正因如此，它避免了某种教训的色调，而保留丰富的原色原味，让我们对美国有更为生动的印象。文集没有分章，只是大体归类：政事、司法、社会、学校、新闻、移民，等等。轶事趣闻，在在有之，令人心惊胆寒者亦有之。总之，记下美国富而强的另一面,即腐朽、凶残、欺诈。这两年因克林顿与莱温斯基的绯闻,新闻载体天天谈艳事。董先生也纵谈美国多届总统的风流,但是纵谈克林顿的事居多。他说,在美国,报纸间的严肃与黄色的界线都被打破了。性爱语言甚至性描写都在严肃的大报如《纽约时报》上出现。小学生读或听了,就问大人:什么意思?真也煞是热闹。虽然后来也弄到"千篇一律",但还是有人要看,非登不可,成了一次"性讨论大开放",使得某些一向拘谨的妇人们"感到一阵获得解放的自由"。

这本书里最使我感兴趣的,是关于移民的遭遇和移民的感情经历。我想这也是特别值得深怀"美国梦"而缺少认识的人注意的。董氏在美国生活五十多年,又已进入"主流社会"。那篇《一个老移民的复杂心理》,是那一组文章的主体。由于美国的人种很杂,社会也复杂,中国人和一般的亚裔人,虽然教育程度高,人也上进能干,是受人尊重的,但也受排挤,求职有困难,一切要合于美国需要和口味。打扮要入他们的"流",英语要说得好。可是说得好有时也不灵。《黄脸人的恶运》一文说,"语言没有口音"(即英语说到不带"外国味儿")有时也不行,也受歧视。董氏当年已身为某级"上司"时,也曾被白种人呼为"CHINK",那是对中国人的蔑称。可见入了美国籍并不能改变这种情况。我记起比董氏更年轻一代的美籍学人刘绍铭在《情到浓时》一书中说过:"在美国我们是法律上的美国人,但一辈子不会变成

YANKEE(真正的美国佬)"。这里面有很多的辛酸。当然不是说美国去不得。董氏只是说不要幻想太多,他还提出正面的建议,供赴美者参考,此处不赘。

二○○○年十月二十二日

读《随园食单》

　　谁要是喜读闲书又喜尝美味，我建议他读一读《随园食单》。这是清代袁枚写的一个食谱。袁枚字子才，倒是可以颠倒此字，称他为才子。是的，大才子，大诗人，大名家，也是大吃家。因为他是名人，各地有人邀请，请玩，请吃。他又乐于此道，每吃佳品，必令自己的厨师登门细问，自己记下烹调法。他说，"余尝以轿迎其女厨来园制造"（那是他在南京的随园，曾有人说那就是《红楼梦》中大观园的原型）。你看他多有兴致，当然也会记下。他又是随笔高手，文字清丽，一下笔就出好文章。这就与一般的食谱、菜谱之类大大不同。江苏古籍出版社今年出版此书，我当即买来读了。封面典雅精美。共八十四个页码，很好读。除《序》外，都是一二行至七八行，说明某菜的做法。共分十四"单"，也就是十四章，每章若干条，合起来有三百六十九条。第

一、二单是一般总论概述,有三十四条。饭粥单共二条;茶酒单共十六条。那么其余的三百一十七条就是记三百一十七种菜点的做法。言简而清,照着去做,大体可以。总论里的《戒目食》最有趣,它反对一摆一大桌或几大桌。浪费,无聊。"极名厨之心力,一日之中,所作好菜不过四五味耳,尚难拿准,况拉杂横陈乎?"作者说,人云,此乃"目食",叫人看的。而他说这种吃法,"目亦无可悦也"。这才是真正美食家的话。还有一条记上菜的次序,说要先上盐味重的,后上盐味淡的。我记得陆文夫写的小说《美食家》,其中就有美食家的这一经验。袁枚所记,大都标明此菜此点出自何人之家。他所记得的许多品种,固然多有奇特,但是并不猎奇逐异,或竞说豪奢,如暴发户之以吃比富。他家自然是有些钱的。讲究是讲究,比如,菜里随处要用的一点汤,讲究就大。"今见俗厨,动以鸡、鸭、猪、鹅一汤同滚",那是不行的。必各自另锅去煮,去存。这多麻烦。但是,作者也记下许多一般的菜和点心作法,似也可仿制。《淡菜》一条云:"淡菜煨肉加汤,颇鲜,取肉去心,酒炒亦可。"前一吃法我尝过,酒炒则未曾领教。有心人不妨一试,这也不贵。有《天然饼》一条,"用洁净小鹅子石"(烤热的),铺在下面,上摊以面饼,"松美异常"。原来这就是山西许多地方吃的一种叫做"石头饼"的东西,现在早市上还有卖的。袁枚说,这是泾阳张家的创作。泾阳属陕西,俗与山西略同,这其实是民间风味。书中,也有些是颇不得要领的,所谓

书生之见，不可当真。

　　周作人谈过此书。他与李渔的《闲情偶记》对比谈。说李渔写得洒脱，而"袁君乃仿佛围裙油腻的厨师矣"。他是喜李渔的发议论，而恶袁枚的谈操作。因为袁枚记菜的做法常具体，其实也不是都具体如今之菜谱。李渔写得诚然好，但是，那是散文而已。比如说鱼，"鱼藏水底，各自为天，自谓与世无求，可保戈矛不及矣。"他感叹起来。袁枚也有感叹，少得多。说鱼，他就介绍几十种的做法。袁枚写的是真正"食单"，叫人读后知道如何去烧点这有什么不好？周氏之说，我嫌其太有"君子远庖厨"的味道。

二〇〇〇年十一月一日

学人代有　斯文未坠

　　学术界一致的看法是：学贯中西的大师，都在本世纪之初诞生。这是有理由的。那时候，国学是必学的，又有出洋学西学的机会，得天独厚，根深叶茂，固其然矣。例子现成，从陈寅恪、胡适、傅斯年，到钱钟书。后来者，不行了。我想，这看法是对的。还有，说是老一代的自然科学家同时通于国学，也难得企及。例子有梁思成、竺可桢、李四光、茅以升。我想也对。我近来买到他们的随笔集，那是"金鼎随笔丛书"和"大科学家文丛"所编入的。读了他们的书，虽然半懂不懂，也觉其学养实在不是当代学人可以匹敌。这么一想，有点使人泄气。不过历史如此，事实如此，奈何？

　　近来买到一本书，读了，使我又乐观起来，兴奋起来。我倒也不是一般地否认上述事实。我想至少可以说，情况也不那么

差劲,现在仍有博学多闻之士呢。我说的是钱定平先生,原名钱锋,是老学者钱剑夫先生的公子。他的书,出了不少了,我只读到新近出的《欧美琅嬛漫记》。从一本书,就能看到我所提出的问题? 作为科学的论证,似乎不太充足,不过也可以说一说了。且说这位钱定平,大约是六十年代初在北大读数学,中期到复旦读研究生,后来一直搞计算机语言,出版过计算机语言的专著。冉以后就到奥地利教学约二十年,还是教计算机语言。可以说,他是一位计算机专家。读他的这本书,你会觉出,他是一个怪才。怪在什么地方? 就怪在他对中外文学和中外语文都那么高的水平。以外语而言,英语自然是学校所教。考自学,学会了德、法、日、拉丁,还有俄语。他真是读了不少原文的文学书,从他在文中的征引和议论可知。那不是随便说说,而是言之凿凿,随意挥洒。还有一件事不说不知道,一说吓一跳:他在讲授计算机语言的同时,居然还开了《中国文学选读(英文、德文译本)》和德文译本纠谬的课。这可是没有点真功夫不敢玩的。外语要好,中文的古文也要好。他说这叫"票友"。他不怕有叫倒"好"的? 只能说艺高人胆大。家庭熏染固有关系,个人努力更是主要的。他从小爱读书,且不说。而从初一就开始跑旧书店去"淘"书,这可有点"怪"。当年的(五十年代初)上海旧书店,他跑了个遍。他读施蛰存忆淘书的文章,除了施先生举出的几个地方以外,他还能再补充两三个,就是说,他那时比施先生还多跑几处呢。他才是初中生。后来他到国外，凡去一地，还是"淘"个不休。大约几个发达国家的首都"旧书一条街"都叫他淘过多次，乐此不疲。文集里《处处坟典忆"旧"游》专写此事，文笔也真漂亮。此外，他谈奥地利大作家茨威格（看他找到茨威格的旧居，那种执着精神，您就明白他的"怪"的力量），艺术感受那样深刻和丰富，谈唐代传奇《李娃传》和法国《茶花女》的比较，分析那样细致入微，都使读者击节（当然，他似乎过分偏爱前者）。总之从文字，从内容上，读者都能看到钱定平先生对中外典籍的浸沉至深。

我们还可以看到，这位计算机专家对中外文学的版本、插图以至绘图，都那么喜爱，对外国电影也熟悉。他又热心于写散文，出文集，出画册，是一位颇有建树的文化人了。他还对钱钟书和吕叔湘那些文化大师那么喜爱和崇仰，对前辈科学家的文化素质也向往。他在此集的序言里说，他希望这本书能有"书卷气"，而且最好能"刺鼻"。我还觉出他在努力追蓦钱钟书的风神。既然如此，可以说从他身上，我看到中国后一代学人的成长，而且由此我相信学界的传统不断，斯文未坠。

二〇〇〇年六月十日

竺可桢的人文精神

新近读了《竺可桢文录》，浙江文艺出版社一九九九年出的。竺可桢是中国气象学家，又是教育家，长期任浙江大学校长。原来只以为读科学家的文章可以得到科学知识，其实不然。大的科学家总能体现出人文和科技的相通，传达出深邃的人文精神以至人生智慧。何况竺氏的文章又那么文采飞扬呢？

竺氏在三十年代国家危亡之际，时常以浙江的乡贤教育学子。他谈黄宗羲，谈朱舜水和张煌言这些明末清初的爱国学者义士。他谈王阳明、朱熹也头头是道，由朱熹而解剖宋明理学及理学家对自然的观察，也言之成理。一九四〇年，在浙大迁播流亡中，他讲明代地理学家徐霞客。徐霞客不是浙江人，但是竺先生说，"浙大由浙而赣、而湘、而桂、而黔，所取途径，初与霞客无二致，故《霞客游记》不啻为抗战四年来浙大之行校指南，此浙大之所以特为霞客作三百周年逝世纪念,另有一番意义也"。这是学术演讲,而这同爱国主义、人文精神是密不可分的。我佩服竺先生熟于古典,但是我读到他引梁启超论朱舜水之言"日本近二百年的文化,至少有一半是他造成的"时,我更惊异他对当时的人文学者的议论,也如此之熟。环境保护是新时期以来才成为我们的话题。但是竺氏在一九六四年的日记中已关心到。他两次记早晨打太极拳时乌鸦飞动的风向和时间,而且大体计数。他发现乌鸦数目减少:"是否由于如卡逊(R·Carson)所说由于野外放虫药,原因不得而知。卡逊著《寂静的春天》引起英美科学界的争论,许多人不信有大量鸟类死亡之事。"我是近来才看到有人介绍,说卡逊是提出环境保护的第一人。平常并没有人提到他。但是竺氏在六十年代已注意及此。

竺氏任浙大校长时,把"校训"定为"求是"。他多次讲,是非高于功力,这样才能更好地为社会为人类服务。中外的大学者也都是这么做的。

二〇〇〇年二月十三日

惹得学人说到今

一九九八年董乐山先生翻译并出版了美国新闻记者、作家I·F·斯东（不是那位传记作家欧文·斯东）的《苏格拉底的审判》。译者和作者都说："除了对耶稣的审判和处死以外，没有任何其他审判和处死，像对苏格拉底的审判和处死一样，给人留下如此深刻的印象了。"据译者介绍，此书是严谨的力作，在西方影响不小。此书的指向，就是说它的现实意义，在于探讨当时雅典的民主。作者是西方左派的新闻战士，他对民主、自由问题也更敏感，而对这一点，译者是有会于心的。此书出版后，很有影响。难得的是它的影响不止于当时，几年过去了，我发现近来还有人谈论。

苏格拉底大约生于公元前四七〇年，死于公元前三九九年，活了七十岁。他是智者，善辩。他追求真理，不满足于当时民主派的一点民主。他树敌太多，被控告为不敬神，散布邪说，教唆青年，上了法庭。依《苏格拉底的审判》的作者意见，苏格拉底本可以不死。一是他在法庭上不要太刺激审判者，或争取他们的同情。一是还可以越狱逃跑。但是他都不取，好像只求一死，以证明雅典的民主并不完善。因为他一生都在不断发议论，批评社会，如他自己所说，像一个马虻，不断咬那个肥马，使它不安。法庭判他死刑后，依惯例问他还愿提出什么刑罚来代替死刑。他答道："就罚我在普吕坦内安就餐吧。"这是一个天大的玩笑。普吕坦内安是个什么地方？是当时雅典供养国家元老和国宾的地方。这不是有意刺激法庭来处死自己吗？该书似乎相信这一点，他叙说了苏格拉底既老且穷，而且看透世事，看透生死。我当时读到这里也信服，而且体会到老年的心情，有苍凉的同情。雅典处死这样一位伟大的智者，我为雅典的民主感到惋惜（这是一个以古典民主著称的地方）。但我没想到雅典的民主制度和实质。

到了新世纪之初，接连读到两篇文章。

一是《雅典凭什么判苏格拉底死刑》（载《万象》二〇〇一年第三期，作者黄洋）。此文后来又被其他报纸转载。黄洋先生的文章指出了雅典的民主制度曾枉杀了不少人。关键就在于雅典的民主和自由根本不是现代的民主和自由。"认为平等与自由理所当然都是民主政治的内容"，这是现代人想的。那时候，"民主政治"强调的是"人民的统治", '人民'是一个集合名词,他体现作为一个整体的公民群体,个人完全被隐去了。那里也没有个人权威,即使是政治权威。表现在法庭上,有人数很多的陪审团。"无论什么指控,无论犯罪行为是否确凿,也无论是否造成直接的伤害,只要陪审团投票认定,罪名即告成立。"苏格拉底是以二百八十票对二百二十票被判有罪的,后来又以三百六十票对一百四十票被判死刑的。看来,陪审团的人数是五百。只要是多数就行。这很可怕。我想起王元化先生《关于近年的反思答问》。那是一九九四年的谈话。其时《苏格拉底的审判》并未出版,但王老早已注意到雅典的这种审判制度及民主制度。他说,"民主制度在希腊罗马时代并不代表进步力量,只代表一种多数的暴政。比如贝壳放逐、竞技场的群众以拇指向上或向下来决定人的生死等等都是。苏格拉底就是根据民主的程序被处死的。"王老说到"多数的暴政"使人想到林彪说的"群众运动是天然合理的"这样的话,只要是多数人同意的,就是真理。王元化的话更为一针见血,触到实质。

二是我在河北省的《社会科学论坛》(二○○一年第二期)上读到张远山《苏格拉底是否该死?》,他对斯东的书提出尖锐的批评。他说:"斯东花了二十年时间写出的这部专著,仅仅是为了证明一个非常奇怪的结论:苏格拉底是故意求死。"他不以为然。他说,"才智平庸的民主派往往不是才智杰出的反民主派的辩论对手,民主派在哲学论坛上简直不堪一击。结果就会变成:言论自由允许反民主言论,自由辩论使民主派一败涂地。"那么,还是压住他们为妙。他说,其实,苏格拉底是为了雅典的民主制更完美,他因此而获死,这就弄得后世的研究者莫衷一是。作者的根本意思是:"哲学的彻底性与政治的现实性几乎完全不能相容。"他从哲学与政治,或者学术与政治的关系方面考察,颇能引人深思。

　　一部书出来,就怕没有反响。有反响,又怕水过地皮湿,一谈而过,不留痕迹。新闻战士斯东写此书倾注心力,董乐山先生译此书,也怀有深的感情。书出来三年了,反响还在继续,甚至还在深入。读者的注意力,从苏格拉底事件本身,从雅典的民主,移到一般的民主和民主制度的问题上,书的现实意义也就显露出来了。可见谈古谈玄,只要深刻,都于现实有益。

言之有文 行之弥远

　　温源宁先生任清华大学教授时，是钱钟书的老师，大学者，但著述不多。有一组用英文写的人物素描，后集成《一知半解》（又译《不够知己》），流传极少，但此书的名气极高，至少在当时的高层文化圈子里，不但有名气，而且引出是非。书里写了当时的许多名人，也写到吴宓。现在《吴宓日记》（一九三六）里就记着他对此的不满。一九三五年此书出英文版，钱氏为之作评，此评也引起吴宓的不满。一九九三年钱钟书为其恩师的这部日记写序，才知道吴氏这些不满，忆及当年，深深悔痛并大为伤心，令人感动。我久欲读此书而未得，现在它被辽宁教育出版社收入"新世纪万有文库"里。书名为《一知半解及其他》，南星译。译文十分漂亮。所谓"其他"者，是指作者不多的几篇外国文学散论。附有钱钟书当年的那篇著名评论，还有张中行为该书一九八八年岳麓版写的序。书中所收，甚齐备，但也只是一百零九页，可算精品。

　　书中主要文章是人物素描。短短一二千字，把一位人物（往往都很复杂）写得很活，更难得的是，还写得较准。作者并无恶意或阿谀，只是写出个人印象。吴宓对温氏此文不满，但据我读《吴宓日记》的印象而言，以为所写是准确的，甚至于精彩的。写周作人，作者从印象中拈出，周氏永不会对什么人亲近到"热诚相与的地步"，也甚是传神。他写陈西滢，"我得的印象总是，也是把什么东西掩藏以来"，"我不怕他绷脸，倒怕他微笑"。这也是传神之笔。至于写到胡适，那风度气质，实在是恰切。所以温氏此书，常被编资料的书所摘用。我看到，《胡适印象》和《周作人印象》都编入温氏的文章，这也可见此书在研究者中的地位。我看到在《胡适印象》一书中，在《胡适博士》一题下，摘编了其中两篇。再看，都是温源宁的。原来一为南星所译，一为林语堂所译。我没见过同一篇短文，经两位译者（而且都是学养极厚的名译者）所译，对照读起，差别竟这么大。不是文字风格上的差别，是内容上的，第一段，南译九行，林译就是十六行。林译里有许多人名、事件，都是南译所无。林译译于一九三五年，也就是温文在刊物发表的同时。南译是在八十年代。当然是据温氏的集子翻译的。造成文字差异的原因，也许是后来编集时，温氏自己作了删改。现在我们读这些文章，一方面是为了增加文学史

的知识，但是，某种久违的文章写法，也值得注意。

温氏是中国作家里深得英国小品风味的人之一。据说他英文极其漂亮，译成中文，依然如此。钱钟书说他不但有"生龙活虎之笔"，而且"轻快，干脆，尖刻，漂亮中带些顽皮"。钱氏之誉，颇不易得。张中行赞赏他，说"严正的意思而常以幽默的笔调出之；语求雅驯，避俗流，有古典味；意不贫乏而言简，有言外味，味外味。"

二〇〇一年八月二日

苦味酒令人清醒

　　蓝英年先生的随笔近年写的不少,我也读了一些。如果要用一个"动人心魄"来形容自己的感觉,我估摸他的文章就够这份儿。这是当前随笔一类文章里难得有的力量。

　　蓝氏是研究苏俄文学的专家,他写的也和这些有关。我引几句请看。《性格的悲剧》一文开头就写:"一九四一年八月三十一日,苏联鞑靼自治共和国叶拉布镇一位俄国妇女上吊自杀了。她的死没有惊动任何人,只有房东大婶说了一句话:'她的口粮还没有吃完呢,吃完再上吊也来得及呵!'"接着指出上吊人就是伟大的女诗人茨维塔耶娃。这是惊心动魄的事,也是惊心动魄的句子,是吗? 这就是蓝英年的常有笔法,也是常有感情。他写苏联文学和作家,常有这么一种深沉的思索和悼念。

　　新近买到一册蓝氏的《苦味酒》,一百多页的小书,是"南腔北调丛书"的一种,所收的文章也不多。我读到其中的一篇《镜子中的历史》,是与李辉的对谈,较长,也较随意,因而内容丰富。由于它大体综合了作者多年研究的结果,我读后深受震动。这确是一杯"苦味酒",真苦,我真觉得有点"不胜酒力"。不过,它不使读者醉,而使读者更清醒。

我不是说,他所写到的事,我以前绝无所闻。不,我已经知道了一些,有的就是从他的文章里才知道的。但合到一起来读,感到一种恐怖。原来我自己(其实也包括整整一代人,包括蓝英年)一直蒙在鼓里,苏联的历史、苏联文学的历史,不是如以往所知。我青年时代那么喜爱并推崇的小说《远离莫斯科的地方》,原是一位劳改犯写劳改营的生活,那里面决非如此富有新生活的诗意。"不把人当人看"是那里面的特点。修建管道工程不是极快吗?是的。"反革命分子白天黑夜都得干活,干不了就枪毙"。多干脆。书里的一切都是粉饰之语。电影《攻克柏林》多是伪造情节,以取悦斯大林。甚至我在五六十年代里学习两年的《联共(布)党史》也是如此。高尔基同斯大林之间谈不上什么友谊。法捷耶夫是迫于斯大林之威才不得不改《青年近卫军》。

蓝英年反思说,"他只是不能不服从,而中国作家可能只是觉得自己改造得不够。"他以为中国作家不比苏联作家高明。他说,苏联作协是一个衙门,只执行斯大林的命令。"作协总书记一个条子便可把作家送进劳改营。"但是,令我欣慰的是,这在中国可是没有。现在没有，十七年中间也没有。我以为，不管是青年人还是老年人，不管是喜欢文学还是不怎么喜欢，有点文化的人都可读读此书。

二〇〇一年三月九日

大家一起思考

　　韦君宜的《思痛录》出版于一九九八年，反响非常强烈，报刊上评论文章甚多。谢泳先生说得好，巴金的《随想录》说的是老实话，但是不痛快。而《思痛录》则说得又老实又痛快。正因如此，才有这么广泛而深刻的影响。于是，记录这种广泛而深刻的影响的，就有《回应韦君宜》这部书出来（大众文艺出版社二〇〇一年三月第一版）。此书编成于二〇〇〇年底，《思痛录》出版后最初的反响，在此算是做一小结，但决非永远的结束。所以我说这书出得非常及时。这书在前面又重印了《思痛录》个别章节以及韦君宜的有关的作品。所以，不管读过没读过《思痛录》的人，都可一读或再读。

　　我为什么说可以再读呢？这书里有新材料。这新材料可以加深你对《思痛录》的理解。我就觉得读此书后，对《思痛录》和韦君宜以及她所处的时代,有了更深的、更全面的理解。我首先指的是邵燕祥的那篇《一切良知未泯的人应该同她一起思考》。据该书《前言》所说,这篇文章原是为《回应韦君宜》所写的序。这确是一篇力作,应当当做总揽全书的概说来读。此文从韦君宜所处的时代入手,写了韦君宜所遭遇的一切,文中说:"我们个人的悲欢离合、荣辱浮沉的'小历史',不是都寓于'大历史'的左右进退之中吗?"这样,不管《思痛录》还是这本《回应》,都有了史的意义。韦君宜的女儿杨团写的《代序》,饱含母子之情,十分动人。此文使我们更详细地知道韦君宜一家在"文革"中的遭遇和韦氏写此书的慎重与勇敢。她写出此书,是为了使老百姓知道那一段历史。总之,个人写作,事关历史。我们所不能想象的是,此书原稿还曾送到国外保存。而后来,环境毕竟好起来,虽经过曲折,书终于出来。书里的文章,有大家力作,也有普通读者的小文。除一两篇外,都是为"思痛"所感动。这正应了编者在《前言》中说的,这成为一种"韦君宜现象"。我们通过思考来理解这一现象吧。

二〇〇一年六月十二日

痛快人语

——点评《齐人物论》

　　早听说庄周写的《齐人物论》是一本好书,买来一读,果然很合口味。据说,庄周不是一个人而是三人合用笔名。从文笔上,我分不清这三家的路数,大约很相近。另外,其见解一定相近后相同,不然哪能走到一块儿。但取名庄周也不但是这几点相近,其所好所读,大约也相近——至少在对庄子、《庄子》这一点上。瞧,在这本书中他就常谈《庄子》。

　　香港学人、散文家刘绍铭就为一句话栽在他手下。刘氏说"寿则多辱",语出周作人。庄周说这话"粗疏之极"。原来周作人在《老年》一文中确言及此,并说引自日本作家兼好法师,而兼好则只说"语云",其实这是庄子所言。

　　评及流沙河,说到他的《庄子现代版》,庄周云:"还是不写为妥，因为如果有必要的话，由我捉刀无疑更为相宜。"满自负的嘛。

《齐人物论》所收都是短文，所论重在当代作家。我看到前面涉及散文、小说的约一百八十篇，快人快语，一针见血。所论不讲体例，有感而发，正如散文篇前所言："不作盖棺之论，仅出游戏之笔。当世巨子，必有遗珠，跳梁小丑，偶或齿及。"

此书不仅宜于闲翻，也可供文学史作者参考。比如他说何其芳《画梦录》为"矫情恶俗"。是否可以这么说，似难断言。不过他得出如下的结论有一定的道理："甚至当代如恒河沙数的晚报体业余写家，也足以傲视这些半个世纪前的散文巨子。今之写作者固然不应忘记先辈筚路蓝缕之功，但也不必因其偶著先鞭而夸大其实际成就。"那么，庄周是不是虚无前贤？也不是。有人以《画梦录》比鲁迅《野草》，他就以为是"比拟不伦"。可见他是如何看重鲁迅。论及《阿Q正传》，他有无比的崇敬。

论到巴金的《家》，盛赞觉新的塑造。但于巴金语言，则说是"学生腔"，而且毕生无所长进。否定茅盾《子夜》，说"现在谁还能忍受这种教科书般规范的钦定名著呢"？这意见倒是已不新鲜，但有些表述也仍有新意。前贤大师，也该宽容"童言无忌"吧。

还有孙犁。他说，"作为文人的孙犁固是中华一绝，作为小说家的孙犁，恐怕就不是那么回事了。"我想他说的文人，是新时期以来写散文的孙犁吧。我也实在爱读孙犁后期那些文人气十足的作品，文品人品，融为一体。

最后我想举出庄周说汪曾祺。我原先也是一个汪迷。庄周说："汪曾祺是二十世纪下半叶在自己独创的形式中达到艺术完美的惟一大师级中国小说家，其成就丝毫不亚于被国人津津乐道的博尔赫斯。"惟一之说，荣或可商，而大师之评，确有见地。

还有别的，不说了。庄周嘲人骂人，有时颇"损"。但也还不是骂街泼皮的话头，是批评，尖刻而已。

二〇〇一年七月二十七日

哲学家的寓言集

买到一本丹麦哲学家克尔恺郭尔的《哲学寓言集》（商务印书馆，二〇〇〇），我非常高兴。此人生活在一八一三年至一八五五年，声望很高，尤以寓言著名。三四十年前我就知其名。我是在鲁迅的《帮闲法发隐》里知道的。鲁迅说："吉开迦尔是丹麦的忧郁的人，他的作品总是带着悲愤。"接着他就引下一个完整的寓言："戏场里失了火。丑角站在戏台前，通知了看客。大家以为这是丑角的笑话，喝彩了，丑角又通知说是火灾，但大家越加哄笑，喝彩了。我想，人世是要完结在当做笑话的开心的人们的大家欢迎之中的罢。"这的确不但是有趣、好笑，而且是悲愤的，可怕的。鲁迅当年是根据日译本转译的。我觉得最后一句不太清楚。现在的这一本，译者杨玉功译作："因此我认定世界的末日将在所有聪明人的一致欢呼之中到来：他们相信那不过是一个玩笑。"此一则题为《末日的欢呼》，克尔恺郭尔在后面作了一点说明；不过一般他只说故事，不再多说什么，由读者想去。他不愿意把意义限在某一点，他主张观赏者变为参与者，也就是要读者"独自解开这个结"。这更有意思。

我以前在萧乾先生的文章里读到他说的一则寓言。他结合个人经历说：有一人一生穿不上好鞋，很苦恼。后来他看到一个没有脚的人走路。他于是想，我没有好鞋，总比那没有脚的，还好得多。我以为这个寓言很深刻。但是在《哲学寓言集》里，我读到更深刻的一则。文不长，我全引如下："据传曾有一个穷苦农夫赤脚走到首都，而且赚了一大笔钱；这下，他不但能给自己买一副鞋袜，还足以买醉一番——他醉醺醺地寻路回家，却醉倒在一条大路上，沉沉睡去。这时一辆马车驶来，车夫喝令他躲开，不然就要轧过去。醉汉醒来，看了看自己的双腿。因为脚上有了鞋袜，他没能认出来，于是他对车夫说：'轧过去吧，那不是我的腿。'"什么意思，什么滋味，真是必须各人自己体会。

译者杨玉功在序里论及书的思想时说："有时像令人疯狂的哑谜，使人百思不得其解；有时像一面魔镜，反映出人类经验的深层存在，有时像舞台上的小品，供人消遣，同时揭示出浮华人生滑稽的一面；有时像微妙的诗篇，有着不可穷尽的意义层面。"我想，克尔恺郭尔的寓言选集，在中国，这是第一本吧。值得一读。

二〇〇一年八月十八日

图书在版编目 (CIP) 数据

总与书相关 / 李国涛著 . -- 太原：三晋出版社，
2013.7（2020.1 重印）

ISBN 978-7-5457-0752-6

Ⅰ . ①总… Ⅱ . ①李… Ⅲ . ①随笔—作品集—中国—当代
Ⅳ . ① I267.1

中国版本图书馆 CIP 数据核字（2013）第 114170 号

总与书相关

著　　者：	李国涛
责任编辑：	李秋芳
装帧设计：	方域文化
出 版 者：	山西出版传媒集团·三晋出版社（原山西古籍出版社）
地　　址：	太原市建设南路 21 号
邮　　编：	030012
电　　话：	0351-4922268（发行中心）
	0351-4956036（总编室）
	0351-4922203（印制部）
网　　址：	http://www.sjcbs.cn
经 销 者：	新华书店
承 印 者：	太原市隆盛达印业有限公司
开　　本：	880mm×1230mm　1/32
印　　张：	15.25
字　　数：	260 千字
版　　次：	2013 年 7 月　第 1 版
印　　次：	2020 年 1 月　第 2 次印刷
书　　号：	ISBN 978-7-5457-0752-6
定　　价：	35.00 元